우리가
　사랑한
1초들

일러두기

1. 이 책의 외래어 표기는 국립국어원 표준원칙을 따랐습니다.

단, 일부 벵골어 표기는 저자의 뜻에 따라 원어의 발음에 가깝도록 소리 나는 대로 표기하였습니다.

2. 책에 실린 타고르의 시 9편은 벵골어와 영어를 참조하여 저자가 번역하였습니다.

3. This book was supported by Sunchon National University Research Fund in 2009.

우리가
사랑한
1초들

곽재구 산문집

I dedicate this book to lovely Santiniketan people.

하루 24시간 86,400초를 다 기억하고 싶었던 시간들이 있었습니다. 스무 살 때였지요. 내게 다가오는 86,400초의 모든 1초들을 다 기억하고 싶었습니다. 어떤 1초는 무슨 빛깔의 몸을 지녔는지, 어떤 1초는 무슨 음악을 좋아하는지, 어떤 1초는 지금 누구와 사랑에 빠졌는지, 어떤 1초는 왜 깊은 한숨을 쉬는지 다 느끼고 기억하고 싶었지요. 그런 다음에 좋은 시를 쓸 수 있으리라 생각했습니다. 그 무렵 나는 라빈드라나드 타고르의 시들을 사랑했습니다. 1970년대 중반이었고 삶의 현실은 척박했습니다. 정치적 피폐함이 극에 이른 시간들 속에서 읽는 타고르의 시편들은 내게 솜사탕 같았습니다. 다가오는 1초 1초들과 따뜻하게 포옹하며 내가 좋아하는 시인의 시편들을 읽는 순간은 작은 천국이었지요.

2009년 7월 나는 오래 묵힌 마음의 여행을 시작했습니다. 2010년

12월까지 이어진 이 여행은 라빈드라나드 타고르의 시편들을 찾아가는 여행이었지요. 벵골 사람들 속에서 함께 살며 타고르의 모국어인 벵골어를 익혀 타고르의 사랑스러운 시편들을 한국어로 직접 번역하고 싶었지요. 타고르의 꿈과 이상이 고스란히 남은 산티니케탄에서 벵골 사람들과 살아가는 시간은 기쁨 그 이상이었습니다. 그들이 살아가는 모습은 타고르의 시편들이 내게 건네주는 느낌과 또다른 질감이 있었지요. 자연 속에서 순박하게 살아가는 사람들의 모습은 범상한 시가 지니지 못한 생의 격이 있었습니다.

『우리가 사랑한 1초들』은 산티니케탄에서 내가 만난 시간의 향기에 관한 이야기입니다. 사람들은 내가 길을 걸어가면 언제나 안녕, 쫌빠다! 하며 내 이름을 반갑게 불러주었습니다. 두 팔을 크게 벌리며 아마르 본두, 나의 친구여!라고 말하는 이도 있습니다. 모두들 내게 한마디의 벵골어라도 더 알려주려고 애를 씁니다. 숲의 꽃향기는 은은하고 원숭이들이 즐겁게 뛰어다니고 연두색의 햇살 속에서 아침 새소리는 초록빛의 파도입니다. 반딧불이들이 하늘의 별자리처럼 빛나고 집으로 돌아가는 골목길에서 만난 부엉이는 그 큰 눈을 껌벅이며 안녕, 오늘 하루 좋았어? 묻습니다. 외견상 지극히 가난했지만 아무도 가난에 대해서 구차스러워하지 않았고 불행에 대해서 몰입하지 않았습니다.

산티니케탄에서 나는 내 생애 두 번째, 내 삶이 지닌 1초 1초들이 나를 향해 달려오는 느낌을 받았습니다. 540일, 46,656,000초의 시간들. 모든 한 초 한 초들이 꽃다발을 들고 내게 다가와 다정하게 인사하고 다시 손을 흔들고 가는 것입니다. 나 또한 그들을 향해 오래 손을 흔들고 그들의 뒷모습을 지켜봅니다.

　대저 시가 무엇인지요? 그 또한 사람들이 살아가는 이야기 아니겠는지요. 우리 곁으로 다가오는 생의 1초들을 사랑하는 일 아니겠는지요. 이기적이고 모순된 삶 속에서도 우리들이 꿈꾼 가장 어질고 빛나는 이미지들을 우리들의 시간 속에 반짝 펼쳐 보이는 것 아니겠는지요. 한 마리 반딧불이처럼 그들의 삶 속으로 문득 날아 들어온 키 작고 못생긴 한 이방인에게 아무런 연유도 없이 마음을 나누어준 산티니케탄 사람들에게 이 책을 드립니다.

2011년 7월
와온 바다에서 곽재구

차례

1. 우리가
별과 별 사이를
여행할 때

2. 지상에서 가장 아름다운 릭샤 스탠드

3. 마시 이야기

4.
가난한 신과
행복한
사진 찍기

1. 우리가 별과 별 사이를 여행할 때

종이배를 파는 아이가 있었네 1

크와이에 있는 벼룩시장에 다녀왔습니다.

산티니케탄 사람들은 벼룩시장을 새터데이 마켓이라고도 부르고 크와이 멜라라고도 부릅니다. '멜라'는 축제의 의미와 전시장의 의미를 지니고 있는 벵골어입니다. 새터데이 마켓보다는 크와이 멜라 쪽이 내게는 더 친근하게 느껴지는군요. 크와이는 숲으로 둘러싸인 평지의 이름입니다. 옆에는 작은 강물도 흐르고 있습니다. 평상시 이 강물에는 소들과 사람들이 함께 목욕을 즐기는 모습을 볼 수 있지요.

강물을 따라 붉은 황톳길이 죽 이어지는데 숲과 강물이 함께 어울린 이 황톳길을 릭샤자전거를 타고 가다 보면 문득 이 여행이 얼마나 낭만적이고 호사스러운 여행인가 하는 생각이 우련 듭니다. 릭샤왈라인력거꾼는 땀을 뻘뻘 흘리며 자전거 페달을 밟고 여행자는 시원한 바따쉬, 바람를 맞으며 숲과 강물과 황토가 빚어내는 고요한 빛의 멜

라 속으로 젖어드는 것입니다. 멀리 나무숲 사이로 선홍빛과 노란빛
의 사리를 입은 농가의 아낙이 염소를 부르는 모습을 보고 있노라면
이 릭샤왈라는 왜 부지런히 페달을 밟아야 하고 나는 선선하게 바람
과 빛을 즐길 수 있는가, 하는 심란한 생각에서 잠시 벗어날 수도 있
습니다.

크와이는 인도적인 빛이 살아 숨 쉬는 공간의 이름인 것입니다. 일
찍이 라빈드라나드 타고르 또한 이곳의 빛을 인식한 흔적이 남아 있
습니다. 산티니케탄의 타고르 박물관에는 타고르가 그린 그림들의
복사본이 전시되어 있는데, 그중 두 그루의 거친 나무가 서 있는 수묵
화풍의 그림에 〈크와이〉라는 제목이 붙어 있습니다. 마을에서 한참
떨어진 한적한 숲속에 벼룩시장을 마련한 사람들의 속내에는 타고르
의 그림에 대한 이네들의 존경과 애정이 깃들어 있는 것입니다. 크와
이의 강변길을 한참 따라가다 보면 타고르가 심혈을 기울여 만든 농
촌 공동체인 아마르 꾸띠르에 이르게 됩니다. 인도의 계급 제도와 극
심한 빈부격차를 타파하려는 혁명적 이상을 품었던 타고르는 고향인
산티니케탄에 '나의 오두막집'이라는 뜻의 아마르 꾸띠르 공동체를 건
설합니다. 그리고 주민들의 경제적 자립을 도모하기 위해 다양한 수
공예품을 만드는 공방을 세웠습니다. 타고르의 위대한 이상은 오늘날
까지 이어져 아마르 꾸띠르에서는 숙련된 주민들이 가죽 금속 직물 등
여러 소재를 이용한 기념품을 공동생산하여 판매하고 있습니다.

크와이 멜라는 오후 3시부터 시작입니다.

사실 오후 3시는 이곳에서 별다른 효용가치가 없는 시간입니다. 우기라고는 하지만 습기를 강하게 머금은 이곳의 더위는 경험하지 않은 사람은 그 느낌을 알 수가 없습니다. 그래서 오후 2시부터 5시까지 이곳 사람들은 누가 뭐래도 다들 쓰러져 쉬거나 잠을 잡니다. 개도 소도 염소도 원숭이도 이 시간에는 잘 보이지 않습니다. 은행과 서점, 식료품 가게들도 다 문을 닫습니다. 그래서 오후 3시에 문을 여는 크와이 멜라는 이 시간에 잠들지 않는 독특한 취향을 지닌 사람들을 위한 축제인 셈입니다.

나를 태운 릭샤왈라의 이름은 가띡입니다. 그는 산티니케탄의 우체국 앞에서 걸어오는 나를 향해 손을 흔들었는데 사실 내가 그곳으로 간 것은 그곳에 '라떨이'라는 이름의 구면인 릭샤왈라가 있기 때문이었습니다. 라떨이, 라는 이름을 처음 들었을 때 나 떨이, 라는 한국어의 어감이 생각나 혼자 쿡쿡 웃었습니다. 이름 때문에 나는 그의 단골이 되었는데 비교적 장거리인 크와이까지 가기 위해 우체국 앞으로 왔다가 일을 나간 라떨이 대신 그의 친구인 가띡의 릭샤를 타게 되었지요.

그와 나는 오후 3시 5분에 크와이에 도착했습니다.

릭샤를 타고 오는 동안 내가 그에 대해 이런저런 불편한 생각을 했음을 알 리 없는 그는 이마의 땀을 닦으며 연신 웃는군요. 오늘 그는 자신의 노동에 합당한, 혹은 그 이상의 행운이 자신에게 찾아올지 모른다고 생각하는 것일까요. 장은 아직 완전히 서지 않았습니다. 열 명쯤의 상인들이 전을 펼쳤고 그만큼의 상인들이 짐을 풀고 있었습니다. 전을 펼친 상인들 사이를 한 바퀴 돌아보는 동안 이 장이 지난 겨울에 보았을 때보다 규모가 많이 축소되었음을 느낍니다. 지금이 혹서기인 것을 생각하면 당연한 일일 것입니다.

나는 이제 막 전을 편 아낙에게서 짚으로 만든 작은 광주리 하나를 뜨리쉬 루피에 샀습니다. 뜨리쉬가 30이라는 건 본능적으로 알았지요. 벵골어 숫자 외우기가 내겐 몹시 어려웠는데 이를테면 10이 도쉬이고 20이 비쉬인데 도무지 외워지지 않는 것입니다. 그런데 뜨리쉬가 해결되고 나니 10과 20은 금세 외워질 것 같군요. 이 광주리에 달걀을 넣으면 열 개는 좋이, 망고를 서너 개쯤 운치 있게 넣을 수 있을 것 같습니다. 나는 낙죽공예로 만든 작은 귀걸이를 파는 사내 곁에 쭈그려 앉아 한 개에 10루피, 250원인 귀걸이 두 쌍과 20루피인 귀걸이 두 쌍을 샀습니다. 도합 60루피인데 50루피 한 장을 건네며, 10루피 디시DC 파서블? 했더니 놀랍게도 고개를 끄덕였습니다. 에누리는 시장을 찾는 모든 이들에게 만고의 즐거움이며 미덕일 것입니다.

나는 반소리피리를 만들어 나온 한 사내 앞에서 걸음을 멈췄습니다. 그는 나를 위해 몇 개의 반소리를 시범적으로 불어줬고 그 소리는 산티니케탄 바울노래하는 집시들의 소리에 견주어도 결코 손색이 없었습니다. 나는 이 반소리를 파는 사내 앞에서 몹시 행복한 느낌이 들었는데 그것은 내가 산티니케탄에 머무는 동안 바울들로부터 반소리 연주를 공부할 생각을 지니고 있었기 때문입니다. 이건 크와이의 신이 내게 준 선물이야. 나는 설레는 감정으로 반소리 앞에 앉아 두 개의 반소리를 골랐습니다.

다다, 둘 중 하나를 골라줘.

노점상의 다다는 당연하게 나의 영어를 알아듣지 못했습니다. 다다는 여기서 아저씨의 통칭입니다. 우편배달부도 릭샤왈라도 대학교수도 아저씨면 다 다다입니다. 여성형은 디디이지요. 아무리 고귀한 신분이라도 아무리 미천한 일을 한다 해도 아줌마는 다 디디인 것입니다. 나는 다른 자리를 구경하고 있던 비슈와바라티 대학의 남학생에게 통역을 부탁했습니다. 남학생으로부터 벵골어를 들은 다다가 말했습니다.

이 둘은 똑같아. 나도 우열을 가릴 수 없어.

나는 둘 중 크기가 조금 작고 마무리가 섬세하게 된 하나를 골랐습니다. 40루피. 일금 1,000원에 나는 근사한 대나무 반소리의 주인이 되었습니다. 반소리를 구입한 나는 몹시 고양된 감정의 주인이 되었지요. 그것은 낯선 이국의 벼룩시장들에서 내가 얻었던 감정들에 결코 뒤떨어지지 않는 것이었는데 무엇보다도 크와이의 제품들이 모두 정성이 가득 밴 수공예품이라는 데 그 이유가 있었습니다. 충분히 만족한 나는 짜이밀크티를 파는 디디 쪽으로 걸음을 옮겼습니다.

그때 내 눈앞에 한 작은 소녀가 주섬주섬 보따리를 푸는 게 보였습니다. 아홉 살 혹은 열 살쯤. 아이의 보따리에서 무엇이 나올까 궁금했습니다. 보따리가 다 펼쳐지고 아이의 진열품이 완벽하게 모습을 드러냈을 때, 나는 아! 하고 깊은 탄성을 울렸습니다. 그 아이의 보따리에서 나온 게 무엇이었는지 당신 잠시 생각해볼래요?

그것은 종이배였습니다.
색색의 그림이 그려진 일곱 개의 종이배.

아이는 종이배를 팔기 위해 크와이의 멜라에 나온 것입니다. 나는 잠시 타고르의 화신이 종이배를 들고 이 장터에 나타난 것은 아닌가 생각했지요. 어린 시절 우리 모두는 종이배를 만들어 시냇물에 띄우며 놀았고, 그 종이배가 어딘가 큰 바닷가에 이르기를 바랐습니다. 기탄잘리에 나오는 시편들 대다수가 어린아이의 눈으로 바라본 엄마와 세상 이야기가 아니던가요? 나는 떨리는 손으로 두 개의 종이배를 골라 들었습니다. 그리고 역시 떨리는 목소리로 값을 물었습니다.

아이는 두 개의 종이배 값으로 10루피를 불렀습니다.
10루피면 근교의 식당에서 한 끼의 탈리인도식 백반를 맛있게 먹을 수 있는 돈입니다. 나는 아이에게 10루피 지폐를 건넸고 아이는 환하게 웃었습니다. 우리의 거래를 지켜보던 사람들도 조용히 웃었습니다. 크와이의 사람들은 나를 조금은 나사가 풀린 사람으로 보았을지 모르겠습니다. 저 사우스코리아 사내, 종이배를 돈을 주고 샀어. 그런 눈빛들이 내 주위에 머무는 것을 느꼈지요. 그렇지만 나는 세상에서 가장 큰 보물을 얻은 것처럼 기쁜 마음으로 그 두 개의 종이배와 함께 크와이의 강기슭을 거슬러 돌아왔습니다.

가띡, 난 지금 몹시 행복해. 넌 어때?
영문을 모르는 릭샤왈라도 달리며 환하게 웃었습니다. 라딴빨리에 돌아온 나는 가띡에게 100루피 지폐를 건넸습니다.

어린 시절 우리 모두는 종이배를 만들어 시냇물에 띄우며 놀았고, 그 종이배가 어딘가 큰 바닷가에 이르기를 바랐습니다.
아이는 종이배를 팔기 위해 크와이의 멜라에 나온 것입니다. 나는 세상에서 가장 큰 보물을 얻은 것처럼 기쁜 마음으로 그 두 개의 종이배와 함께 크와이의 강기슭을 거슬러 돌아왔습니다.

종이배를 파는 아이가 있었네 2

행운은 즐겨 행운을 부릅니다.

저물녘에 라딴빨리의 스위티 가게 앞에서 바삐다를 만났습니다. 삼십대 후반쯤인 그는 자동차 두 대를 가지고 택시 사업을 하는 비즈니스맨입니다. 성품이 착하고 온화해 말이 통하는 사내입니다. 그의 차를 몇 차례 빌려 쓴 나는 그와 동무가 되었습니다. 바삐다, 너는 핸섬하고 차를 두 대나 가지고 있으니 이곳 아가씨들에게 인기가 많을 것 같아, 그치? 하고 물으면 볼이 빨개지며 아니다, 하고 손사래를 칩니다. 바삐다, 나 방금 크와이의 멜라에 다녀왔어. 뭐 샀는지 한번 볼래?

그는 짚으로 엮은 광주리를 먼저 보았고 대나무 반소리도 보았습니다. 광주리를 만지작거리던 그는 과일 바구니 하면 좋겠어, 라고 얘기했지요. 반소리를 들고 불어보는 시늉을 하지만 소리는 나오지 않습니다. 내가 노트 갈피에 끼워둔 종이배를 보여주자 그가 노코종이배,

22

라고 말합니다. 이 두 개 10루피에 샀어, 좋지? 내 말에 그는 정말!
하며 넋을 놓고 웃습니다. 그는 곁에 있던 자신의 자동차 기사들과
그들의 친구들에게 이 다다가 종이배를 샀어! 큰 소리로 말했고 그들
모두 둘러서서 내 종이배를 보며 웃는 것이었습니다. 다다, 정말 10
루피 줬어? 묻는 그들에게 난 아주 자랑스럽게 말했지요. 10루피에
샀지만 내게는 천 루피나 만 루피보다 더 가치가 있어. 어린 시절 다
노코 가지고 놀았잖아. 이건 내 마음의 배야. 값으로 따질 수 없어.
이렇게 말하고 있는데 한 인도 아가씨가 내게 다가와 인사를 건네는
것이었지요. 하이, 다다.

　그렇게 암리타 달Amrita Dhar을 만났습니다.
　암리타는 자신이 콜카타의 대학 영문과에 다니고 있으며 비슈와바
라티 대학에는 한 과목의 시험을 치르러 왔다고 말했습니다. 그는 내
가 말한 두 개의 종이배 이야기를 몹시 흥미롭게 들었으며 실례인 줄
알면서도 말을 건네게 되었다고 했습니다. 나는 암리타에게 타고르
의 시 이야기를 했고 이곳 산티니케탄에서는 벵골어를 배워 언젠가
타고르의 벵골어 시편들을 직접 한국어로 번역하고 싶다고 얘기했지
요. 암리타는 뷰티풀!을 연발했습니다. 이 얼마나 큰 행운인지요? 암
리타는 이곳 산티니케탄에서 본 인도 아가씨들과 달랐습니다. 표정
이 부드러웠고 무엇보다 깊은 지성의 기품이 느껴졌습니다. 처음 본
사람에게서 이런 기품을 느낀 경우는 한국에서도 드문 일이었지요.
나는 신이 나서 암리타에게 타고르의 시 「챔파꽃」과 시집 『초승달』

애길 했습니다.

초승달은 노튼잔, 이라고 그녀가 가르쳐주는데
거짓말처럼 그녀의 머리 위로 초승달이 솟아오르는 것이 보였습니다.
우리는 함께 맑은 빛을 떨구는 초승달을 바라보았지요.

그때 그녀가 가방에서 종이 한 장을 꺼내 종이배를 접기 시작했습니다. 다 접은 종이배 위에 그녀가 볼펜으로 무엇인가를 적었습니다. 앞면과 반대쪽 면에 다 적었지요. 그리고 내게 건네주었습니다. 그곳에는 *THE GOLDEN BOAT*라는 영문과 벵골어가 함께 적혀 있었고, 반대 면에는 *To Kwag Jae Gu from Amrita*라고 적혀 있었습니다.

암리타는 타고르의 시 「황금빛 배*The Golden Boat*」 이야기를 내게 해주었지요. 벵골어로 쇼날 또리, 라고 불리는 이 시는 비 오는 날이 배경이라 했습니다. 아주 아름답고 쓸쓸한 시라며 내게 꼭 그 시를 찾아보라는군요. 이렇게 나는 타고르의 벵골어 시 중에 제일 먼저 읽을 시를 찾은 셈입니다. 암리타는 우리가 앉아 있는 맞은편 가게의 나무에 대해서도 얘기해주었습니다. 그 나무의 이름은 조전건다, 였지요. 이 나무는 오직 산티니케탄에만 있다고 했습니다. 그리고 이 나무의 꽃에서는 달빛의 냄새가 난다고 말했지요. *Smell of moonlight!* 세상에 달빛의 향기를 뿌리는 꽃나무가 있다니…… 암리타는 타고르가 이 나무의 향을 몹시 사랑했다고 얘기합니다. 내가 산티니케탄에 머물러야 하는 또 하나의 이유가 그 순간 성립되었습니다. 적어도 이 꽃이 피는 순간까지, 그 꽃의 향기를 맡아야 하는 그 순간까지 나는 기꺼이 산티니케탄에 머물 것입니다.

　새삼 처음 산티니케탄에 들어오던 날이 생각납니다.
　콜카타에서 볼푸르로 들어오는 산티니케탄 익스프레스 열차의 3등 칸에 앉아 있었지요. 그때 한 남학생이 내게 다가왔습니다. 무슨 일로 산티니케탄에 오느냐? 영어로 물었습니다. 나는 스무 살 적부터 타고르의 시를 사랑했고, 그중에 특히 「챔파꽃」이라는 시를 좋아했다고, 그래서 그 꽃을 보기 위해 산티니케탄에 가는 중이라고 말했지요. 열차 안에는 비슈와바라티 대학의 학생들이 스무 명쯤 타고 있었습니다. 콜카타에서 행사가 있었고 단체로 그 행사에 참여한 뒤 학교로 돌아가는 중이었습니다. 내게 말을 건넨 이는 학생들의 대표였습니다. 그가 열차 안의 다른 학생들에게 큰 소리로 말했습니다. 벵골어를 알아들을 수 없었던 나는 그가 무슨 얘기를 하는지 알지 못했지요.

　그리고 작은 기적이 있었습니다.

　열차 안의 학생들이 모두 함께 모이더니 일제히 내 앞에서 노래를 부르기 시작했습니다. 그것이 나를 환영하는 노래임을 그들의 표정과 동작을 보며 알 수 있었지요. 산티니케탄 아슈람^{수행자 공동체}에서 타고르가 만든, 타고르 시대부터 불려온 노래지요. 노래가 끝난 뒤 그들 모두 박수로 나를 환영해주었습니다. 타고르의 시를, 시 속에 나타난 꽃 하나를 찾아온 무모하고 어리석기 짝이 없는 한 여행자는 그들의 환대에 무한한 힘을 얻었지요. 언젠가 꼭 이곳에 돌아와 벵골어로 타고르의 시를 읽겠노라는 꿈이 그때 싹텄습니다.

이 여름 나는 인도에 들어와 많이 아팠습니다. 날이 너무 무덥고 습기가 많아 온몸에 땀띠가 나고 얼굴과 목, 입술이 통통 부어올랐지요. 괴물 중에도 상괴물의 몰골이었습니다. 풍토병의 조짐조차 느껴졌기에 한국으로 돌아가야 하나까지 생각했지요. 벵골어를 공부해 타고르의 시편들을 한국어로 번역하겠다는 애초의 계획이 너무 허황된 것은 아니었나, 그에 대한 인도 신들의 징벌이 아닌가, 하는 생각이 들었지요.

이제 얼굴의 붓기가 어느 정도 빠지고 땀띠도 많이 수그러들었지만 여전히 힘든 것은 사실이었습니다. 그런데 암리타가 나타나 모든 것을 해결해주는군요. 어쩌면 나이 들고 병든 나의 상태를 안쓰럽게 여긴 타고르의 영혼이 암리타를 내게 보내 몸과 마음의 그늘들을 걷게 한 것은 아닌지요? 이제 산티니케탄에 적응하며 살 수 있다는 생각이 비로소 드는 것입니다. 암리타는 내일 시험이 끝나면 곧장 콜카타로 떠난다고 얘기했습니다. 나와 그녀는 이메일 주소를 주고받았고 나는 그녀에게 내 시집 한 권을 선물로 주었습니다. 그녀는 내게 팔은 두 개지만 다리가 하나인 작은 목각인형 하나를 주었습니다. 왜 다리가 하나인가? 묻자 그녀는 환하게 웃으며 저도 모르지요, 합니다.

　라딴빨리의 스위티 가게 위로 초승달이 반짝반짝 빛을 뿌리며 흘러갑니다. 나는 그 초승달이 자꾸만 크와이의 멜라에서 산 종이배를 닮았다고 생각합니다. 그리고 내게 종이배를 판 그 소녀에게 돈노바트, 감사의 인사를 보내는 것입니다. 모든 것은 그 아이가 종이배를 접을 때 이미 시작되었습니다. 어린 타고르가 종이배를 접었고, 우리의 유년 시절이 종이배를 접었고, 다시 태어날 세대들 또한 종이배를 접어 시냇물에 띄울 것입니다. 허름한 영혼이지만 우리들 모두 작은 종이배 하나가 되어 인생의 강물 속으로 흘러들어가겠지요.

황금빛 배

먹구름 울고 비가 쏟아집니다
슬프고 외롭게 나는 강둑에 앉아 있습니다
추수는 끝나가고 볏단들은 비에 젖습니다
강물이 쿨럭쿨럭 흐릅니다
벼를 베며 나는 비에 젖습니다

작은 논에 나 혼자 서 있습니다
강물은 소용돌이 치며 흐릅니다
먼 둑길 위의 나무들은 외로운 잉크 얼룩 같은 그늘을
사람의 마을에 드리웁니다
작은 논에 나 혼자 서 있습니다

배 위에 서서 노래를 부르며 이쪽으로 오는 사람은 누구인지요?
오, 내가 아는 여자인 것 같은 느낌이 듭니다
돛을 활짝 펴고 그이는 앞을 바라보는데
물살을 가르며 배는 다가옵니다
전에 본 그 얼굴이라는 생각에 가슴이 뜁니다

그리운 이여 어디로 가는 길인가요?
여기 내 논가에 닻을 내리고 잠시 머무세요
당신 마음 가는 데로 그대로 가도 좋아요
하지만 지금 이 순간 내게로 와서 당신의 미소를 보여줘요
떠날 때 내 황금빛 벼들을 다 가져가세요

다 실으세요 모두 실어가세요
더 있느냐고요? 이게 다예요 모두 실었지요
내가 이 논에서 온 정성을 바쳐 일한 모두를
차곡차곡 다 쌓아 보내는 것이지요
사랑하는 이여 이제 저도 데려가세요 제발

배가 너무 작아 태울 곳이 없다고 당신은 말하는군요
내 모든 황금빛 영혼을 다 실은 탓입니다
먹구름 쿨럭이는 하늘
텅 빈 벼논 가에 나 혼자 서 있습니다
황금빛 배는 가고 빗속에서 나 혼자 서 있습니다.

— *The Golden Boat*, 1894년

인연

론디니를 처음 만난 것은 팔 년 전의 여름날이었습니다.

그 여름 나는 아우인 민호와 함께 네팔과 인도를 여행하기로 했고 그 첫 행선지가 산티니케탄이었습니다. 보성강 가까운 산골 마을 월등 촌놈인 아우는 첫 여행임에도 산티니케탄을 고향 동네쯤으로 여기는 것 같았습니다. 거리에서 만난 바울들과도 금세 어울려 친구가 되었고 게스트하우스의 주방장과 친구가 되어 커드와 라시요구르트 디저트 만드는 법, 짜이 만드는 법까지 금세 배우는 것이었지요.

우리는 산티니케탄에 일주일을 머물렀는데 우체국 곁의 과일 가게 골목을 걷는 것이 빼놓을 수 없는 하루 일과였습니다. 과일 가게 골목이라 했지만 이 골목 안에는 과일 가게들 외에도 짜이와 간단한 식사를 파는 몇 군데의 로컬 식당이 있고, 자전거 수리점과 옷 수선점, 이발소와 담배 가게도 있는 산티니케탄의 중심가에 해당하는 골목이었습니다. 우리는 이 골목에서 바울들의 즉석 공연을 보기도 하고 식사를 하기도 했는데 어느 날 골목 안길을 걷다가 아주 허름한 짜이 가게 앞에서 걸음을 멈추었습니다.

가게 안에 일여덟 살쯤 되어 보이는 여자아이가 혼자 서 있었습니다. 콜타르칠을 한 가게 안은 대낮인데도 어두웠는데 그 속에 혼자 서 있는 아이가 왠지 안쓰러워 보였습니다. 아이는 입성이 허름했고 맨발이었지요. 우리는 아이에게 안녕! 하고 한국말로 인사를 했는데 어느 날 하루는 아이가 환하게 웃는 것이었습니다. 고요한 어둠 속에서 하얗게 웃는 아이의 모습에 챔파꽃의 이미지가 있었습니다.

산티니케탄을 뜨기 전날 아우가 내게 얘기했습니다.
형, 저 아이에게 우리 신발 한 켤레 사주자.
복사꽃 흐드러지게 피어난 산골에서 가재를 잡으며 어린 시절을 보낸 아우로서는 너무 자연스러운 생각이었지요. 나는 뉴밀레니엄 바람이 한창 불던 2000년 1월의 네팔 트레킹을 떠올렸습니다. 안나푸르나 트레킹을 하던 우리 일행에 소속된 포터 중 한 명이 신발이 없었습니다. 겨울이었고 쌓인 눈을 밟아야 하는 곳도 더러 있었으므로 우리는 그의 맨발이 퍽 불편했습니다. 하산 길에 우리는 그에게 트레킹 신발을 한 켤레 사주기로 했는데 의외로 반대 의견이 나왔습니다.

이유인즉, 지금 신발을 사주는 것은 좋지만 이 신발은 금세 못 신게 될 것이고 그다음에는 어떻게 될 것인가, 하는 것이었지요. 계속 신발을 사 신을 수는 없는 형편이고 다음 번 신발을 살 수 없는 상황에서 오히려 이 포터가 불행해지지 않을까, 하는 염려를 담고 있었지요. 일행들은 최종적으로 이 생각에 동의했습니다. 신발 대신 그에게 돈을 주자. 신발을 사세요, 라고 얘길 하되 최종 선택은 그에게 맡기자는 것이었지요. 나도 그것이 합리적이라 생각했습니다. 우리는 아이의 신발을 사주는 대신 신발 값에 상응하는 돈을 선물 형식으로 주었습니다. 그 뒤 우리는 산티니케탄을 떠났고 아이가 새 신발을 신었을까 그러지 못했을까, 하는 생각을 다시 하지 못했습니다.

2009년 7월 나는 산티니케탄에 살림을 풀었습니다.

비슈와바라티 대학이 자리한 이 한적한 대학촌은 두 명의 노벨상 수상자를 배출한 것으로도 유명합니다. 라빈드라나드 타고르 시인과 경제학자인 A. T. 센 교수가 바로 그 주인공입니다. 현재의 인도 지식인들이 산티니케탄을 '그레이트 플레이스Great Place'라고 부르는 연유가 여기에 있지요. 그러나 위대한 발상지를 기대하고 이곳을 찾은 여행자라면 열에 아홉은 실망을 금하지 못합니다. 대학 자체를 제외하면 볼 대상이 넉넉하지 않기 때문이지요.

산티니케탄 생활 석 달이 지날 즈음이었습니다. 어느 날, 우체국 옆 골목길을 지나가는데 낡은 짜이 가게 안에서 한 아가씨가 나를 보고 웃는군요. 얼굴이 까맣고 윤곽이 분명한 전형적인 인도 처자였지요.

나는 순간 이 아가씨가 내가 아닌 내 곁의 다른 누군가를 보고 웃는 것이라는 생각이 들어 주위를 둘러보았으나 나 외에 아무도 없었습니다. 나는 기분이 좋아져서 함께 웃고 가볍게 손을 흔들며 지나갔지요.

다음 날 골목길을 지나는데 문득 어제의 아가씨 생각이 났습니다. 가게 앞을 지나며 깜깜한 안쪽을 들여다보는데 예의 그 처자가 서서 루띠밀가루로 튀겨 만든 공갈빵를 만들고 있군요. 처자가 또 웃습니다. 웃음결이 어찌나 맑은지 잠시 멈칫하는데 이번에는 손을 흔들어 내게 들어오라 하는 것이었습니다. 살다 보면 이런 행운이 두세 번 찾아올지 모르겠군요. 초면의 아가씨가 웃어준 것만 해도 고마운 일인데 들어오라고 손짓까지 해주다니.

나는 가게 안으로 들어섰습니다. 내가 낡을 대로 낡은 긴 의자에 앉자 처자는 내게 앉아 있으라는 손짓을 하고서는 가게 밖으로 나가는군요. 엑 미니트, 일 분만. 가게 밖에 세워둔 자전거를 타며 처자가 남긴 말이었습니다. 천장에 루핑을 치고 벽에 콜타르를 바른 1960년대 말이나 1970년대 초의 한국 풍경을 간직한 가게로군요. 벽은 군데군데 허물어졌고 쓰다 버린 토기들이 이리저리 뒹굴고 있습니다. 나무 궤짝에 담긴 조개탄의 모습도 보이는군요.

사오 분쯤 지나자 처자가 다시 돌아옵니다. 처자가 들고 온 것은 새 차 봉지였습니다. 인도의 짜이 가게들은 주전자에 미리 짜이를 끓여

33

두고 손님들에게 한 잔씩 나눠주는데 이 아가씨가 왜 새 차를 끓여 내는지 이유를 알 수 없었지요. 차 맛은 우련 좋습니다. 내가 차를 마시는 동안에도 처자는 계속 바라보며 웃습니다. 차를 마시고 난 뒤 찻값을 묻자 처자는 손을 흔들었습니다. 받지 않겠다는 뜻입니다. 돈을 내보지도 못하고 가게에서 나왔는데 이건 또 무슨 일인지 알 수가 없었습니다.

밤 시간에 옥상에 올라가 별을 봅니다.

돗자리를 깐 작은 나무 편상에 누워 남쪽 하늘을 보니 부처자리와 목마자리가 눈에 들어옵니다. 부처자리는 ABC안나푸르나 베이스 캠프 트레킹을 할 적 스위스 아가씨와 네팔 남자 부부가 내게 알려준 별자리인데 좌정한 부처의 모습과 닮아 있습니다. 그들은 부처자리가 자신들의 별자리라고도 얘기했습니다. 목마자리는 내가 붙인 별자리 이름이지요. 긴 목과 꼬리까지 갖춘 정말 목마와 흡사한 별자리인데 부처자리에서 2시 방향의 하늘에 있습니다.

문득 목마자리 쪽에서 부처자리 쪽으로 별똥별이 지나갑니다. 하늘의 4분의 1을 채울 만큼 긴 꼬리를 지닌 별똥별입니다. 아, 하는 탄성과 함께 별똥별의 꼬리를 좇는데 짜이 가게의 처자 생각이 순간 듭니다. 팔 년 전 여름날 아우 민호와 함께 들렀던 그 가게. 맨발인 채 챔파꽃 향기처럼 고요하게 가게 안 어둠 속에서 웃고 있던 아이! 바로 그 아이가 짜이 가게의 처자일 거라는 생각이 번쩍 든 것입니다. 아우

와 함께 들렀던 가게 위치와 처자가 루띠를 구우며 서 있는 가게 위치
도 생각해보니 똑같습니다. 나는 자리에서 벌떡 일어났습니다. 그랬
구나. 그랬구나. 나는 벌써 잊어버렸는데 아이는 자라서도 잊지 않았
다 생각하니 가슴이 먹먹해지는 것이었습니다.

오늘도 나는 산티니케탄 우체국 옆 골목길을 지나갑니다.
낡은 짜이 가게 안에서 론디니가 환하게 웃습니다. 이 아이만큼 맑
게 웃는 인도 아가씨를 본 적이 없습니다. 나도 누군가에게 이 아이만
큼 깨끗한 웃음을 보냈던 적이 있던가. 꽃보다 사람이 아름답다고 노
래한 시인도 있지만 웃는 론디니를 바라보면 그 말 외에 덧붙일 표현
이 없군요.

라딴빨리의 노천카페에서

라딴빨리에 해가 집니다.

라딴빨리는 산티니케탄의 다운타운 이름입니다. 이곳에는 한두 평짜리 가게가 서른 개 남짓 길 양편으로 늘어서 있습니다. 대나무로 얼기설기 기둥을 세운 벽에는 흙을 바르고 지붕은 루핑을 치거나 함석을 얹었습니다. 짜이와 모모만두, 도사밀전병 같은 먹을거리를 파는 가게가 많고, 야채 가게와 전기용품 가게도 있습니다. PC방이 둘 있는데 인터넷 속도는 아주 느려 사진 한 장을 전송하는 데 한 시간이 걸릴지 두 시간이 걸릴지 알 수 없습니다. 그나마도 정전이 되면 무용지물이어서 손님들은 전기가 들어올 때까지 하염없이 기다려야 합니다. 정전이 언제 될지는 아무도 모릅니다. 무싯날에는 하루에 서너 차례 정전이 되는데 한 번에 한 시간은 기본입니다.

해가 지면 가게 주인들은 모깃불을 피웁니다. 나무 이파리들을 모아 태우는 모깃불은 이 가게가 곧 영업을 시작한다는 표시입니다. 가게 안을 모깃불 연기로 가득 채워 날벌레를 쫓고 손님 맞을 채비를 하는 것입니다. 이 시간이 산티니케탄에서 내가 하루 중 가장 좋아하는 시간입니다. 낙엽 태우는 냄새는 한국이나 이곳이나 똑같습니다. 이곳저곳 가게 주인들이 피우는 모깃불 냄새에 몸을 맡기고 있노라면 이곳이 인도의 한 변방 마을이라는 것을 금세 잊어버리지요. 모깃불 연기가 슬며시 내 곁으로 다가오면 손으로 가만히 만져보기도 하고 나직이 인사를 건네기도 합니다.

안녕, 오늘 더웠지?
52도까지 올랐는데 견딜 만했어?
나, 괜찮아. 다들 견디잖아.

괜찮기는요. 어젯밤 생각이 나는군요.
샤워를 하고 옥상에 올랐지요. 정전이어서 사방은 별들이 내는 숨소리 외에는 아무 기척도 불빛도 없습니다. 운이 좋은 날에는 한 줄기 바람이 지나가는 때도 있어서 나무 의자에 앉아 별을 보노라면 폭염의 공포에서 잠시 벗어날 수도 있습니다. 반딧불이들이 반짝반짝 날아가는 것을 바라보며 어둠 속에 펼쳐진 모든 풍경들에 연민이 이는 것을 느낍니다. 길, 나무, 집, 숲의 새들과 원숭이들, 오늘도 다들 열심히 제 몫의 삶을 살아냈습니다. 그것이야말로 진정 위대한 일이 아닐는지요.

모깃불이 잦아드는 시각, 정전이 찾아옵니다. 초저녁의 이 정전은 특별한 축제날이 아닌 한 일 년 내내 지속되지요. 이 정전의 시간이 하루 중 라딴빨리가 가장 붐비는 때입니다. 이곳에는 상인들이 자체적으로 운영하는 발전기가 있어 불이 들어오기 때문이지요. 폭염과 어둠을 피해 라딴빨리의 가게로 사람들이 모여듭니다. 간단히 차를 마시고 저녁을 먹습니다. 친구들을 만나 수다를 떨기도 하고 그룹 스터디를 하는 모습도 볼 수 있습니다.

　라딴빨리에서 가장 큰 가게 둘의 이름은 아난다 멜라와 모두반니 스위티 가게입니다. 아난다 멜라는 기쁨의 전시장, 정도의 뜻입니다. 가게 주인의 이름이기도 하지요. 세 평 크기의 이 가게는 번듯한 시멘트 건물에 자리하고 있습니다. 과자와 음료, 생필품들을 갖춰놓고 파는데 참으로 놀라운 것은 이 가게에서 아이스크림과 자판기 커피를 맛볼 수 있다는 것입니다. 그래서 아난다 멜라 앞에는 늘 열 명쯤의 손님들이 앉아 아이스크림을 먹거나 종이컵으로 인스턴트커피를 마시며 이야기하는 모습을 볼 수 있습니다.

　모두반니 스위티 가게는 인도인들이 좋아하는 스위티, 단 과자를 파는 가게입니다. 스위티는 벵골어로 미스띠라고 불리는데 우유와 설탕을 재료로 만듭니다. 세상에서 가장 단맛이 나는 과자이지요. 인도 여행을 처음 하는 당신이 어느 날 우연히 미스띠를 먹게 되었는데 그것이 입에 맞는다면 당신의 인도 여행은 이미 성공한 것과 다름없습니다. 모두반니는 지역 이름인데, 이 가게의 주인 사내인 바삐다의 처가가 그곳이라는 걸 뒤에 알았지요. 바삐다가 사랑에 빠졌을 때 그는 오토바이를 타고 산티니케탄에서 모두반니까지 다녀오곤 했다는 군요. 모두반니는 인도의 전통 그림인 모두반니 페인팅으로 이름난 마을입니다. 네팔 국경 가까운 그곳에 가기 위해서 열다섯 시간 기차를 탔던 적이 내게도 있습니다. 인도의 도로 사정을 아는 이라면 바삐다의 오토바이 여정이 얼마나 힘들었을지 짐작하고도 남음이 있습니다. 잠도 자지 못한 채 만 하루를 꼬박 달려 처가 동네에 가곤 했다고 바삐다는 말했습니다. 지금도 가느냐 물으니 크게 웃으며 손사래를 칩니다. 사랑의 힘이 그렇습니다.

모두반니 스위티 가게 앞에는 한 아름 굵기의 반얀나무가 한 그루 서 있습니다. 그 나무 바로 아래 놓인 작은 탁자가 바로 내 자리입니다. 나무 아래 앉아 해 지는 것도 보고 모깃불 냄새도 맡고 떠돌이 개들을 보기도 합니다. 시를 쓰기도 하고 그림을 그리기도 하고 때로는 사진도 찍습니다. 그런 내게 이 가게의 종업원인 기븐이 오 분에 한 번씩 와서 차 마실래, 콜라 마실래, 만두 먹을래, 하고 묻습니다. 내가 몇 번이나 괜찮다고 해도 꼭 오 분에 한 번씩 웃으며 찾아옵니다.

이 스위티 가게와 아난다 멜라는 라딴빨리의 다운타운 중에서도 중심가이지요. 모두들 이곳에 앉아 짜이를 마시거나 구근이인도 사람들이 즐겨 먹는 콩요리를 먹거나 아이스크림을 먹습니다. 한국 유학생들은 이 두 가게 앞을 '압구정동'이라 부릅니다. 빛바랜 플라스틱 의자와 낡은 나무 의자들이 놓여 있을 뿐이지만 이 가게 앞은 훌륭한 노천 카페 역할을 하고 있지요.

깔루 도깐은 산티니케탄에서 역사의 상징으로 남아 있는 짜이 가게 입니다. 깔루는 벵골어로 검정이라는 뜻이지요. 깔루 도깐, 검은 찻집의 주인을 사람들은 깔루다, 검은 아저씨로 불렀습니다. 깔루다의 아버지는 라빈드라나드 타고르의 주방장이었다고 합니다. 깔루다는 이 사실에 대단한 자부심을 가지고 있습니다. 그의 가게는 초가로 만들어졌고 초가지붕 위에선 초록색 풀들이 무성하게 자랍니다. 그의 가게에서 만든 레몬티는 인도 제일의 깊은 맛을 지니고 있습니다. 맑게 끓인 물에 생 레몬즙을 몇 방울 떨어뜨려 주는데 그 맛은 가을 하늘의 은하수를 바라보는 느낌입니다. 레몬티 한 잔의 값은 2루피인데 가난한 연인들이 이 차 한 잔을 앞에 두고 끝없이 끝없이 이야기를 나누는 것이지요.

디디 도깐의 구근이에 대해서도 적을 필요가 있습니다. 구근이는 콩을 야채와 볶아 루띠라 부르는 손바닥 크기의 속이 빈 공갈빵과 함께 먹는 음식입니다. 인도인들은 이 구근이로 식사를 대용하는 경우가 적지 않지요. 아침나절 천천히 숲길을 걸어 나와 갓 만든 구근이와 루띠로 식사를 하는 기분이라니요! 넉 장의 루띠와 구근이에 짜이 한 잔을 곁들이면 10루피입니다. 250원으로 식사와 차를 끝내고 숲길을 걸어가는 기분은 숲속의 새들 외에는 알 수 없을 듯싶습니다.

하지만 라딴빨리의 상점들이 내 마음에 쏙 드는 진짜 이유는 이곳에 모여드는 사람에 있습니다. 산티니케탄은 3월이면 벌써 기온이 40도를 넘는 여름이 찾아오고 4, 5월이면 50도를 넘나듭니다. 11월이 되어서야 30도 아래로 내려갑니다. 여름날 시도 때도 없이 찾아오는 정전 때문에 집은 한증막이고 천장의 팬은 멈춥니다. 유학생들은 저녁 한나절을 이곳 라딴빨리의 노천카페들에서 보내다 늦은 시각 전기가 들어오면 집으로 향하지요.

내가 라딴빨리의 노천카페들을 주목하는 이유는 손님들 중 상당수가 외국인이라는 것입니다. 그렇습니다. 작고 낡은 마을이지만 이 마을은 세상 어디에 내놓아도 손색이 없는 코즈모폴리턴의 마을입니다. 유학생들은 독일 프랑스 체코 미국 같은 나라들에서도 오고, 타이 중국 일본 방글라데시 부탄 네팔 한국 같은 나라들에서 두루두루 옵니다. 그들 나라의 젊은 학생들이 저녁 시간이면 이곳에 모여 차를 마시거나 음식을 먹습니다. 이 모습이 얼마나 보기 좋은지 모르겠군요. 나는 이들 중 타이와 일본 학생들과 친하게 지냈는데 그들은 내가 반얀나무 아래 앉아 있으면 늘 내게 다가와 하루가 좋았느냐, 요즘은 무슨 시를 쓰느냐, 여행은 언제 갈 것이냐 묻습니다.

이 저녁 나는 이곳에서 만난 젊은 유학생 친구들 여섯 명과 식사를 합니다. 각자 먹고 싶은 것을 시키기도 하고 옆 가게의 메뉴를 가져다 먹기도 합니다. 모모와 도사, 구근이와 루띠, 에그롤을 먹고 후식으로 요구르트를 먹고 짜이를 마십니다. 이 정도의 메뉴만으로도 산티니케탄에서는 식도락이라 일러 손색이 없을 것입니다. 여섯 명이 실컷 먹고 이야기를 나눈 호사스러운 식사의 값은 150루피, 3,750원입니다. 전 세계의 유학생 중 산티니케탄의 유학생들이 그런 점에서 가장 행복할 것이라는 생각을 합니다. 그들은 타고르의 영혼이 깃든 이곳에서 음악과 미술, 철학과 역사와 시를 공부합니다. 그리고 험난하기 이를 데 없는 자본주의 경제체제하에서 이렇게 적은 돈으로 이렇게 많은 사람들이 행복해질 수 있다는 것을 배우게 되지요. 돈이 생의 전부가 될 수 없다는 것, 많은 돈이 아니라 필요한 만큼의 돈이 더 가치 있다는 것, 어쩌면 이 사실이야말로 돈의 진정한 의미 아니겠는지요?

가난하고 소박하고 평화롭고 따뜻하게 인생을 배우고 삶의 이야기들을 나눌 수 있는 곳, 그곳이 바로 라딴빨리의 노천카페들입니다. 오세요, 당신. 500원이면 하루 종일 당신의 인생과 철학, 예술과 여행에 대해 세계의 젊은이들과 먹고 마시며 행복하게 이야기할 수 있습니다.

세상에서 네 번째 아름다운 학교

오전 6시 15분 빠따바반비슈와바라티 대학교 부속 초등학교에 갑니다.

아침 햇살이 교정의 숲을 적시기 시작하는 그 시각에 빠따바반에서는 아침 기도가 시작됩니다. 우리나라의 조회 시간 같은 것인데 풍경은 사뭇 다릅니다.

전교생, 이백 명쯤이 모여 타고르의 시를 읊고 기도를 하고 노래도 부릅니다. 노래의 선창은 열 명쯤으로 이루어진 합창단이 하는데 합창단은 매일 바뀝니다. 1학년이나 2학년 아이들이 합창단으로 나오는 날은 귀여워서 숨이 넘어갈 지경이지요. 10학년 이상의 남자 선배들이 합창단으로 나와 굵은 목소리로 노래를 부를 때의 감동도 큽니다. 새삼 인간의 목소리가 가장 완벽한 악기라는 사실을 느낍니다. 앞에서 떠드는 훈육선생님도 길게 길게 훈화하는 교장선생님도 없습니다. 나지막하게 울리는 종소리 하나로 모든 것이 시작되고 끝나게 되지요. 땡그랑 종소리가 울리면 합창단이 타고르송을 부르기 시작하고 아이들은 두 손을 가슴에 모으고 기도를 합니다. 기도가 끝나면 함께 노래를 부르는데 노래들은 고요하고 명상적입니다. 기도 내용을 구체적으로 알지 못하지만 그 내용이 자연과 신에 대한 찬미라는 것은 짐작할 수 있습니다. 조회는 하루도 거르지 않고, 시간은 오분에서 칠 분쯤, 긴 시간이 아닙니다.

조회가 끝나면 아이들은 모두 자신의 수업 장소로 우르르 몰려가는데 그 모습도 참 예쁘지요. 수업은 모두 나무 그늘 아래서 이루어집니다. 야외 수업인 것입니다. 이것은 타고르 이래의 전통입니다. 흰색과 주황색으로 된 교복을 입은 아이들이 나무 그늘 아래 앉아 선생님과 이것저것 주고받으며 얘기하는 모습이 얼마나 아름다운지…… 대개는 나무 주위에 둥그렇게 모여 앉는데 넓게 펼쳐진 숲 그늘 아래 이런 원들이 계속 이어집니다.

외지인이 수업 시간에 이 숲속의 교실들을 방문하는 것은 쉽지 않은 일이지만 나는 이곳저곳 다 기웃거리며 사진도 찍습니다. 교정의 사진을 찍기 위해서는 허가증이 필요하지만 아무도 내게 허가증을 보여달라고 하지 않습니다. 이들 모두 내가 이곳의 아침 조회를 사랑하고 있다는 것을 알기 때문이지요. 어느 아침, 사리를 단정히 입은 여선생님이 내게 다가와 물었습니다. 그이가 교장선생님인 줄 몰랐지요.

왜 매일 아침 기도에 나오는가?

이렇게 평화롭고 따뜻한 시간은 내 생애에 없었다. 이 시간들은 내게 꿈이다.

아이들의 기도 시간에는 나도 두 손을 모으고 함께 기도를 합니다. 산티니케탄에 머물 수 있도록 시간을 준 신들에게 감사하고 아이들이 잘 자라 훌륭한 인도인이 되기를 바라고 이기적인 마음으로 똘똘 뭉쳐진 나를 버릴 수 있기를 기도합니다.

1학년 2학년 아이들은 수업 중에도 아랑곳하지 않고 내가 나타나면 이름을 부르기도 하지요. 쫌빠다! 쫌빠다!* 나는 그럴 때마다 두 손을 모으고 노모스카! 인사를 합니다. 이곳의 어떤 선생님도 이런 아이들을 주의산만으로 여기는 이는 없습니다. 1학년 소히니는 나를 끌고 가 자기의 자리에 앉히고 같이 수업을 듣자고 한 적도 있습니다. 내가 민망해하며 선생님을 바라보면 선생님 또한 노 프러블럼, 하며 앉으라 하니 꼼짝없이 앉아 1학년 학생이 되지요. 아이의 자리 옆에 앉아 선생님의 목소리를 듣는 동안 마음이 얼마나 평화롭고 따뜻한지 설명할 수가 없습니다. 아이는 내 손을 잡고 선생님 얼굴도 한 번 보고 내 얼굴도 한 번씩 봅니다. 그러다가 눈이 마주치면 웃습니다.

*쫌빠는 챔파의 벵골어입니다. 아저씨를 가리키는 '다다'나 아줌마를 가리키는 '디디'를 사람 이름 뒤에 붙일 때는 '다'와 '디'를 한 번만 씁니다. 그러니 쫌빠다, 하면 챔파 아저씨라는 뜻이 되지요.

몇몇 아이들은 내가 꽃을 좋아한다는 것도 알고 있지요. 어떤 아이는 사흘 내내 나를 기다렸다가 꽃을 주기도 했습니다. 저학년 아이들은 학교에 오면서 거의 대부분 꽃을 꺾어 들고 옵니다. 선생님에게 드리기 위해서입니다. 선생님이 앉은 자리 앞에는 꽃들이 수북수북 쌓이기 마련이지요. 생각해보세요. 자신의 자리 앞에 수북이 놓인 꽃들을 보며 선생님들이 얼마나 행복해할 것인지를……

사라다 바수 선생님은 스무 살 중반의 아주 아름다운 선생님인데 학생들에게 선풍적인 인기가 있습니다. 아이들은 모두 꽃을 가져와 선생님께 드리고는 선생님의 볼이나 이마에 뽀뽀를 합니다. 한꺼번에 달려들어 다들 뽀뽀를 하니 조금쯤 귀찮을 법도 한데 이 아름다운 선생님은 환히 웃습니다. 어쩌면 아이들은 이 선생님에게 뽀뽀를 하기 위해 꽃을 꺾어 들고 신나게 학교에 오는 줄도 모릅니다. 어느 날은 이 선생님이 아이들이 자신에게 준 꽃들 중 보라색의 아파라지타 꽃 한 송이를 내게 준 적이 있습니다. 내가 너무너무 좋아했더니 꽃을 지니고 있던 아이들 모두 내게 꽃 한 송이씩 건네기도 하였지요.

숲속의 교실에는 새소리가 아침 내내 얼음 알갱이들을 따뜻하게 부숩니다. 원숭이들과 개들, 소들, 염소들, 나비들이 아이들과 함께 수업을 듣습니다. 꽃들은 여기저기 피어 그 향기가 아득하고 떠돌이 바람들이 이 나무 저 나무 아래의 수업을 기웃거립니다. 나는 숲속의 한 나무 그늘에 앉아 아이들의 수업을 바라보다가 시를 씁니다.

이 학교는 내 생각에 지상에서 네 번째 아름다운 학교입니다. 어떤 우울한 시간이나 쓸쓸한 생각도 빠따바반의 아침 수업을 십 분만 바라보고 있으면 다 사라집니다. 나는 지상에서 가장 아름다운 첫째와 둘째 셋째 학교를 알지 못합니다. 빠따바반이 지금까지 내가 지상에서 바라본 가장 아름다운 학교의 모습이지만 이보다 더 아름다운 학교가 이 세상 어딘가에 세 개쯤은 더 있어도 좋을 거라는 생각을 합니다. 아름다운 학교에서 자란 아이들이 만든 세상 또한 아름다울 것이기 때문입니다.

1교시를 숲에서 보내고 산티니케탄 큰길로 나오다 다보스 릭샤왈라를 만납니다. 난 그와 이곳저곳을 한 시간쯤 떠돌다 호숫가의 식당에 들어갑니다. 토마토 수프와 토스트로 아침식사를 합니다. 그가 내게 비닐봉지에 싼 물건을 보여줍니다. 놀랍게도 그 안에는 다보스의 여권이 들어 있었습니다. 글도 모르는 그가 어떻게 여권을 만들었을까 신기하기만 한데 미국인 친구가 만들어주었다 하는군요.

미국인 친구의 이름은 레베카, 의사입니다. 레베카가 그를 콜카타까지 데려가 여권을 만들어준 것이지요. 난 한 번도 본 적이 없는 그 레베카라는 미국인에게 감사한 마음이 듭니다. 그이는 오로지 피리 자루 하나만을 알고 세상을 살아온 한 바울 릭샤왈라에게 꿈을 주었습니다. 언젠가 자신도 다른 세상을 여행할 수 있다는 꿈을 지닌 것입니다. 환하게 웃는 나이 든 릭샤왈라의 모습이 빠따바반의 아이들 모습 같습니다.

이 학교는 지상에서 네 번째 아름다운 학교입니다. 나는 지상에서 가장 아름다운 첫째와 둘째 셋째 학교를 알지 못합니다. 빠따바반이 지금까지 내가 본 가장 아름다운 학교의 모습이지만 이보다 더 아름다운 학교가 이 세상 어딘가에 세 개쯤은 더 있어도 좋을 거라는 생각을 합니다. 아름다운 학교에서 자란 아이들이 만든 세상 또한 아름다울 것이기 때문입니다.

우리가 별과 별 사이를 여행할 때

비슈와바라티 숲길입니다.

숲길에 들어서면 마음이 편안해집니다.

한 무리의 아이들이 내게 달려오는군요. 빠따바반 아이들입니다. 아이들이 쫌빠다! 쫌빠다! 내 이름을 부르는군요. 오후 3시가 되었으니 학교 수업은 진즉 끝났을 텐데 아이들이 운동장에 남아 있는 이유를 알 수 없습니다. 적다 보니 내가 이상한 소리를 하고 있군요. 학교가 끝난 뒤에 아이들이 운동장에서 놀지 않을 이유가 어디 있는지요?

나는 아이들 사진을 몇 장 찍습니다.

아이들은 모두 디기 디기! 하며 카메라 주위로 모여듭니다.

디기 디기, 보자 보자, 참 예쁜 말입니다.

사진을 본 아이들은 모두 한마디씩 자신의 소감을 피력하기 마련입니다. 얼마나 싱싱하고 푸르른 소리인지요. 아침 햇살 떠오를 무렵 숲의 새소리를 듣는 느낌입니다.

아이들과 함께 있다가 우마디를 만납니다.

우마디는 이곳 고등학교의 영어 선생님입니다. 학식과 인품이 있는 데다 영어 발음이 좋아 한국인 유학생들에게 인기가 있는 선생님입니다. 이 선생님과 란단 갤러리에서 한국 학생의 졸업작품전을 본 적이 있지요. 그림 이야기를 나누다가 언젠가 이 선생님에게 영어 레슨을 받고 싶다는 생각을 했습니다. 언젠가 꼭 당신의 학생으로 받아주세요, 했더니 그냥 웃기만 했지요.

글 쓰랴 학회에 가랴 학생들 가르치랴 여행도 하랴, 몹시 바쁘다는 것을 다른 학생들로부터 들었지요. 우마디에게 영어 레슨을 받기 위해서는 상당한 배경이 필요하다는군요. 선생님이 편애가 심해 맘에 든 학생들에게만 잘 가르쳐준다는 얘기도 들었습니다. 선생이란 원래 편애가 심한 이들 아니겠는지요. 드러나지 않게 하더라도 말이지요. 영국에서 공부를 했다는 이 선생님이 나는 마음에 들었습니다. 그래서 이 선생님을 길에서 만날 적마다 일부러 영어로 크게 소리쳤습니다. 선생님을 길에서 만나다니 정말 근사한 날이에요! 선생님 학생이 되고 싶은데, 언제쯤 기회가 올까요? 인상 좋은 여선생님은 늘 웃기만 했습니다.

오늘은 그이가 내게 묻는군요.
이름이 무엇인가요?

인디언 네임 쫌빠다, 라고 대답했지요.

우마디는 이미 아이들이 내 이름을 부르며 달려오는 걸 보았습니다. 쫌빠는 꽃 이름이고 다다는 남성이기 때문에 '쫌빠다'는 맞지 않다고 하는군요. 남자인데 여자 이름, 여성 중에서도 더욱 여성스러운 이름을 지녔다는 것이지요. 이 경우 '쫌뽁다'라고 불러야 한다 했습니다. 그제야 나는 인도인들이 내 이름을 듣고서 웃었던 이유를 알수 있었습니다. 아무도 쫌뽁다로 불러야 한다고 말하지 않았지요. 타고르 박물관 앞에서 만난 한 신사는 내 이름을 듣고 한숨을 푹 내쉬더니 그거 참 멋진 이름이군요, 한 적도 있었지요.

고마워요, 디디!
말은 그렇게 했지만 쫌빠다를 쫌뽁다로 바꿀 생각은 없었습니다. 무엇보다도 내 이름을 쫌뽁다로 기억하고 있는 빠따바반 아이들에게 혼란을 주기 싫었지요. 이름을 바꾸게 되면 내 이름을 듣고 웃는 사람도 없어지고 한숨을 쉬며 멋진 이름이군요! 하는 사람도 없어지겠지요.
요즘도 시를 쓰나요?
그이의 말에 나는 조금 과장된 몸짓을 하며 대답합니다.
그럼요. 매일같이 길 위에, 내 노트에 시를 쓰지요!
온 더 로드On the road?
이이가 금세 묻는군요.

나는 풀밭 위를 걸으며 소프트, 소프트soft, soft 하고 말했지요. 이 부드러운 마른 풀들의 감촉이 좋다는 뜻이었습니다. 어차피 나의 영어는 중학교 2학년 때 익힌 단어들로 이루어져 있으니 부끄러워할 이유도 없습니다. 그이가 내게 러슬링rustling, 이라는 단어를 일러주는군요. 그이가 알지 못하는 사이에 우리의 첫 레슨이 이루어지고 있는 것입니다. 나는 풀밭 위를 가벼운 발걸음으로 걸으며 러슬링, 러슬링, 발음해봅니다. 정말 풀들의 감촉이 느껴지는 것 같군요.

나는 그이에게 어제저녁 라딴빨리의 내 자리에서 쓴 시도 보여줍니다. 다이어리를 펼치자 그이가 눈을 크게 뜨는군요. 다이어리의 가죽 커버에 새겨진 타고르 시인의 얼굴을 보고 어디서 구했느냐고 묻습니다. 와온 집의 박하니 군이 만들어 지인들에게 나누어준 이 다이어리는 인도 여행을 하는 동안 많은 인도인들이 관심을 가졌지요. 크와이의 벼룩시장에 갔다가 잠시 좌판 위에 다이어리를 놓고 이야기를 하는데 어떤 인도 여학생이 번개처럼 들어올리고는 얼마냐? 하고 물은 적도 있습니다.

우마디에게 보여준 시의 제목은 부겐빌레아, 입니다. 인도의 가을과 겨울에 제일 흔하게 볼 수 있는 꽃이지요. 꽃 색이 하양 연두 빨강 주황 다양하고 잎과 꽃이 나란히 핍니다. 이파리 수만큼 꽃잎이 달려 있는 탐스러운 꽃이지요. 초고 상태의 이 시를 옮기면 이렇습니다.

부겐빌레아

꽃이 필 때 아무 소리가 없었고
꽃이 질 때 아무 소리가 없었네

맨발인 내가
수북이 쌓인 꽃잎 위를 걸어갈 때
꽃잎들 사이에서 아주 고요한 소리가 들렸네

오래전
내가 아직
별과 별 사이를 여행할 때
그 소리를 들은 적 있네

외로운 당신이
외로운 길을 만나 흐느낄 때
문득 고요한 그 소리 곁에 있음을.

우마디에게 이 시를 길 위에서 들려주었습니다.

우마디가 어메이징amazing!을 연발하는군요. 이렇게 반응이 뜨거울 줄 몰랐습니다. 우마디는 '내가 아직/별과 별 사이를 여행할 때'를 몇 번이나 거듭 묻는군요. 우리 모두는 언젠가 다 별과 별 사이를 여행하던 존재들이라고 말해주었습니다. 우마디가 고개를 끄덕입니다. 우리는 계속 걸어가며 얘기했습니다. 걷다가 우마디의 친구를 만났습니다. 꿈꿈, 이라는 이름을 일러주는군요. 내가 웃으며 하이, 꿈꿈디! 했더니 꿈꿈이 무슨 뜻인 줄 아느냐? 우마디가 묻습니다. 그러곤 꿈꿈디의 이마에 찍힌 붉은 빈디를 가리킵니다. 세상에, 빈디의 벵골어가 꿈꿈이군요. 아주 아름다운 이름이라고 우마디가 말했습니다. 이름에서 어쩐지 달래 냄새가 나는 것 같았습니다. 나는 이 이름이 한국어로 *dream in the dream* 혹은 *dream after dream*의 의미를 지닌다고 얘기했지요.

이렇게 나와 우마디의 첫 수업은 끝났습니다. 우마디는 나를 기꺼이 자신의 학생으로 받아주겠다고 말했습니다. 나는 우마디에게 인도인들의 철학과 삶, 그들이 세상을 살아가는 방식에 대해 느릿느릿 얘기하고 싶다고 말했습니다.

사랑의 인사

캡바

산티니케탄 우체국 앞길입니다.

캡바!

등 뒤에서 누군가 부르는 소리가 들립니다.

캡바, 는 미친놈!이라는 뜻이지요. 그러나 속은 아닙니다. 바울들이 공연할 때 특히 그렇습니다. 공연이 한창 절정에 오르면 사람들이 신이 나서 추임새를 넣습니다. 캡바! 캡바! 이럴 때 캡바는 공연자에 대한 최고의 찬사가 되지요. 야, 너 완전히 미쳤구나. 공연 한번 최고다! 캡바!인 것입니다.

물론 일상생활에선 당연히 저급한 상말이 되지요. 여기는 산티니케탄의 저잣거리입니다. 한 아낙이 누군가를 향하여 다시 한 번 캡바! 하고 부르는군요. 이상하게도 그 소리에 끌렸습니다. 뒤를 돌아

아낙을 바라보다가 확, 반가운 마음이 입니다.

호리다시!

아낙이 나를 보더니 환하게 웃습니다.

호리다시는 일본에서 건너온 바울입니다. 호리다시가 캡바! 하고
부른 이는 쇼또난다 바울이었지요. 쇼또난다는 이곳 바울들 중 실력
이 출중하여 몇 차례 해외공연을 다녔고 한국에서도 공연을 한 적이
있습니다. 쇼또난다는 릭샤 위에 앉아 있었는데 포도 몇 송이를 산
호리다시가 쇼또난다를 부른 것입니다. 나는 한국에서 이 둘을 만난
적이 있습니다. 둘은 예술적 동지이며 연인입니다. 그런데 저잣거리에
서 부르는 호칭이 캡바!이군요. 공연 때의 캡바! 하고는 전혀 다른 느
낌이었습니다. 미친놈!이기는 하되 사랑에 빠진 미친놈, 이라는 느낌
으로 다가왔습니다. 떠돌이 바울로 노래와 춤, 타고르의 시에 미쳐
있지만 자신에게도 미쳐 있기를 바라는 여인네의 심사가 그 호칭 안
에 들어 있는 것입니다. 세상에는 사랑하는 이를 부르는 달콤한 호칭
이 많이 있습니다. 그중에서도 가장 따스하고 인간적인 느낌으로 다
가오는 호칭이 캡바!라는 것을 오늘 나는 알았습니다.

호리다시와 쇼또난다가 나란히 릭샤를 타고 떠납니다. 오늘 밤 마
을의 한 부호의 집에서 공연이 있다는군요. 그 공연을 위해 세 시간
동안 낡은 로컬 버스를 타고 그들은 보르드만의 아슈람에서 산티니
케탄까지 왔습니다. 낡을 대로 낡은 그들의 여행가방과 허름한 봇짐

이 사랑스럽습니다.

캡바!

아련하고 애틋한 호리다시의 목소리가 다시 들립니다.

자이구루

산티니케탄에는 반소리를 부는 릭샤왈라가 둘 있습니다. 다보스 바울 릭샤왈라와 오닐 릭샤왈라가 그들입니다. 해가 지고 달빛이 초롱한 밤, 그들이 릭샤에 앉아 부는 피리 소리가 산티니케탄의 숲과 밤 길을 적십니다. 반딧불이들이 깜박깜박 날아오르는 밤에 이들의 반소리 연주를 듣고 있노라면 내 영혼의 한 자락도 반딧불이들과 함께 먼 나라로 떠나는 느낌이 들지요.

이들의 피리 소리가 가장 촉촉이 가슴을 적실 때는 몬순 무렵입니다. 가는 비가 고요하게 산티니케탄의 숲을 적셔나갈 때 밤의 푸른 기운과 신비한 습기 속으로 반소리 가락이 번지는 것입니다. 까닭 모를 서러움과 아득히 지난 시절의 향수조차 밀려오는군요. 그들이 반소리를 부는 밤이면 나는 그들에게 다가가 자이구루! 하고 인사를 합니다. 그들도 짧은 합장과 함께 자이구루! 하고 답례를 하지요.

자이구루!는 너의 스승에게 경배를! 이라는 의미를 지닌 인사말입니다. 넌 정말 보기 좋은 삶을 살아가는데, 너를 이렇게 잘 길러준 스승에게 감사를 드린다, 의 뜻이지요. 바울들이 공연할 때도 청중은 자이구루! 라는 추임새를 넣습니다. 너를 보니 네 선생님 정말 훌륭한 분이구나! 하는 영탄을 담고 있는 것이지요.

네팔과 힌디의 인사말은 나마스테!입니다. 벵골어로 같은 뜻의 인사말은 노모스카!입니다. 당신의 마음 안에 있는 당신의 신과 영혼에게 인사를 드린다, 는 뜻이지요. 상대방의 신과 영혼을 배려하는 아름다운 인사말입니다. 다른 릭샤왈라들과 인사할 적이면 나는 노모스카, 하고 인사하지만 다보스와 오닐에게는 꼭 자이구루! 하고 인사를 합니다. 네 피리 소리는 정말 듣기 좋아, 라는 의미도 들어 있고, 남은 인생의 시간에도 멋진 스승을 만나렴, 이라는 의미도 함께 들어 있습니다.

그들이 내게 자이구루! 하고 인사할 적이면 생의 어디선가 나도 꼭 멋진 스승을 만날 것 같아 행복해지는 것입니다. 언제부턴가 나를 만날 적 자이구루! 하고 인사하는 릭샤왈라들이 하나둘 늘고 있습니다.

당신의 눈

당신의 눈은 황혼의 신의 고즈넉한 마법
당신이 나를 바라보면 내 마음 안 깊고 푸른 하늘의 정원에 별들이 꽃을
피웁니다
누군들 이 마음의 보석 상자를 본 일 있겠는지요
오직 당신의 눈을 통해 나는 내 가슴속 신비한 꽃밭을 봅니다

당신의 침묵은 내게 거역할 수 없는 하늘의 노래입니다
당신은 종일 내 영혼의 머리칼에 하늘의 샘물을 붓습니다

이것이 내가 홀로 하늘을 보며 노래 부르는 이유입니다
노래는 어둠을 넘어 영원의 국경으로 들어섭니다.

—*The Look*, 1882년

보순또 바하 꽃이 필 때
— To Atsuko Honda

내 꿈속에 꽃이 핀다면
저런 형상으로 필 것이다

어느 날 신이
내 꿈속의 마을을 방문한다면
바로 저 빛깔의 사리를 입고 올 것이다

누군가 내 꿈속에서
지상의 별들을 모두 잠재울 노래를 부른다면
그는 바로 저 꽃의 눈빛으로 우리를 적실 것이다

고단한 하루 일을 끝내고
아기를 잠재운 어머니가

비로소 떠나고 싶은 짧은 한 세상이 있다면
그것은 바로 저 꽃의 순결한 그늘일 것이다

동무여, 가난한 내 노래는
한 잔 2루피 짜이 가게의 불빛보다 침침하고
환멸과 질시로 가득 찬 내 영혼은
그믐의 조각배 위 위태롭게 출렁거리나니

언젠가 한 번 꽃 피거든
이 꽃만큼만 피어라

언젠가 한 번 맞을 죽음이거든
이 꽃만큼만 처절하게 시들어라.

2010년 3월 10일

1.

3월의 산티니케탄에 보순또 바하 꽃이 피었습니다.

보순또 바하 꽃은 노란색입니다. 이렇게 순결하고 이렇게 우아한 노
란빛은 본 적이 없습니다. 완벽하고 절대적인 노란빛입니다. 처음 이
꽃을 보았을 때 꽃의 시원을 생각했습니다. 도대체 이 꽃은 어디에서

63

왔는가? 당신의 정원에서 온 것이라고밖에 생각할 수 없었습니다. 당신의 꿈, 당신의 힘이 아니라면 이런 꽃을 빚어낼 수 없을 거라 생각했습니다.

보순또 바하 꽃은 키가 큽니다. 미루나무만큼 크지만 살집이 더 있습니다. 보순또 바하가 피어 있는 숲의 모습은 깊고 아득한 어둠 속에 핀 촛불을 바라보는 느낌입니다. 보순또는 벵골어로 봄입니다. 바하가 무슨 뜻인지 알려고 하지 않았습니다. 봄날의 바하. 처음 그 꽃의 정치한 빛을 보았을 때부터 바하를 생각했지요. 당신도 바하를 좋아하는지요? 겨울의 스산함이 아직도 남아 있는 봄밤, 생의 의미를 묻듯 뚝뚝 떨어지는 달빛 같은, 달빛들이 고여 만든 개울물 같은, 개울 위에 놓인 징검다리 밟고 가는 챔파꽃 향기 같은, 생의 맨 마지막 정거장 이름은 끝내 생각하지 않아도 좋을 것 같은 그의 음악을 당신도 좋아하세요?

그래요, 보순또 바하는 꽃이 아니라 허공에 핀 음악입니다. 지상에 목숨을 부린 모든 생명을 찬양하기 위해 남긴 신들의 부적입니다. 무지개는 일곱 가지 빛을 통해 신들의 정원을 찬양하지만 보순또 바하의 단 한 가지 노란빛만큼 신비하지 않습니다.

2.

비슈와바라티의 깔라바반미술대학 구내에는 일곱 그루의 보순또 바하가 서 있습니다. 네 그루는 세라믹을 전공하는 학생들의 작업실 앞에, 세 그루는 간디의 동상 옆에 서 있습니다. 지팡이를 짚은 헐벗은 간디의 모습과 이 신비하고 평화로운 꽃나무의 모습은 잘 어울립니다. 꽃나무 아래에 서서 떨어진 꽃잎들을 먹는 소를 바라보고 있다가 자전거를 타고 가는 아츠코를 보았습니다.

아츠코는 오사카의 미술대학을 졸업하고 이곳 비슈와바라티 미술대학원에 유학 왔습니다. 졸업작품전에서 그의 그림 〈So far away〉를 보고 어디서 이렇게 멀리 떨어졌나요? 물었더니 고향, 이라고 말했지요. 일본에서 지낸 모든 시간들이 너무 그리워 한 방울 두 방울 눈물을 흘리며 그림을 그렸다고 했지요. 그의 작품들은 모두 그 안에 자그마한 호수를 지니고 있는 것 같았습니다. 맑은 달빛과 꽃향기가 있는 호수입니다. 호숫가에 작은 흙집들이 있고 호롱불이 있고 반딧불이들의 춤이 있습니다.

아츠코의 작품들에는 그 작품을 만든 날짜들이 꼬박꼬박 적혀 있었습니다. 하루도 빠짐없는 그 날짜들이 예술가로서의 그의 존재 의미입니다. 나는 아츠코에게 한국인 화가 강익중을 이야기했습니다. 가난한 예술가로 그가 뉴욕에서 살아가며 제대로 된 스튜디오나 그림 도구도 없이 쓰레기 더미에서 주운 판자 조각 위에 매일매일 한국의 산과 구름, 꽃, 그리운 얼굴들을 하나씩 그렸다고, 지하철 안에서

3인치짜리 판자 조각에 그린 그의 그림들을 이제는 많은 사람들이 사랑하게 되었다고 얘기했습니다.

아츠코는 시만다빨리에 살았습니다. 산티니케탄의 외곽 마을이지요. 카스트에도 없는 산탈리인도 북부의 원주민으로 극빈의 불가촉천민 부락과의 경계에 있습니다. 아츠코의 집은 오래전에 시멘트로 지은 단층집입니다. 주인이 살고 있는 집 곁에 세워진 사랑채와 같은 집이지요. 집을 돌보는 하인들이 살았던 집일 것입니다.

집 안에 큰 방 하나가 있고 작업실로 쓰는 공간이 바로 곁에 있습니다. 외벽의 페인트는 다 벗겨져 원래의 빛을 짐작할 수 없습니다. 낡을 대로 낡은 그 빛이 오히려 평화로운 느낌을 줍니다. 능소화 한 줄기가 그 벽과 창을 건너고 있는 모습도 보입니다. 한 달 집세는 1,200루피라고 했습니다. 밥을 먹고 잠을 자고 매일 그림을 그리는 그 공간이 한 달 3만 원입니다.

처음 아츠코의 집에 초대 받았을 적 생각이 나는군요. 아츠코의 한국인 동무 사다와 함께였지요. 둘은 산티니케탄에서 내게 영감을 준 젊은 예술가들이었습니다. 아츠코의 방에는 냉장고가 없었습니다. 40도가 넘는 날이 연중 8개월 이상 지속되는 산티니케탄에서 외국 유학생이 냉장고 없이 지내는 것은 생각하기 힘든 일입니다. 몬순기였고 비가 내린 뒤였습니다. 몬순의 비가 아니라면 50도를 넘나드는 산티니케탄의 한여름을 이겨낼 이는 아무도 없을 것입니다. 우린 아츠코가 직접 만들어 내온 말차를 마셨습니다. 그 맛이 고 즈넉해서 두 잔을 내리 마셨습니다. 말차를 마시며 나는 얼마 전의 풍 경 하나를 떠올렸습니다.

산티니케탄에는 파크 게스트하우스라는 운치 있는 작은 호텔이 있습니다. 꽤 큰 호수가 있고 호숫가를 따라 황톳길이 펼쳐진 이 호 텔에는 같은 이름의 레스토랑이 있는데 이곳의 음식은 내가 먹어본 인도 음식들 중 가장 맛이 좋았습니다. 크와이의 멜라에서 만난 외 국 유학생들과 함께 이곳에서 저녁을 먹었지요.

그곳에 아츠코도 있었습니다. 파크 레스토랑이 처음이라 했습니 다. 음식을 기다리는 동안 생수를 한 잔씩 마시게 되었지요. 유리컵 에 물을 부어주자 아츠코는 두 손으로 컵을 감싸더니 이내 볼에다 대보는 것이었습니다. 한 잔의 물에서 충분히 현재를 느끼는 아츠코 의 그 모습이 참 보기 좋았습니다.

냉장고가 없는 아츠코의 방에서 얼마쯤 머물다가 조금은 어색해질 수도 있는 질문 하나를 하고 말았습니다. 왜 냉장고를 쓰지 않는 것이 지요? 아츠코가 말했습니다. 고향을 떠나 오사카의 대학으로 유학을 갔을 때 난 냉장고를 썼습니다. 그곳은 일본이니까요. 난 산티니케탄 에 유학 온 학생입니다. 이곳의 인도 사람과 같이 생활하고 싶었습니 다. 냉장고가 내게 꼭 필요한가 자신에게 물었지요. 냉장고가 없다면 공부할 수 없는가 생각했습니다. 냉장고가 없어도 공부할 수 있다고 생각했고 여기에 경제적인 이유는 없습니다.

참 보기 좋았습니다. 맑고 순수하고 조용하게 타오르는 열정이 있었지요.

3.

3월이면 산티니케탄 주변 논과 밭들은 갓 수확한 감자로 넘쳐납니다. 지평선 끝까지 감자를 캐는 사람들이 이어져 있습니다. 갓 캔 감자는 실로 짠 작은 망태에 담기는데 10킬로그램쯤 되는 망태들이 도처에 쌓여 있습니다. 그 모습이 얼마나 평화롭고 보기 좋은지요? 이 무렵 산티니케탄의 야채 가게에서 감자는 1킬로그램에 3루피, 변두리에서는 그보다 싼 값에 팔립니다. 감자 요리는 인도 서민들의 주식입니다. 미화 1달러면 15킬로그램의 감자 한 망태를 살 수 있습니다. 한없이 착하고 평화로운 이 가격 때문에 인도의 서민들이 살아갈 수 있는 것인지도 모릅니다.

감자꽃이 필 때는 정말 장관입니다. 산티니케탄 익스프레스를 타고 달리다 보면 흰색과 보라색의 감자꽃들이 지평선 끝까지 피어 있는 모습을 볼 수 있습니다. 만개한 감자꽃 들판 사이로 원색의 사리를 입은 여인네들이 걸어가는 모습은 동북인도의 로망입니다.

나는 아츠코에게 알루 플라워를 아느냐 물었지요. 알루는 감자의 벵골어입니다. 아츠코는 감자꽃을 본 적이 없다고 했습니다. 나는 감자꽃이 한국 충청도나 전라도의 깊은 산골 마을 아가씨의 이미지를 닮은 꽃이라고 말했습니다. 흰색과 보라색의 꽃이 피는데 감자알도 꽃빛을 따른다고 얘기했지요. 아츠코가 감자꽃의 이미지를 닮았다고 얘기했지요.

한 번도 본 적이 없는 감자꽃이 마음에 든다고 아츠코가 말했습니다. 일본에 돌아가면 자신의 스튜디오 이름을 감자꽃으로 하겠다고 얘기했지요. 산티니케탄을 떠나기 전 아츠코는 알차Alcha라는 이름의 작은 레스토랑 겸 갤러리에서 자신의 첫 전시회를 가졌습니다. 타이틀이 알루 플라워였지요. 파크 레스토랑에서 생수가 든 컵을 두 손으로 감싼 채 고개 숙여 그 느낌을 느끼던 아츠코의 모습이 떠오릅니다.

4.
산티니케탄에서 내가 만난 보순또 바하 꽃나무는

라딴빨리　　　3그루
깔라바반　　　7그루
란단 갤러리　　2그루
만디르　　　3그루
삼바티 마을 입구　4그루
깔라바반 입구　　1그루

구루빨리 입구   1그루

구루빨리와 빠따바반 경계   2그루

스무 그루가 조금 넘을 뿐입니다.

그런데도 짧은 3월의 봄날 산티니케탄의 숲과 길에서 내 눈은 온통 보순또 바하 꽃나무로만 빛났습니다. 화무십일홍花無十日紅이랬지요. 보순또 바하가 진정 그렇습니다. 평화롭기 이를 데 없는, 순결하기 이를 데 없는 이 꽃나무의 절대적인 노란빛의 음악이 영원할 거라고 믿었습니다. 한없이 한없이 지속되는 축제의 음악을 생각했지요.

꽃이 핀 지 열흘이 지나면 지상에서 가장 아름답게 핀 꽃이 가장 처참하게 진다는 것을 알았습니다. 보순또 바하 꽃이 시드는 것을 지켜보는 것은 지상에서 가장 쓸쓸하고 마음 아픈 일입니다.

*보순또 바하의 원뜻은 '봄의 언어' '봄의 말'입니다. 산티니케탄에 봄이 오면 제일 먼저 보순또 바하가 봄이 왔다!고 얘기하는 것입니다.

아카시 강가로 가는 하얀 종이배

—To Sulagna Mukherjee

밤길 산책을 했습니다.

가을 들어 오후 6시만 되면 온 세상이 칠흑처럼 어두워집니다. 초저녁에 으레 정전이 되지만 정전이 되지 않더라도 불을 켜지 않는 집이 많습니다. 가난한 이곳 사람들이 비싼 전기를 자유롭게 쓰기란 쉽지 않습니다. 플래시를 준비했지만 밤길은 캄캄해야 더 운치가 있지요. 무엇보다 반딧불이들이 지천으로 날아다니니 이렇게 아름다운 별밭은 없을 것입니다. 가로수란 가로수들은 모두 크리스마스트리가 되어 반짝거립니다. 반딧불이들의 마을 산티니케탄에서 일 년 하고도 삼 개월을 훌쩍 보냈지만 이렇게 많은 반딧불이들을 본 것은 처음입니다.

반딧불 가로수 길을 죽 따라가면 아름다운 호수가 있는 공원이 나오고, 조금 더 걸어가면 빤틱이라는 이름의 기차역이 나오지요. 밤

기차역의 기적 소리는 언제 들어도 마음이 설레는군요. 기적 소리가 붕붕 울리면 반딧불이들도 반응을 합니다. 궁둥이에 붙은 초록색과 노란색 하얀색의 불들이 순간 일제히 반짝거립니다.

길가에 아주 작고 허름한 짜이 가게가 있습니다. 호롱불 두 개가 침침하게 켜져 있는 찻집인데 의외로 사람들이 여럿 있습니다. 얼굴을 분별하지 못하는 어둠 속에서 두런두런 들리는 얘기 소리는 정답고, 찻집의 캄캄한 흙벽에서 풍겨 나오는 흙냄새도 한없이 포근합니다. 오래전, 타고르 시절부터 있던 찻집이라고 투툴이 말해 줍니다.

어둠과 함께 마시는 차 맛이 더없이 맑고 깨끗했습니다.

내가 투툴을 처음 만난 것은 9월이 시작되는 첫날이었습니다.

그이를 처음 만난 곳은 알차였습니다. 그리고 더, 라는 뜻을 지닌 참 낭만적인 카페지요. 이곳의 아이스커피와 아이스 레몬티는 국제적인 감각이 있습니다. 한 잔에 20루피, 좀 비싼 것이 흠이지만 한국 가격으로 치면 500원쯤이니 견딜 만한 것이지요. 알차의 갤러리에서 이곳 미술대학원을 졸업한 플로라는 이름의 텍스타일 아티스트의 전시회가 있었지요. 작품들을 열중해 보고 있는데 누군가 내게 말을 걸었습니다.

어디서 왔는가? 무슨 일을 하는가?

쇼트커트 헤어스타일에 밀리터리룩을 한 아가씨를 인도에서 그것도 산티니케탄에서 보리라고는 생각하지 못했습니다. 게다가 인도 아가씨가 말을 붙여오는 것은 흔치 않은 일이어서 나는 정성껏 답했습니다. 타고르의 시를 좋아해서, 타고르의 벵골어 시들을 공부하고 있다고 말했지요.

이이가 책 한 권을 내게 보여주는군요. 책 제목이 라빈드라나드 타고르의 『부다데바*Buddha deva*』였습니다. 타고르의 이름만 보아도 내겐 반갑기 그지없습니다. 타고르의 작품들 중 불교에 관한 것만 모아 영어로 번역한 것이었습니다. 추천사에는 이 분야 최초의 작업이라는 찬사가 곁들여 있군요. 책을 건넨 이가 번역의 주인공이었지요. 타고르를 매개로 이이와 몇 차례 만나는 동안, 나는 이이에 대해서 몇 가지를 알게 되었습니다.

이이는 산티니케탄 최고의 가문에서 자랐습니다. 아버지는 인도군의 장군 출신이었고 어머니는 이곳 비슈와바라티 대학의 교수였습니다. 슐라그나 무커지*Sulagna Mukherjee*라는 그의 정식 이름에서 무커지가 최고의 카스트를 나타낸다는 것도 알게 되었지요.

대학에서 영문학 강사를 하고 있는 이이는 건강이 좋지 않았습니다. 오른손의 손가락들에 통증이 심하고 더러는 마비될 때가 있다고 합니다. 이삼 일에 한 번 주치의를 만나고 있는데 의사는 푹 쉬라 한다는군요. 최근에는 왼손에도 마비 증상이 찾아왔지만 의사에게 알리지 않았다고 합니다. 왜 알리지 않았느냐 물으니 의사와 부모님이 친구인지라 곧장 연락이 갈 것이고 그렇게 되면 부모님 걱정이 더 심해질 것이기 때문이라 했습니다. 덧붙여서 내 병은 내가 안다고 말하더군요.

이이는 평소에 웃지 않고 표정에도 변화가 없습니다. 냉커피를 마실 때 정량보다 설탕을 조금 더 넣어달라는 것, 정도가 감정 표시입니다. 최고의 카스트와 최고의 지성을 지닌 이를 알게 된 것은 내게 행운이었습니다. 나는 그동안 인도에서 지내며 궁금했던 것들을 그에게 물어보았는데, 그때마다 우리는 격렬한 토론을 벌였습니다. 한 자리에서 두세 시간씩 거의 싸울 듯 이야기를 하곤 했지요.

내가 그에게 물은 첫 번째 질문은 인도의 최상류층은 힌두교를 믿는가? 하는 것이었습니다. 질문의 의미가 무엇인가? 라고 이이가 다시 물은 것은 당연한 일입니다. 힌두교의 나라에 살면서 자신이 상류층 힌두라는 분명한 정체성을 지니고 있는 터에 이런 질문을 받게 된 것은 아마도 처음이었을 것입니다.

나는 질문의 배경에 대해 설명했습니다.

인도는 인구가 많고 경제 사정은 좋지 못하다. 사실대로 말하면 인도인 중 절대 다수가 끔찍한 가난에 시달리고 있다. 이 가난은 철저히 방치된 느낌이 있고 방치의 핵심에 힌두교가 있다는 생각이다. 나는 가난한 이들이 매일 힌두의 신들에게 정성껏 푸자 드리는 모습을 보았다. 소똥소를 신성시하는 힌두교에서 소똥은 민간의 삶 속에서 특히 신성시된다. 제사 의식을 드릴 때 그들은 앞마당과 신을 모신 방에 정성껏 소똥 반죽을 바른다을 반죽해 방바닥 전체에 바르고 향을 피운 뒤 푸자를 드린다. 방바닥에 바른 소똥 반죽이 불결하다는 생각은 그들의 정성스러운 자세 때문에 이방인인 내게도 들지 않았다.

인도의 최상류층이라 함은 이른바 로열 패밀리, 최상류의 카스트에 외국 유학을 하고 최고의 경제력을 지닌 이들을 말함이다. 난 이들이 힌두교를 믿지 않는다고 생각한다. 그들이 자신들의 방바닥에 소똥을 바를 리가 없다. 힌두교를 믿지 않지만 그들이 지닌 부와 명예의 세습을 위해 힌두교는 필요하다. 가난한 최하층 카스트의 사람들이 힌두교에 열중해 있는 동안은 그들은 체제에 불안을 느끼지 않고 현생을 누릴 수 있다. 간디가 바가바드 기타를 곁에 두고 읽었다는 사실은 알고 있다. 허나 그가 힌두교 신자로서 무엇을 어찌했다는 기록이 있다면 내게 알려달라. 내 이야기의 핵심은 인도의 최상류층은 진짜 힌두가 아니며, 그 무엇보다 그들은 가난한 인도의 하층민을 구제할 생각이 없다, 는 것이다. 한 나라가 좋은 나라가 되기 위해서는 상류층과 하류층의 삶의 질의 간격이 최대한 축소되어야 한다.

이이는 많이 당황했습니다. 답변을 하려 무던히 애쓴 끝에 자신의 부모님과 이야기를 해 다시 알려주겠다고 했습니다.

다음 날도 토론은 계속되었습니다.
이이는 힌두교의 속성이 다양함과 자유로움이라고 얘기했지요. 힌

75

두교는 다신교이며 개인이 그중 어느 신에 열중해 믿는다고 해도 문제가 될 것이 없다고 했습니다. 인도에서는 무슬림도 자유롭게 종교 활동을 할 수 있고 불교와 기독교 신자 또한 자유롭게 종교 활동을 할 수 있다고 했습니다. 최상류층이라고 해서 꼭 힌두가 될 필요가 없고 종교의 길이 열려 있다는 것이었습니다. 어긋남이 없는 답변이었지만 내 질문의 핵심은 종교의 자유가 아니었습니다. 인도의 최상류층이 가난한 절대 다수의 인도인들을 현실에서 구제할 의사가 있는가, 하는 것이었지요.

오십 년 전으로 돌아가자. 그땐 한국도 인도도 똑같이 가난했다. 지금 한국은 경제적인 진전을 이루었고 개인의 정치적 자유도 진보했다. 1970년대와 1980년대 한국의 대학생들은 가난한 이들을 구제하기 위해 스스로 노동자가 되는 길을 택했다. 공장에서 가난한 이들과 함께 생활하며 가난한 이들이 꿈을 가질 수 있도록 계도시킨 것이다. 대학만 졸업하면 상류층으로의 삶이 가능한데도 그들은 가난한 이들의 꿈과 함께한 것이다. 델리 대학교를 졸업한 이들이 최고의 직장에 들어가는 것을 마다하고 가난한 이들의 꿈을 위해 헌신하는 일이 보편적인 일이 될 때 나는 인도의 가난과 무지가 치유될 수 있다고 생각한다. 희생과 헌신이 없는 한 이 치유는 불가능하다.

이이는 그런 일은 불가능하다고 말했습니다. 최상류층이 비록 힌두라고 해도 자신의 방에 소똥을 바를 리는 없다 했습니다. 나는 힌두교가 종교로서 제 역할을 다하려면 카스트의 그늘에서 벗어나야 한다고 말했지요. 카스트를 버리면 그것은 인도가 아니라고 이이는 말했습니다. 맞는 얘기지요. 카스트를 버릴 수 없다면 힌두교는 새로운 노력을 기울여야 한다, 고 나는 거듭 말했습니다. 현실에서 공부하지 않고 가난하게만 산다면 다음 생에 좋은 카스트로 절대 태어날 수 없다고 힌두교의 사제들이 가르쳐야 한다고 말했습니다. 공부하고 또 공부해라, 이것이 현실에서 최고의 업을 쌓는 것이다, 라고 가르치면 인도의 끔찍한 가난과 무지가 점차 극복될 수 있을 거라 말했습니다. 그것은 인도라는 나라에 대한 나의 충직한 고언苦言이기도 했습니다.

내용이 이렇다 보니 우리들의 대화는 늘 격했고 따뜻한 분위기가 아니었습니다.

반딧불이들의 윤무가 하늘의 별밭보다 더 아름다운 밤입니다.

별 하나를 끌고 다른 별로 이동해가는 반딧불이의 모습도 보입니다. 하늘에도 은하수가 있고 땅 위에도 은하수가 있습니다. 땅 위의 은하수는 춤을 추며 펄럭펄럭 움직인다는 것이 다르지요. 이이가 *Milky Way*를 한국어로 무엇이라 부르느냐 묻는군요. 나는 은하수라는 말 대신 '미리내'를 일러주었습니다. 미리내의 벵골어가 무엇인 줄 아느냐고 이이가 다시 묻는군요. 미리내의 벵골어를 내가 어떻게 알 수 있겠는지요?

아카시 강가.

이이가 말하는 순간 나는 이 단어가 지닌 시적인 울림 앞에 숨을 멈추었습니다. 아카시, 강가. 두 단어 모두 내가 아는 단어들입니다. 아카시는 '하늘'이라는 뜻이고 강가는 모든 인도인들이 사랑하는 '어머니의 강' 갠지스이지요. 하늘을 흐르는 어머니의 강. 세상에서 은하수를 나타내는 가장 아름다운 말일 거라는 생각이 듭니다.

이이의 말이 이어졌습니다. 아카시 강가에 내 친구가 있어. 이름이 비끄럼이지. 예술가였지. 시와 노래 그림, 다 뛰어났지. 그의 노래를 듣고 있으면 이 세상이 아닌 것 같았어. 그가 작년에 아카시 강가로 떠났지. 떠나며 그가 남긴 마지막 말이 우리 십 년 안에 다시 만나, 였지. 난 꼭 그를 다시 만나야 돼. 십 년 안에. 내 병은 다 내가 알아. 비끄럼이 내 안에 살고 있어. 내 병은 병이 아니야.

아무런 말도 하지 못했습니다. 손이 마비된다고 이이는 늘 대수롭지 않게 말했습니다. 이이가 왜 초연했는지 비로소 알 수 있었지요. 이이는 지금 아카시 강가로 가는 시간을 기다리고 있는 것입니다.

악몽과 동화가 함께 있는 현실이 내게로 왔습니다. 사랑하는 사람이 세상을 떠났고, 그가 머물고 있는 곳으로 떠나기 위해 준비하고 있는 이가 있습니다. 아무것도 모른 채 그동안 나는 이이에게 나의 관심사만 폭언처럼 퍼부었습니다. 숨 막히는 상황 속에서도 이이는 내 질문들에 정성껏 답하려고 노력했습니다. 미안하고 감사한 마음 어떻게 적어야 하는지요?

　고개 들어 하늘을 봅니다.
　아카시 강가가 하염없이 흐르는군요.
　그곳으로 헤엄쳐 가는 아주 작고 하얀 종이배 하나가 보입니다.

첫 입맞춤

하늘의 문이 잠기고
새들이 노래를 멈추었지요
바람이 숨소리를 죽이고
고요의 신만이 알 수 있는 이야기 소리가
숲의 거미줄을 부드럽게 흔들었습니다
외로운 강물이 잠시 흐름을 멈추고
지평선이 제 그림자의 온기를
고요한 땅 위에 드리웠지요
바로 그 순간
이 지상의 가장 아름답고 순결한 창가에서
우리는 첫 입맞춤을 했습니다
사원의 저녁종이 찬란하게 울리고
별들이 자신이 아는 가장 사랑스런 시들을 하늘에 쓰는 동안
우리들 눈에 무지개가 솟아났습니다.

— *First Kiss*, 1897년 7월

사각형의 꿈

호텔 니르바나의 창문 앞에 앉아 있습니다.

처음 호텔의 전망을 보고 놀랐지요. 호텔 이름을 보고 더 놀랐습니다. 이름 한번 죽이는군요. 이 호텔에서 하룻밤만 묵어도 열반에 들 것 같았습니다. 창밖에는 히말라야의 능선이 구불구불 펼쳐집니다. 능선들은 안개에 포근하게 젖어 있지요. 안개 뒤편으로는 세상에서 세 번째로 높은 산봉우리인 칸첸중가를 비롯한 설산들이 펼쳐져 있다는군요. 설산을 보지 못하는 아쉬움은 처음부터 없었습니다. 오히려 저 안개 뒤편 어딘가에 신비한 설국이 펼쳐져 있다고 생각하는 것이 니르바나라는 이름에 어울릴 것 같았지요.

아쉬움이 왠들 없었겠는지요. 아무리 이름이 고상하다고 해도 여기도 사람 사는 세상의 일부입니다. 산 능선을 따라 마을들이 펼쳐져 있습니다. 그 마을들의 형상이 대부분 사각형으로 이루어져 있

82

군요. 산 능선의 좁은 땅 위에 집을 짓다 보니 어쩔 수 없는 선택이었 겠지만 닥지닥지 붙은 네모난 집들의 모습이 마음 편한 것만은 아니 었습니다.

우리나라에 지어진 아파트들 생각이 났지요. 나는 우리나라의 아 파트들이 세상에서 가장 불쌍한 건물이라는 생각을 지니고 있지요. 아무런 개성도 없는 십오 층의 철근 시멘트 구조물들이 한 도시를 가득가득 메우고 있는 모습을 보면 숨이 답답하고 때로는 절망감에 싸이기도 합니다.

내가 살고 있는 도시만 하더라도 고속도로에서 시내로 진입하는 순간, 같은 크기의 거대한 시멘트 골조물들이 시야를 가득 메웁니 다. 나무 한 그루 살 공간도, 바람이 소통할 공간도 없어 보입니다. 아파트 단지를 보는 순간 골이 지끈지끈 아픕니다. 그런데 그 아파 트 한 채를 마련하는 것이 우리나라 사람들의 꿈입니다. 참으로 어 이없고 기가 막힌 현실이지요. 사십 년이나 오십 년 뒤 한 도시를 가 득 채운 저 시멘트 덩어리들은 어떤 운명으로 우리의 후손들을 맞 을는지요.

니르바나에서 이런 생각들을 하다니 참 한심하군요.

어쩌면 나는 다르질링의 집들이 히말라야의 휴양지에 걸맞게 형형 색색의 동화와 같은 모습으로 눈앞에 펼쳐지기를 바랐는지 모르겠습 니다. 아무리 현실이 각박해도 이곳만큼은 샹그릴라의 모습을 지니

고 있기를 바란 것이지요. 마날리를 거쳐서 라다크의 레를 여행할 때
는 사실 이런 생각이 적었습니다. 같은 히말라야 산록이지만 그쪽의
건물들에서는 시멘트 냄새가 훨씬 적었지요. 전통 양식들이 남아 있
었습니다. 동화의 흔적이 있었지요.

　호텔 니르바나의 창가에 앉아서 마을의 모습을 스케치합니다. 마
을을 그리지만 사각형들을 겹쳐 그리는 것과 별 차이가 없습니다. 이
무수한 사각형들은 어디서 어떤 꿈들을 지니고 이곳에 모여들었을까
요. 생각하다 보니 뜻밖에도 하나하나의 사각형을 그려나가는 데 재
미가 붙는군요. 그러다가 우린 인간이 한 생애 동안 열렬히 사랑하는
것은 무엇일까 하는 생각이 찾아오고 뜻밖에도 그것은 사각형일 수
있다는 생각이 드는군요. 해가 지고 사각형의 집들에서 반딧불이 같
은 불빛들이 하나둘 빛납니다.

　초등학교 시절 내 옆집의 아저씨는 책가게를 했습니다. 책가게 안
에는 사각형의 책들이 가득 쌓여 있었습니다. 오후 시간이면 세일러
복을 입은 여학생들이 책가게에 찾아오곤 했는데 세일러복의 하얀색
칼라는 큰 네모였고 가슴에 새겨진 이름표는 아주 귀엽게 생긴 작은
사각형이었습니다. 여학생들이 신은 깜장 운동화에는 발등 부분에
이름을 새겨넣는 하얀 네모 칸이 있었습니다. 아주 단정하고 신비한
규격을 지닌 사각형이었지요. 새긴 이름의 잉크가 파랗게 번져 있던
운동화들 생각도 나는군요.

금요일 저녁이면 책가게의 주인 아저씨는 서울로 책을 사러 가곤 했습니다. 그때마다 나는 먼저 기차역에 가서 아저씨의 기차표를 사고 자리를 잡아주곤 하였습니다. 대가는 아저씨의 서점에서 책을 마음대로 보는 것이었지요. 자리를 잡아주기 위해서는 입장권 한 장이 필요했는데 출발 시간보다 한두 시간 전 자리에 앉아 기차표를 물끄러미 바라보았습니다. 이 작은 차표 한 장으로 서울까지 갈 수 있다는 게 참 신기했습니다. 내가 뒤에 이리저리 세상을 떠돌아다니는 것을 좋아하게 된 것은 이 작은 사각형의 기차표를 물끄러미 들여다보던 순간을 좋아한 데서 비롯된 것인지도 모릅니다. 기차가 출발할 시간이 되면 김밥 장수들이 올라와 김밥을 팔았습니다. 김밥은 사각형으로 된 나무 상자 안에 가지런히 들어 있었는데 나무 상자에서는 은은한 나무 향이 배어나왔습니다.

그 무렵 처음 주번 하던 생각도 나는군요.

교실 문을 열고, 초록색의 칠판을 닦는 외에 어항 물을 갈아주어야 했지요. 교실도 교실 문도 칠판도 어항도 다 사각형이었군요. 어항 안에는 붉은색의 금붕어가 세 마리 살았습니다. 클로렐라라고 하는 먹이만 조금씩 주면 금붕어는 잘 살았습니다. 어항 안의 물빛이 약간의 초록빛을 띠는 때가 금붕어들이 제일 잘 사는 때였습니다. 앞 주의 주번이 잠깐 물갈이를 잊어버리면 어항의 물은 금세 짙은 초록빛이 되었지요.

목요일 아침 어항을 들여다보았는데 금붕어 중 한 마리가 비실비실

했습니다. 큰일이었지요. 주번을 하는 중에 금붕어가 죽으면 주번이 책임을 지고 새 금붕어를 구해놓아야 했습니다. 물을 갈아주고 새 클로렐라도 넣어주고 했지만 결국 다음 날 금붕어는 죽었습니다. 나는 선생님에게 금붕어가 죽었다는 얘길 했고 돈은 없다고 말했지요. 선생님은 알았다고 말했고 다음 주에 교실에 들어갔을 때 어항 안에는 세 마리의 금붕어가 놀고 있었습니다.

옛 시킴 왕국의 수도 강토크Gangtok의 메인 도로 이름은 마하트마 간디 로드M. G. Marg입니다. 간디 로드는 두 개의 기다란 거리가 이어져 만들어졌습니다. 두 개의 거리는 당연히 사각형의 틀을 지녔고 그 안에 무수한 작은 사각형의 벤치들이 놓여 있습니다. 거리 바닥에는 사각형의 앙증맞은 보도블록들이 깔려 있습니다. 가로등 허리에 걸려 있는 화분들도 사각형이군요. 화분 안의 꽃들도 사각형의 꿈을 꾸는 것은 아닌지요. 종이배나 종이비행기 종이학을 펼치면 사각형의 종이가 나타나듯 말이지요.

내가 편하게 누워 새소리를 듣는 호텔 니르바나의 침대도 사각형이고 새소리가 통과해 들어오는 유리창도 다 사각형입니다. 창문과 창문이 서로 열린 틈새도 사각형이군요. 바람들이 저 틈새를 통과하기 위해서는 사각형의 틀을 가져야 하는지도 모르겠군요. 우리들이 전혀 알지 못하는, 누구도 본 적이 없는 아주 자유로운 형태의 사각형 말이지요.

시킴으로 여행하기 위한 허가서, 허가서의 한쪽 귀퉁이에 붙은 누군가의 웃고 있는 사진, 티베트 난민 정착지로 가는 긴 돌계단들, 술병의 라벨들, 바람에 날리는 룽가티베트 불교의 경전을 목판으로 찍은 깃발, 낡은 영화관의 비 오는 스크린, 미술관과 명화들, 명화를 담은 액자들, 다 사각형이군요.

그대여, 그대가 이 세상에 처음 왔을 적 몸을 감싸주었던 무명천도, 그대가 세상을 떠날 적 허름하기 이를 데 없는 그대의 낡은 몸을 감싸줄 삼베 천도 다 사각형입니다. 그대가 여행 중 매일매일 찍어대는 수백 컷의 사진들, 그토록 쓰기 좋아하는 예쁜 그림엽서들 또한 작은 사각형으로 이루어졌으니 사각형이 없다면 그대의 여행이, 우리들의 인생살이가 얼마나 쓸쓸하고 삭막해질 것인지요?

다르질링의 닥지닥지 붙은 사각형 집들이 사랑스러워짐을 느낍니다. 니르바나의 정원에서 우연히 만나 내가 그린 다르질링의 집들을 바라보던 한 한국 수녀님은 그중의 한 사각형을 가리키며 말했지요. 여기에요, 여기가 바로 우리 수도원이에요! 잠시 그 소리가 여기에요, 여기가 바로 우리가 사는 세상이에요!로 들렸습니다.

2. 지상에서 가장 아름다운 릭샤 스탠드

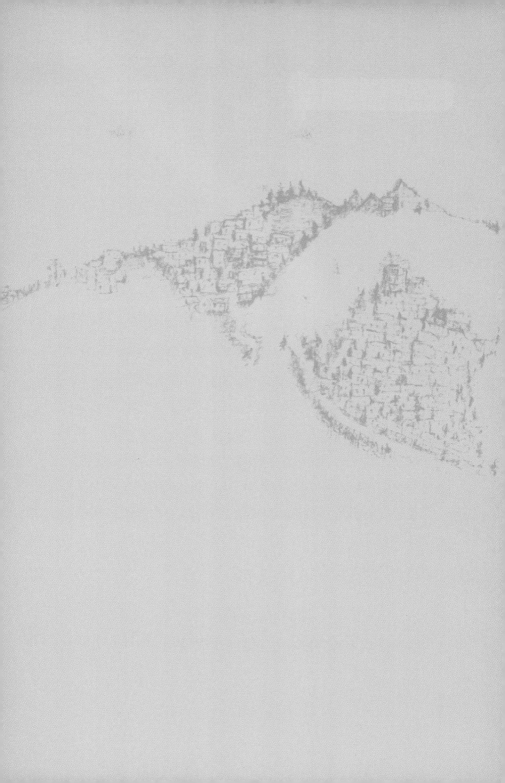

수보르, 나의 시 선생님

수보르는 릭샤왈라입니다.

수보르는 산티니케탄의 릭샤왈라 중 가장 잘생겼습니다. 수보르의 릭샤는 출고된 지 얼마 안 된 새것인데다 노란빛과 붉은빛으로 멋지게 보디 페인팅이 되어 있어 먼 곳에서도 눈에 띕니다. 잘생긴 수보르가 멋진 릭샤를 몰고 산티니케탄 메인 도로에 들어서면 주위가 환해집니다. 내가 지닌 고정관념에 따르면 그와 내가 가깝게 지낼 확률은 없어 보입니다. 잘생기고 말끔한 릭샤왈라보다는 허름하고 못생긴 릭샤왈라가 내 눈에 더 정겹고 릭샤 또한 적당히 낡은 쪽에 눈이 더 가기 때문이지요. 그런 그가 산티니케탄의 내 일상에서 가장 가까운 이가 되었습니다.

그의 릭샤를 타고 산티니케탄 거리를 달리는 일은 즐겁습니다. 그가 마주치는 모든 이들과 인사를 나누기 때문입니다. 릭샤왈라들,

짜이 가게의 손님들, 자전거 수리공, 꽃을 따는 할머니, 나뭇짐을 지고 가는 아낙들, 멋진 구루따선생님들이 입는 전통 복장를 입고 가는 선생님들…… 그들 모두에게 한 손을 번쩍 치켜들고 큰 소리로 어이, 친구들 다들 잘 지냈어! 부르고 난 뒤 각자에게 맞는 인사를 하는 것입니다.

그의 인사는 정해진 대상이 있는 것이 아닙니다. 세발자전거를 타고 노는 아이에게 어이, 친구! 발로아첸안녕! 인사를 하기도 하고, 처음 보는 아낙네가 길가에 쪼그려 앉아 있으면 어디서 왔느냐, 어디 아픈 것은 아니냐, 하고 묻지요. 강아지나 고양이 염소 들돼지들을 만나면 그들에게도 모두 어이, 친구! 잘 지내? 하고 말하는 겁니다. 다들 네 친구니? 하고 물으면 그럼, 다 내 친구들이지, 라는 대답이 돌아옵니다.

그가 개들이나 고양이 염소들과 인사할 적이면, 꼭 그들의 이력을 내게 들려줍니다. 저 개는 어느 동네 개인데 지금 엄마를 만나러 가는 중이다, 엄마 개는 지난겨울 새끼 다섯 마리를 낳았는데 그중 두 마리는 죽고 세 마리는 잘 산다, 지난번 크와이 멜라에 너 따라온 개도 그 세 마리 중 한 마리다, 라고 얘기해주는 것입니다.

특히 그는 아가씨와 아줌마들에게 친절했는데 그가 인사를 건넬 때면 다들 웃으며 지나칩니다. 주황색의 사리를 곱게 입은 한 디디에게 릭샤의 핸들을 놓고 두 팔을 벌리며 인사하는 것을 보고는 그에게 물었습니다.

수보르, 넌 산티니케탄의 디디들 이름을 다 알지?

그의 대답이 걸작입니다.

다는 아니야, 오십 프로는 알아.

정말 대단합니다. 산티니케탄 디디들의 이름을 절반이나 알고 있다니요. 우리나라 시골 면소재지의 아줌마들 이름을 반이나 알고 있는 것과 다름이 없습니다.

그가 결정적으로 내 혼을 빼가게 된 것은, 그가 꽃들과 인사를 한다는 것을 알게 된 뒤부터이지요. 아무도 보이지 않는 길에서 그가 어이 친구, 잘 지냈어! 하고 인사를 하는데 그 대상이 바로 꽃나무들이었습니다. 사실 그가 제일 진지한 표정으로 인사를 할 때는 바로 꽃나무들에게 인사할 때입니다. 뭐라 혼자 중얼중얼하다가 이내 동안 잘 지내셨는가? 하고 인사를 하는 것입니다.

그는 산티니케탄의 모든 꽃나무들의 이름을 다 알고 있습니다. 벵골어는 물론이고 영어 이름도 다 알지요. 내가 이곳에서 안 꽃나무들의 이름은 모두 그로부터 전수한 것입니다. 새로 핀 꽃나무의 이름을 물으면 서너 차례 정확하게 발음을 들려주지요. 그러고는 한참 후에 그 꽃나무가 다시 눈에 띄면 어김없이 내게 저 꽃나무 이름은 뭐지? 하고 되묻습니다.

내가 이름을 제대로 말하면 쿱 발로아주 좋아! 하고 기뻐하고 내가 조금 더듬는다 싶으면 곧장 반복해서 이름을 들려줍니다. 그는 산티니케탄의 내 꽃선생님이지요. 나보다도 그가 더 시인일 거라는 생각도 많이 듭니다.

뱅골어 공부가 끝나고 집으로 돌아오는 길, 그가 주머니에서 뭔가를 꺼냈습니다. 휴대폰이군요! 그가 자신의 번호를 불러주는데 충격을 받았습니다. 인도의 릭샤왈라가 휴대폰을 가지고 고객과 소통을 한다는 얘기는 어디서도 들은 적이 없었습니다.

그다음 날 그에게 전화를 걸자, 그는 정한 시간보다 먼저 와서 노모스카, 쫌빠다! 하고 인사를 했습니다. 잘생긴 릭샤왈라가 휴대폰을 들고 새 릭샤를 모는 모습이 4차원의 세계 같습니다.

토요일, 크와이 멜라에 갈 적이면 오전에 그로부터 전화가 옵니다.

쫌빠다, 몇 시에 멜라에 갈 거야?

3시 반.

알았어. 그때 갈게.

콜카타에 나갔다가 들어올 적에도 그에게서 전화가 옵니다.

몇 시에 볼푸르 역 도착이야?

이쯤 되면 사실 할 말이 없습니다. 그는 내가 언제쯤 돌아올 것이라는 것을 정확히 알고 이미 기차역에서 나를 기다리고 있다가 전화를 한 것이지요.

나는 그와 함께 그의 집에 들른 적도 있습니다. 너희 집에 갈까? 하고 물으니 되게 좋아하는군요. 그는 아주 신이 나서 릭샤의 페달을 밟았습니다. 그가 거칠게 릭샤를 모는 바람에 내가 몇 번씩 아스떼 아스떼, 천천히 천천히! 하고 말했음에도 소용이 없었습니다. 그는 아마도 뭔지 모를 생각들로 머리가 어지러웠나 봅니다. 급기야 작지 않은 교통사고까지 내고야 말았지요.

어미 개와 함께 있는 강아지들의 무리 속으로 그의 릭샤가 뛰어든 것입니다. 강아지 한 마리가 릭샤에 치였고 강아지는 매우 애처롭게 울었습니다. 핏방울도 튀었습니다. 수보르는 강아지의 다리를 펴더니 물로 씻어주었지요. 다행히도 강아지가 절뚝이며 엄마 곁으로 가는 군요.

수보르의 집은 볼푸르 역으로 가는 철로 변에 있습니다. 기찻길 옆 에 가난한 이들이 모여 사는 것은 세상 어디서나 같습니다. 두 칸짜리 작은 흙집, 안의 컴컴한 공기를 들여다보다가 가슴이 먹먹해졌습니다. 전기도 없고 변변한 세간도 없었습니다. 수보르는 맨흙인 방바닥 에 주저앉아 쟁반 위에 수북이 쌓인 밥을 소부지야채볶음와 함께 먹고 다시 한 차례 더 먹었습니다.

나는 이날 수보르에게 집에 가자고 한 것이 잘못이었다고 생각하게 되었습니다. 상상력은 현실 속에서 태어나지만 그 상상력을 죽이는 것 또한 현실입니다.

나의 친구 릭샤왈라 수보르는 올해 쉰두 살입니다.

그가 어디서 영어 공부를 했고 그가 어떻게 꽃나무들의 이름을 죄다 알고 있는지 알 수 없습니다. 사람을 좋아하고 모든 생명들에게 큰소리로 인사하기 좋아하는 그가 왜 어두컴컴한 흙집 속에서 한 생애를 살아야 하는지도 알 수 없습니다. 그를 생각하면 현생에서의 내 삶이 많이 다행스럽기도 하고 많이 부끄럽기도 합니다.

휴대폰이 울리고 그의 번호가 뜨는군요.

안녕, 친구. 잘 지냈어?

나는 반갑게 인사를 합니다.

가난한 수보르가 어떻게 산티니케탄의 겨울날 깨끗한 양말에 반짝반짝 닦인 구두를 신고 릭샤를 모는지 참 신기하고 신비한 일입니다.

지상에서 가장 아름다운 릭샤 스탠드

라딴빨리의 릭샤왈라들은 아침 해가 뜨기 전 이 릭샤 스탠드에 나옵니다. 그들은 이런저런 이야기들을 나누며 크리슈나쪼라와 라다쪼라가 어울려 빚은 꽃구름을 바라봅니다. 그들이 이른 아침 이곳에 나온 이유는 손님을 맞기 위해서지요. 그러나 내가 보기에 그들은 손님을 기다리기보다는 크리슈나와 라다의 이름 속에 피어난 꽃나무들의 축제에 넋을 팔고 있는 것으로 보입니다. 손님을 기다리기 위해서는 여기보다 더 좋은 장소가 많이 있습니다. 아난다 멜라 앞에도 릭샤 서너 대는 머물 공간이 있고 라딴빨리 입구의 넓은 공터가 손님을 만나기에는 훨씬 유리할 것 같습니다. 그런데도 이들은 기어코 크리슈나쪼라와 라다쪼라의 꽃나무들이 가장 보기 좋게 어울린 곳을 바라보는 장소에 릭샤를 세우고 한꺼번에 모여 앉아 있는 것입니다.

오전 7시부터 10시까지 내가 그림을 그리며 머무는 동안 이 릭샤 스탠드를 찾아온 손님은 딱 한 사람뿐이었습니다. 그마저도 릭샤왈라들과 몇 마디의 말을 나누더니 그냥 가버리고 말았지요. 내가 보기에 손님을 태우겠다는 릭샤왈라들의 의지가 약했습니다. 오전이 다 지난다 해도 이들이 한 차례나마 손님을 태울 확률은 거의 없어 보입니다. 그럼에도 이들은 왜 이 릭샤 스탠드에 모여 있는지요?

나는 그들이 릭샤왈라가 아니라 신선들일 것이라는 생각을 했지요. 그들은 꽃을 보고 꽃을 이야기하고 꽃들이 빚어내는 시간 속에 머물 뿐입니다. 아주 가끔씩 신선들은 자신의 릭샤에 인간을 태우고 인간의 거리를 달려갑니다. 산티니케탄에서 그들이 인간을 태우고 달린 대가로 받을 수 있는 돈은 10루피입니다. 신선이 아니라면 10루피는 전혀 쓸모가 없는 돈이지요. 한국에서 자장면 한 그릇을 먹기 위해서는 열다섯 번은 손님을 태워야 하고, 치킨 한 마리를 배달시키기 위해서는 육십 번 이상 손님을 모셔야겠군요.

4월의 마지막 주 산티니케탄의 라딴빨리 릭샤 스탠드입니다.
이룰 수 없는 사랑 때문에 마음을 잃은 이라면 이곳에 오세요. 이곳에서는 늘 대여섯 명의 릭샤왈라들이 모여 자신들만이 아는 세상의 신비한 이야기들을 두런두런 나눕니다. 만개한 크리슈나쪼라와 라다쪼라 꽃망울들이 그들의 이야기에 귀를 기울입니다. 당신도 그들의 이야기에 귀 기울이고 싶지는 않은지요? 10루피를 받고 꽃 핀 인간의 길을 달리고 싶은 생각이 혹 일지 않는지요?

당신이 이곳에 머무는 순간 신화가 어떻게 현실 속에서 꽃피는지
그 눈부신 찰나를 목도할 수 있습니다.
잊지 마세요. 4월 마지막 주 라딴빨리의 릭샤 스탠드입니다.
지상에서 가장 아름다운 릭샤 스탠드가 그곳에 있습니다.

크와이에서 만난 기쁨

두르가 푸자 이틀째 날입니다.

인도에서 제일 큰 명절이지요. 두르가 푸자 때 인도의 학교는 푸자 방학을 실시합니다. 기간이 무려 한 달이지요. 이 한 달 동안 인도인들은 실컷 축제를 즐기고 한편으로는 떠나온 고향을 찾습니다. 공식적으로는 9월 25일부터 28일까지 나흘간이지만 민간의 푸자 열기는 한 달 이상 지속됩니다. 한국인 유학생들도 이 기간엔 대부분 여행을 떠납니다. 한샘바위네도 이미 여행을 떠났지요. 나와는 10월 10일 네팔의 포카라에서 만나기로 약속했습니다. 그날이 바위의 동생 소리의 생일이라는군요. 레이크사이드의 몬순바에서 맥주도 한 잔 마시고 탄두리피시와 삼겹살도 먹을 예정입니다. 페와 호숫가에서 캠프파이어를 할 수 있을는지도 모르겠군요.

크와이 멜라에 갑니다. 오늘 멜라가 열릴지 안 열릴지 모르겠습니다. 명절이니 안 열릴 수도 있고 다른 때보다 더 크게 열릴 수도 있다고 생각했지요. 비슈와바라티 숲길을 걸어 타고르 박물관 앞으로 나오는 도중에 몇몇 릭샤왈라들이 다다, 멜라? 하고 말을 걸어옵니다. 멜라가 열리는 것이 확실해 보이는군요. 지금 내가 멜라에 가는 제일 큰 이유는 다사를 만나기 위해서입니다. 크와이 멜라에서 처음 내게 종이배를 팔았던 어린 소녀 말입니다.

산티니케탄 우체국 앞의 릭샤 스탠드에 이르자 로토또리가 쏜살처럼 튀어나오는군요. 붓다낫과 혼돈 또한 자신의 릭샤를 타라고 졸졸 따라옵니다. 그러나 나는 오늘 다보스 바울과 함께 멜라에 갈 것입니다. 비 오는 저녁 다보스는 자신의 릭샤 위에 앉아 반소리를 불곤 합니다. 그 소리가 얼마나 처량하고 구슬픈지요? 누군가 나에게 산티니케탄의 상징을 물어온다면 반딧불이들과 비 오는 밤 다보스 바울의 피리 소리라고 말할 생각이 있지요.

다보스는 나이가 들었습니다. 크와이 멜라까지는 꽤 먼 길이고 나이 들고 마른 릭샤왈라가 페달을 힘들게 밟는 모습을 보는 것은 아무래도 불편한 일입니다. 하지만 오늘은 그와 크와이의 강변을 천천히 걸어서 멜라에 가고 싶었지요.

그런데 그가 보이지 않는군요. 내가 젊은 릭샤왈라와 멜라에 가는 것을 늘 물끄러미 바라보던 그가 오늘은 보이지 않는 것입니다. 세상일이란 이렇습니다. 나는 붓다낫의 릭샤를 탔습니다. 이름 때문이었지요. 그는 인도에서 보기 힘든 불교 신자입니다.

멜라는 정말 큰 규모로 열렸군요. 차들이 삼중 주차가 되어 있는 것
은 처음 보았습니다. 아이스크림 장수들이 일렬로 늘어서 있고 푸주
까 장수들의 리어카도 줄을 서 있습니다. 평소 멜라에는 아이스크림
장수만 둘, 푸주까 장수는 없었지요. 푸주까는 이곳 사람들이 정말
로 좋아하고 잘 먹습니다. 유명한 푸주까 장수 앞에는 늘 줄이 서 있
지요. 복숭아 크기의 얇은 튀김옷 속에 소스를 넣고 한 입에 먹는 것
인데 한자리에서 삼사십 개씩 먹는 친구들도 있지요. 바울들의 공연
도 다섯 군데서나 펼쳐지고 있습니다. 사리와 펀자비^{펀자브 지방에서 유래}
한 원피스 형태의 여성복를 파는 사람들, 반짝이 장신구를 파는 사람들이
가득하고 민속악기 장수와 그림 장수들도 있습니다.

다사는 보이지 않았습니다.

장이 서너 배로 더 커졌는데도 아이가 보이지 않는 이유를 알 수 없
군요. 어쩌면 집에서 명절을 쇠는지도 모르겠습니다. 어른들을 따라
먼 곳으로 힘든 여행을 떠났는지도 모르지요. 나는 힘이 좀 빠졌습니
다. 두르가 푸자 사나흘 전부터 나는 내가 이곳에서 신세를 진 모든
이들에게 얼마쯤의 푸자 따까세^{뱃돈}를 나누어주었습니다. 릭샤왈라들
과 짜이 도깐의 왈라들, 스위티 가게의 꼬마와 점원들, 반소리 레스
토랑의 매니저와 주방장, 청소하는 친구들, 전기 가게를 하는 바브와

비슈와바라티 경내의 아이스크림 장수, 집 앞을 지나는 풍선 장수와 달걀 장수, 타고르 박물관 앞의 짜이왈라…… 그 외에도 몇몇 더 있을 것 같군요. 그 모든 이들을 통틀어 다사는 1순위였습니다. 그런데 1순위만 빠진 셈이군요.

그때 등 뒤에서 누군가 다다! 하고 부르는 소리가 들립니다. 다사 또래의 아이가 싱긋이 웃는군요. 이 아이는 나를 이미 알고 있습니다. 처음 다사로부터 내가 종이배를 산 후 이곳 사람들은 나를 보면 다사에게 손을 흔들며 환하게들 웃습니다. 자신의 물건을 팔려는 것보다 내가 또 무엇을 사려는지, 아니면 어떤 행동을 할 것인지 궁금하기 때문일 것입니다. 처음 종이배를 산 후 두 번째 장에서도 종이배와 그림들을 샀고 세 번째 장에서는 손가락 크기의 헝겊 인형들을 샀지요. 나는 다사 양옆의 상인들에게 별 필요 없는 물건들을 사기도 했습니다. 매번 다사와 다사의 상품들 사진을 찍었지요.

나는 아이의 이름을 물었습니다.
보아 숲.
이름이 참 예쁘군요. 얼굴도 다사보다 예쁘고 눈도 다사보다 더 총명하게 반짝입니다. 그런데 다사는 어디 있는지요. 보아 숲은 곡식 알갱이를 꿰어 만든 목걸이와 귀걸이를 팔고 있습니다. 손재주도 좋아 나와 이야기를 하면서도 계속 귀걸이를 만듭니다.

다사 아니? 아이는 다사가 오지 않았다고 고개를 흔듭니다. 나는 아이에게서 귀걸이 하나를 20루피에 샀습니다. 어떤 귀걸이를 샀는지 기억이 없군요. 지금 생각하니 보아 숲에게 좀 미안한 생각이 듭니다. 다음 장에선 이 아이의 물건도 살펴보아야겠습니다. 보아 숲의 옆 상인은 의자를 만들어 팝니다. 등을 뒤로 젖힌 채 편하게 앉을 수 있는 의자 하나를 샀습니다. 칡넝쿨과 같은 노끈으로 등받이를 엮은 나무 의자입니다. 옥상에 가져다놓으면 늦가을에 별을 볼 수 있을 것 같습니다.

민속춤을 추는 마을 사람들의 모습을 보았습니다. 마을마다 춤과 음악에 조금씩 차이가 있군요. 깃발을 흔들고 장구 비슷한 악기와 북, 꽹과리 같은 악기들을 기본적으로 사용합니다. 우리의 걸궁패처럼 마을 마을을 음악과 함께 춤추며 돌아다니는 것입니다. 우리와 다른 점은 두 발에 찬 작은 종들을 엮은 악기지요. 발을 흔들 때마다 종들에서 소리들이 쏟아져나왔습니다.

어쩌면 조금은 시끄럽게도 느껴질 수 있는 그 종소리들을 들으며 나는 내가 외롭다는 생각을 하는군요. 산티니케탄에서 처음 느끼는 감정입니다. 레를 여행할 때도 외롭다는 생각은 하지 못했습니다. 의자 하나를 들고 나는 붓다낫의 릭샤에 오릅니다. 저무는 크와이의 강변길을 달리는 동안 미루나무 위에 반달 하나가 떠 있습니다. 반달이 몹시 외로운 달이라는 것도 처음 알았지요.

강변길에서 삼바티 마을로 꺾어들기 직전입니다. 다리를 건너 오른편으로 나아가면 삼바티가 나오고 그다음에 라딴빨리가 나오지요. 순간 한 아이가 숲길을 거슬러 올라오는 모습이 보입니다, 나는 눈을 부볐습니다. 다사였지요. 정말 다사였습니다. 릭샤를 세우고 큰 소리로 불렀습니다.

다사!
아이가 손을 흔드는군요.

어떻게 이런 일이 있을 수 있는지요. 나는 릭샤에서 내려 아이에게 다가갔고 준비해온 푸자 선물을 건네주었습니다. 다사가 환히 웃고 주위에 있던 몇몇 디디들도 환하게 웃습니다.
이 동네 사니?
응.
집은?
다사가 바로 곁의 집을 가리킵니다. 나는 다사의 집 앞에서 다사의 사진을 찍었습니다. 다사의 집은 다 쓰러져가는 초가집입니다. 지붕 위에 비가 스미지 않게 검정 비닐을 씌워놓았군요.

다사와 헤어져 돌아오는데 달빛이 환해지기 시작했습니다.
저 아이는 어떤 인연으로 내게 이런 기쁨을 주는 건지요? 처음 내게 종이배를 접어 건네주었고 그 종이배 위에서 내 마음이 따뜻해지기 시작했지요. 타고르의 시보다도, 그 어떤 고통과 환희의 영감보다도 내 마음이 환해졌고 촉촉해졌습니다.

아이를 만나고 싶었으나 만날 수 없었습니다. 그런데 날 다 저물어 길 위에서 아이를 만나다니요? 아이가 나를 보고 손을 흔들다니요? 달빛을 보며 돌아오는 내내 나는 이유를 알 수 없는 눈물을 조금씩 흘렸습니다.

암리타 체터지

벵골어 첫 수업을 받았습니다.

닐리마Nilima 선생님은 내게 쓰고 읽기를 먼저 할 것인가, 회화를 먼저 할 것인가 물었지요. 선생님의 뜻에 따르겠다 했습니다. 그래서 쓰고 읽기가 먼저 선택된 것이지요. 아랍 문자와 인도 문자는 문자 상단부에 바bar가 있습니다. 문자들은 이 막대에 매달린 꽃 같기도 하고 새 같기도 하고 나뭇잎이나 열매 같기도 합니다. 습기 많고 꽃과 열매 주렁주렁한 이곳의 자연환경이 그대로 문자화된 느낌입니다. 글자의 형상으로만 보면 세상에서 가장 미학적인 형태를 지녔지요.

나는 완전 초등학교 1학년으로 돌아가 볼펜에 힘을 꼭꼭 주어가며 글자를 그리고 또 그렸습니다. 닐리마 선생님은 이런 내가 안돼 보였는지 "발로good!"를 연발하는군요. 모음 열두 개를 계속 쓰고 익히는 데 한 시간이 훌쩍 지나갔습니다. 물론 다 외우지도 못했지요. 글자를 그리는 순서를 겨우 익힌 정도입니다. 자음은 몇 개나 될까, 페이지를 넘기니 두 페이지 가득입니다. 오십 개도 훌쩍 넘을 것 같습니다. 게다가 어떤 자모들은 한국어 발음에는 전혀 없는 것들입니다. 아아, 저걸 어떻게 다 외운다지? 절로 한숨이 나옵니다. 그러고 보면 우리 한글은 얼마나 배우기 쉬운 문자인지요? 교육 받은 외국인이라면 한글의 발음을 익히는 데 불과 한 시간이면 가능하니 말이지요.

지난 8월 레에 여행갈 때 잠시 델리에 들렀지요. 메인 바자르시장에 있는 골든 카페에서 신라면을 하나 먹고 시간이 남아 가게 사장과 종업원에게 한글을 가르쳤지요. 신현준이라는 별명을 지닌 이 종업원은 우리말을 아주 잘했습니다. 한국에 온 적도 없다는데 말이지요. 그와 사장에게, 이 둘은 아주 머리가 좋았습니다, 자음과 모음을 가르치고 둘을 연결시켜 발음하는 법을 가르쳤더니 한 시간 만에 콜라, 사이다, 어머니, 아버지, 형, 신라면, 된장찌개, 김치…… 들을 다 읽게 되었지요. 내가 벵골어를 읽으려면 아마 한 달 이상 걸릴 것 같습니다. 강의 끝나고 닐리마가 겁을 주는군요. 다음 공부까지 사흘이 있으니 이걸 완벽히 쓰고 외우라는군요. 그래야 그다음으로 나갈 수 있다고 말이지요. 한숨을 푹 쉬며 닐리마의 집을 나섰습니다.

돌아오는 길에 왠지 라딴빨리에 들르고 싶었습니다. 릭샤를 타고 먼저 야채 가게에 들렀지요. 감자 1킬로그램, 양파 0.5킬로그램, 당근 네 개, 달걀 열다섯 개를 샀습니다. 릭샤왈라와 함께 짜이 한 잔을 마시고 바삐다의 스위티 가게 앞을 지나가던 나는 잠시 릭샤를 세웠습니다.

내 자리에 한 인도 여학생이 앉아 있습니다.

조전건다, 달빛 냄새가 난다는 꽃을 피우는 나무 기억하시는지요, 나무가 눈앞에 보이는 반얀나무 바로 아래는 내가 매일 석양 무렵에 찾아가는 자리입니다. 이 자리에 앉아 나는 이런저런 생각을 하기도 하고 그림을 그리기도 하고 시를 쓰기도 합니다. 언제부터인가 이 자리는 나 외에는 아무도 앉지 않게 되었지요. 가게가 한창 붐비는 오후 7시 정도면 가게 앞의 테이블들은 손님들로 가득 차기 마련입니다. 그런데도 내 자리에는 아무도 앉지 않습니다. 네 명 혹은 여섯 명이 함께 앉을 수 있는 자리에 나 혼자 앉아 있으니 본의 아니게 영업 방해가 되는 셈이지요.

그래도 스위티 가게의 주인인 바삐다나 주문을 받는 그 누구도 내게 싫은소리 한마디 하지 않습니다. 오히려 다다가 오늘은 무슨 일을 하지? 궁금해하며 내 주위를 맴돌곤 하지요. 가끔은 내가 카메라로 먹다 남은 싱어라뱅골식 만두나 도이도기에 담은 요구르트의 사진을 찍을 때가 있습니다. 그러면 모두들 우르르 몰려나와 카메라의 창을 봅니다. 그러고는 일제히 웃으며 쪼비 쪼비, 하고 말하지요. 사진을 찍어달라는 것입니다.

정오가 다 되어가는 한낮.

내 자리에 지금 한 여학생이 앉아 그림을 그리고 있습니다. 맞은편 가게의 풍경을 스케치하고 있군요. 나는 릭샤에 앉은 채 스케치하고 있는 여학생의 사진을 몇 컷 찍었습니다. 그냥 갈까, 하다 말을 걸었지요. 미술대학 학생인가요? 빠따바반 10학년 학생이라는군요. 우리로 치면 고등학교 2학년쯤 되는 셈입니다. 난 매일 저물녘에 이 자리에 앉아 글도 쓰고 그림도 그린단다.

여학생이 고개를 끄덕이더니 자기 옆자리를 가리키며 앉으라는군요. 나는 맞은편 자리에 앉았습니다. 스케치북을 좀 봐도 되느냐? 물었더니 선선히 내주는군요. 스케치북 안에는 여러 인물들과 정물들의 스케치가 들어 있었습니다. 선이 가볍고 맑아서 그린 이의 심성을 느낄 수 있었지요.

그중 꽃을 그린 스케치가 한 장 있었습니다. 포카라의 게스트하우스에서 본 깨우라 꽃을 닮았군요. 나는 내 다이어리 안에 채록돼 있는 깨우라를 보여주었습니다. 나의 벵골어 선생님 닐리마에게 보여주었던 바로 그 꽃입니다. 꽃 이름을 아느냐? 물었더니 알지 못한다는군요. 레에서 누브라 밸리를 여행하며 그렸던 그림들을 보여주었지요. 많이 놀라는군요.

화가세요?

아니, 시인.

시를 쓰면서 그림을 그리는군요.

나는 고개를 끄덕였습니다.

내가 어떻게 그림을 그리는지는 나도 모른단다. 그냥 마음으로 그릴 뿐이지.

내가 웃으며 말했습니다. 나는 다이어리에 이름을 적어주기를 요청했지요. 여학생이 자신의 이름을 적어나가는군요. 세상에! 나는 너무 놀라 자리에서 벌떡 일어날 뻔했습니다.

암리타 체터지Amrita Chatterjee.

그의 이름 또한 암리타군요.

지난여름 산티니케탄에 들어와 두 명의 인도 아가씨 이름을 알게 되었는데 그 둘이 다 암리타, 라는 사실이 내게 기쁨과 경이를 주는군요. 암리타가 불멸을 가져다주는 생명의 물, 이라는 뜻을 지니고 있다는 것을 뒤에 알았습니다. 내가 또다른 암리타를 이 자리에서 만난 적이 있다고 말하자 어린 암리타가 내게 말합니다.

여기 당신의 자리에 앉으세요.

암리타는 자신의 바로 옆자리를 손으로 가리키는군요. 언니인 암리타에게서 지성과 품위가 느껴졌다면 어린 암리타는 한없는 순수함과 맑음이 느껴졌습니다. 나는 망설였습니다. 마음 같아서는 암리타의 옆자리에 곧장 앉고 싶었습니다. 인도의 연인들은 마주 보고 앉지 않습니다. 모두 나란히 앉지요.

오늘 이 시간은 암리타의 자리예요. 해가 지면 내 자리가 되겠지요. 언제든지 이 자리에 나오면 나를 볼 수 있을 거예요. 오늘 많이 기뻤어요. 또 봐요. 암리타가 손을 흔드는군요. 고등학생이었을 때 나는 인도 여자가 세상에서 제일 예쁘다고 생각했지요. 인도를 여행하며 왜 그때 그런 생각을 했을까, 의아해한 적이 있었는데 오늘 그 의문이 풀리는군요.

오늘 나는 첫 벵골어 수업을 받았습니다. 모음을 필기체로 써보는 중에 닐리마가 말했지요. 제시따 꼬르 빠르 빅! 무슨 뜻인지도 모르고 나는 그 말을 받아 적었습니다. 그건 무슨 뜻인가요? 라는 뜻이랍니다. 감자와 당근과 양파와 달걀을 사가지고 돌아가는 길에 내 자리에 앉아 그림을 그리는 어린 암리타를 만났지요. 암리타의 연필 스케치들은 내게 조전건다의 꽃냄새처럼 느껴졌지요.

산티니케탄은 내게 생명의 물과 같은 땅입니다. 그 신비와 그 설렘을 어떻게 당신에게 얘기할 수 있겠는지요. 사랑하는 일과 그리워하는 일, 모든 꿈꾸며 아쉬워하는 세상의 시간 속으로 나는 릭샤를 타고 한 마리 은빛의 물고기처럼 천천히 산티니케탄의 숲길을 헤엄쳐 나갑니다.

아미 꼬따이 자보?

깔라바반 구내로 들어가다 쪼미를 만납니다.

쪼미는 비슈와바라티 미술대학원 학생입니다. 남인도의 케랄라에서 산티니케탄으로 유학 온 친구이지요. 그에게 어디 가느냐? 했더니 삼바티에 있는 한 바울의 집에 간다는 것이었습니다. 같이 가도 되느냐? 물었더니 바로 자기 자전거의 뒷자리에 타라는군요. 인도에서 자전거 뒷자리는 처음 타봅니다.

도룬 캡바 바울의 집은 삼바티의 한 골목 끝자락에 있습니다. 안채가 있고 바깥채에 몽고 초원의 젤을 닮은 오두막을 하나 지어놓았군요. 천장을 대나무로 엮은 움집이었습니다. 자신이 직접 디자인한 것이라고 말하는군요. 도룬은 최근 콜카타의 TV에도 나왔고 독일과 프랑스 스페인으로 초청 공연도 다녀왔습니다. 바울들 중에서도 실력자인 셈이지요. 내가 그에게 이 년 전 한국에 다녀간 쇼또난다 이야기

113

를 했더니 자신의 친구라며 몹시 반가워했습니다. 쇼또난다와 그 일행 바울들이 순천만과 바다를 둘러본 얘기를 해주었더니 자신도 언젠가 꼭 그곳에 가보고 싶다고 합니다.

도룬은 노래를 시작하기 전 비리를 만들어 피웠습니다. 바울들의 담배인 이 비리에는 환각 성분이 들어 있는 걸로 알고 있었지요. 실내는 어두웠고 작은 촛불 두 개와 석유램프 하나가 밝혀져 있습니다. 도룬이 촛불 앞에서 비리를 부비며 이게 나의 아버지, 라고 말했습니다. 그 말에 그의 전 생애와 노래가 스며 있다는 느낌이 들었습니다. 나는 그에게 램프의 따스한 불빛을 가리키며 에따 뚜마르 마? 라고 말했지요. 그 순간 도룬은 피우던 비리를 방바닥에 쏟으며 크게 크게 웃었습니다. 콜록거리며 손바닥으로 방바닥을 쳤지요. 이게 너의 어머니? 라는 나의 말에 그는 감동을 받았습니다. 밤과 밤의 불빛과 비리…… 그것이야말로 바울의 생애와 노래를 지켜준 아버지와 어머니가…… 아니고 무엇이겠는지요?

도룬은 내게 비리를 비벼 건네며 피울래? 하고 물었습니다. 쪼미가 막고 나서는군요. 이 다다는 담배를 피우지 않는다 하고는, 그걸 대신 받아 맛있게 피우는군요. 지난가을 안나푸르나 트레킹을 할 적 지누의 게스트하우스에서 만난 수렌드라 생각이 납니다.

네팔인인 그는 미리암 파르간이라는 스위스 아가씨와 결혼해 딸 하나를 낳고 지금은 스위스의 베른에서 살고 있다 했습니다. 잘생기고 따뜻한 성품을 지녔다는 것을 한눈에 알 수 있었지요. 그는 자신이 아내를 얼마나 사랑하는지 초면인 내게 열렬히 얘기했고 미리암은 여섯 살 먹은 딸을 안고 조용히 웃으며 듣고 있었지요. 나는 그들의 사진을 찍어주었습니다.

아침을 먹은 뒤 게스트하우스 옥상에 올라갔다가 다시 그들 가족을 만났습니다. 그는 무엇인가 열심히 손으로 만들고 있었지요. 맛볼래? 하기에 응, 했더니 그가 손안의 것을 반으로 떼어 내게 주었지요. 작은 밤알 크기였습니다. 잠시 냄새를 맡았더니 아주 좋은 산향이 났지요. 숙지황이나 익모초 냄새 같기도 했습니다. 나는 그걸 단숨에 입속에 넣고 오물오물 깨물었지요. 단맛을 뺀 우황청심환 맛이었습니다. 내가 그걸 입에 넣는 순간 두 사람은 너무나 놀라 말을 잇지 못했습니다. 미리암의 휘둥그레진 눈이 지금도 생각나는군요. 뭔 줄 아느냐? 수렌드라가 물었고 모른다고 말하자 처음이냐?고 묻는군요. 그렇다, 했더니 고개를 설레설레 흔드는 것이었습니다.

그렇게 지상에서 처음 하시시를 맛보게 되었지요. 날것으로 하시시를 삼켰지만 그날 하산 길에 내 몸에 아무런 이상도 느껴지지 않았지요. 특별히 기분이 좋거나 복통이 오거나 하지도 않았습니다. 수렌드라가 그걸 내게 주었을 때 왜 순간적으로 먹는 환약으로 생각했는지…… 지금도 알 수 없습니다.

사실 도룬이 이게 내 아버지, 라고 말했을 적부터 나는 그 비리를 맛보고 싶었는지 모르겠습니다. 서른 살 무렵까지 담배를 피웠던 나는 바울의 비리를 받아 몇 모금 삼켰지요. 릭샤왈라들이 피우는 보통의 비리 맛과 다름이 없었습니다. 오히려 조금 순한 느낌이 드는군요.

도룬은 계속 비리를 피워가며 노래를 불렀지요. 목소리가 맑고 세월의 한숨 소리 같은 것도 섞여 있었지요. 타고르의 시도 노래했고 빠따바반의 선생님이 내게 준 아파라지타 꽃을 다이어리에서 보여주자 즉흥으로 아파라지타 꽃노래를 만들어 불러주는 것이었습니다. 아파라지타여 아파라지타여, 하고 부르는 그의 노랫소리가 삼바티 마을의 어둠을 흔들었습니다.

두 개의 촛불이 다 사라질 무렵 나는 자리에서 일어났지요.
도룬이 아내를 불러 세 번째의 짜이를 내오게 했습니다. 도룬은 자신의 아내가 비슈와바라티 출신이라고 말했지요. 나이 들었지만 선이 고운 디디였습니다. 젊었을 적엔 다들 프러포즈를 하고 싶었을 것 같습니다. 그이가 왜 비슈와바라티 대학을 졸업하고 천한 신분의 바울에게 시집을 갔는지 알 수 없습니다. 그것이 생의 오묘한 진리 아니겠는지요. 그것이 바울들의 삶, 바울들의 노래가 지닌 깊고 아득한 멋과 한 아니겠는지요? 나는 디디에게 작지만 내 나름의 정성을 전했습니다. 디디가 내게 묻는군요. 죠이렙 멜라바울들의 본향인 죠이렙 마을에서 해마다 펼쳐지는 바울 축제에 오겠는가?

116

지난겨울 나는 죠이렙 멜라에 간 적이 있습니다. 그렇게 많은 사람들을 본 것은 인도에서도 처음입니다. 그 죠이렙 멜라가 내일 오픈한다고 디디가 말하는군요. 그런데 왜 디디가 죠이렙 멜라를 말할 때 내 가슴속에 촉촉한 물방울이 생기는지 알 수 없군요. 쪼미를 도룬의 움집에 남겨두고 나는 삼바티에서 릭샤를 탑니다.

꼬따이 자보?

어디로 갈 거냐고 릭샤왈라가 묻는군요.

아미 자보 라딴빨리.

나는 라딴빨리로 가겠다고 말합니다.

아미 자보, 나는 간다, 는 말입니다. 도룬이 부른 노랫말 중에 가장 많이 내 귀에 들렸던 것이 바로 아미 자보, 였지요. 아미 자보, 아미 꼬따이 자보? 어디로 가는가? 나는 어디로 가는가? 삼바티에서 라딴빨리까지의 밤길에 별들이 초롱초롱 떴습니다.

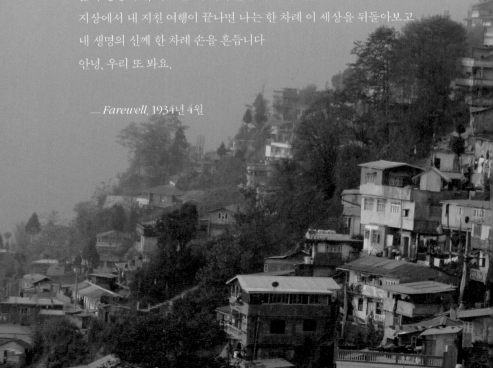

안녕, 우리 또 봐요

이제 새들이 떠날 시간입니다
격한 숲바람에 쓸려 나의 노래는 찢기고 회복할 수 없는 불구가 됩니다
오늘이 끝나기도 전에 마른 풀, 꽃들과 함께 석양 너머 황무지로 쓸려갈
것입니다
오랜 세월 다정한 이곳이 내 고향이었습니다 나는 이곳에서 자비로운 신
의 은총을 느끼고
망고 싹 냄새 풋풋한 봄의 첫 목소리를 들었습니다
아쇼카 꽃들이 내 노래를 들었고 나는 그이들에게 내 사랑을 전했습니다
폭풍이 거세게 불어오면 따뜻한 흙먼지에 목이 메었고 날개는 꺾였습니다
삶의 영광이여, 이 모든 게 내가 받은 축복의 선물입니다.
지상에서 내 지친 여행이 끝나면 나는 한 차례 이 세상을 뒤돌아보고
내 생명의 신께 한 차례 손을 흔듭니다
안녕, 우리 또 봐요.

— *Farewell*, 1934년 4월

혼돈 마하또
—행복을 찾는 가장 빠른 길

아미 구루빨리, 보이니 호이 나!

산티니케탄에 머무는 동안 하루도 빠짐없이 들었던 말입니다. 직역하자면, 나 구루빨리에 갈 테야, 오늘 첫 손님도 받지 못했어, 의 뜻이지요. 이 말의 주인은 릭샤왈라 혼돈 마하또입니다. 처음 그의 릭샤에 탔을 적 이름에 호감이 갔습니다. 혼돈 마하또, 라고 자신의 이름을 말하는데 혼돈, 이라는 한국어의 어휘를 생각하며 슬며시 웃었던 것이지요. 하지만 혼돈의 릭샤를 처음 탔던 기억은 유쾌한 것이 아니었습니다. 구루빨리에 있는 나의 집에 도착해 공정 요금의 두 배를 건넸는데 그는 돈을 더 달라 했습니다. 지니고 있던 동전을 다 주었는데도 다시 손가락을 모아 입에 대며 돈을 더 달라 했지요. 먹을 것을 사겠다는 그의 요구에 나는 응하지 않았습니다.

다음 날 저녁 라딴빨리에서 집으로 걸어오는데 혼돈이 나를 향해 아미 구루빨리, 보이니 호이 나! 하고 말을 걸었습니다. 그가 몇 차례 거듭 말하는데도 나는 신경 쓰지 않고 걸었습니다. 사실 그때는 그가 말하는 '보이니 호이 나'의 뜻이 뭔지 정확히 알지 못했고 무엇보다 간밤의 기억이 별로 좋지 않았던 탓이었습니다. 그는 계속해서 나를 따라오다 내가 반응을 하지 않자 그냥 돌아갔습니다.

그 무렵 나는 이미 산티니케탄의 릭샤왈라들을 상당수 알고 있었고 대부분의 착한 릭샤왈라들은 내가 건네는 요금을 기꺼이 받았습니다. 괜히 그의 릭샤를 탔다가 거듭거듭 요구되는 웃돈에 민감해질 필요가 없었지요. 나는 그의 목소리가 들릴 적마다 냉담한 반응을 보였습니다.

어느 실비 오던 밤.

나는 다시 한 차례 그의 릭샤를 타게 되었습니다. 빗방울이 섞인 부드러운 밤공기는 쇠꼬챙이 같은 사람의 마음도 부드럽게 하기 마련이어서 그가 내게 건넨 아미 구루빨리, 보이니 호이 나! 하는 소리에 애잔한 연민의 정이 느껴졌습니다. 릭샤 위에서 내가 비스띠 발로! 하고 말하자 그는 하와 발로! 하고 대꾸했습니다. 비가 좋군!에 바람도 좋아! 하고 응답한 것이지요.

그의 답변이 내 마음에 쏘옥 들었던 터라 집에 도착했을 때 나는 공정 요금의 세 배를 지불했습니다. 그의 반응은 똑같았습니다. 오른손 손가락들을 한데 모아 입에 대고 돈을 더 달라고 한 것이지요. 그 뒤로 한동안 나는 그의 릭샤를 타지 않았습니다. 그와 다른 릭샤왈라들이 함께 있는 경우 다른 릭샤를 탄 것인데 그럼에도 그는 계속 아미 구루빨리, 보이니 호이 나! 반복해서 말하는 것이었습니다.

어떤 날은 하루에도 세 번씩 그의 목소리를 들어야 했습니다. 아침 산책길에 그를 만나 들었고 낮에 우체국에 들렀다가 돌아갈 때도 들었고 밤 산책을 끝내고 돌아갈 때도 들었습니다. 그가 하는 말뜻을 알게 되면서 그의 목소리가 더 싫어지는 것이었습니다. 나 첫 손님도 받지 않았어, 라는 말이 유쾌하게 들리지 않았던 것입니다. 오전에 그가 손님을 태우고 어디론가 가는 모습을 보았음에도 저물녘에 어김없이 보이니 호이 나! 큰 소리로 말했지요. 훤히 알면서도 그렇게 말하는 그의 심보가 불량하게 느껴졌습니다.

세상일은 참 신비한 것입니다.

내가 그의 목소리에 무심하게 대하는데도 그러거나 말거나 그의 말은 계속됐고 어느 늦은 밤엔 반강제로 그의 릭샤에 타게 되었습니다. 다른 릭샤를 탈 요량이었는데 그가 재빨리 내 앞에 릭샤를 대더니 우격다짐으로 나를 태우는 것이었습니다. 이상하게도 그의 행동이 싫지 않았습니다.

나는 웃으며 릭샤를 탔는데 이게 아니었습니다. 그의 릭샤가 제대로 직진을 하지 못한다는 것을 금세 알게 되지요. 운전이 비틀비틀할 뿐 아니라 뭔가 큰 소리로 오고 가는 사람들에게 떠드는 것이었습니다. 술냄새가 그의 등을 타고 내게 훅훅 날아왔습니다. 나는 심하게 후회를 하며 몇 번이나 릭샤에서 내릴 것을 생각했으나 달리는 릭샤를 세울 수도 없었습니다. 그러다가 혼돈이 다시 아미 구루빨리, 보이니 호이 나! 하고 크게 말했는데 이때는 화가 심하게 돋는 것이었습니다. 구루빨리에 도착해 나는 준비된 말을 그에게 했습니다. 아미 따까나! 나 돈 없어! 하고 말한 것인데 돈을 안 줄 생각은 없었고 그가 어떻게 반응하는지를 보고 싶었던 것이지요.

그 순간 그가 밤하늘에 두 손을 모으고 기도를 하기 시작했습니다. 시바 신도 나오고 크리슈나 신의 이름도 나오고, 웬걸, 나중에는 내 이름인 쫌빠다도 나왔습니다. 몸짓과 목소리로 나는 그것이 경건한 기도의 형식이라는 것을 알았고, 그 기도가 나를 위한 것이라는 것도 알았는데 기가 막힌 것은 내가 이곳에서 타고르의 시를 잘 번역해 돌아가기를 바란다고 얘기한 대목이었습니다. 사람은 해당 언어의 인식 유무에 관계없이 자신과 관련된 부분은 금세 알 수 있기 마련입니다. 벵골어를 잘 모르는 나로서도 그가 타고르를 번역해서, 라고 말하는 부분은 선명하게 귀에 들어왔습니다.

술 취한 그의 릭샤 위에서 그를 향한 미운 마음은 사라지고 오히려 그에게 감사한 마음이 드는 것이었습니다. 어떻게 그는 내가 이곳에 온 이유를 알게 되었을까, 생각하니 신기하고 또 신기했습니다. 나는 술 취한 그의 릭샤가 골목길을 빠져나가는 모습을 지켜보았습니다. 그날이 그가 돈을 더 달라고 말하지 않은 유일한 날이었습니다.

혼돈은 나를 보면 변함없이 아미 구루빨리! 나 구루빨리 간다!라고 말합니다. 그러다가 내가 자신의 릭샤를 타지 않는 날이 길어지면 어김없이 아미 구루빨리, 보이니 호이 나!라고 말합니다. 그의 다급한 목소리를 들으며 나는 릭샤 위에서 슬며시 웃습니다. 그 목소리를 들을 때마다 마음 안이 조금씩 따뜻해집니다. 누가 내 일생에서 이렇게 오래 변치 않고 한결같은 목소리로 나를 불러줄는지요.

오늘은 혼돈의 릭샤를 타고 돌아와야지, 라고 생각하며 집을 나서는 날도 있습니다. 웃돈을 얹어주면 그는 어김없이 손가락을 모아 입과 이마에 대고 돈을 더 달라고 말합니다. 나는 더 이상 그의 행동에 불쾌함을 느끼지 않습니다. 그것이 부당 요금을 달라는 뜻이 아니라 지상에서의 작은 자비를 베풀라는 뜻이라는 것도 알게 되었지요. 10루피나 20루피 때문에 함께 행복해질 수 있다면 이는 세상에서 행복을 찾는 가장 빠른 길일 수도 있을 것입니다.

그가 손님을 태운 모습을 보고 오늘은 보이니 호이 나, 라고 말하면 안 돼! 하고 내가 웃으며 말한 날에도 혼돈은 어김없이 그 말을 합니다. 아미 구루빨리, 보이니 호이 나! 산티니케탄을 떠나면 혼돈의 이 목소리가 많이 그리울 것입니다. 그가 건강하게 오래 릭샤를 운전했으면 싶습니다.

새똥 맞아 좋은 날

새들에게 아침을 줍니다.

근사한 식사는 아니지만 루띠를 조각내어 창틀에 올려두지요. 포카라 여행에서 돌아와 새들에게 밥을 주기 시작했습니다. 이른 아침 잠에서 깨어 가만히 누워 있는데 작은 새 한 마리가 창틀의 나무를 콕콕 쪼아댔지요. 벽돌색의 깃털을 지닌 앙증맞은 새였습니다. 새와 나 사이의 거리는 50센티미터가 채 안 되었습니다. 나는 숨을 죽인 채 새가 창틀을 쪼는 걸 지켜보았지요. 새가 날아간 다음 밥을 주어야겠다는 생각이 들었습니다.

오늘이 밥을 준 지 닷새째군요. 그새 꽤 많은 새들이 이곳에서 아침식사를 했습니다. 수프가 있고 디저트로 과일과 아이스크림이 나오는 식사는 아니지만 새들의 식사를 바라보고 있으면 마음이 편해집니다.

아침 6시, 노란색의 작은 새 한 마리가 식사를 했습니다. 즐거운지 뭐라 계속 지저귀는데 무슨 뜻인지 알 수가 없습니다. 깃털과 마찬가지로 새의 지저귐 소리도 노란빛이군요. 사실 이 새만이 아니라 다른 새들도 식사 시간엔 의외의 큰 소리로 뭐라 계속 떠든다는 것을 알게 되었지요. 고급은 아니지만 아주 풍성하게 차려진 식탁 때문이 아닌지 혼자 생각했지요. 두 개가 이어진 폭 1.8센티미터, 길이 15센티미터 창틀 끝에서 끝까지 골고루 루띠가 뿌려져 있으니 말이지요.

노란 새 다음엔 여태까지 내가 본 풍경 중에 가장 예쁜 풍경이 눈앞에 펼쳐졌지요. 두 마리의 참새가 아주 다정하게 식사를 하는군요. 콕콕 루띠를 쪼다가 둘이 서로 물끄러미 바라보기도 합니다. 콕콕콕 부리 쪼는 소리가 음악처럼 들리는군요. 나는 그들의 모습을 차마 온전히 바라보지 못해 침대에 누운 채 가만히 실눈을 뜨고 보았지요.

그러므로
실눈을 뜨고 볼 것

이라고 강은교가 노래한 순간처럼 말이지요.

두 마리의 참새가 날아간 뒤 나는 자리에서 일어나 그들이 머물렀던 자리를 물끄러미 바라봅니다. 작은 루띠 부스러기가 바람에 흔들리는 모습이 고요한 음악처럼 느껴지는군요. 물컵 하나를 준비해두어야겠다는 생각도 듭니다.

7시 30분

구루빨리의 릭샤 스탠드로 걸어갑니다.

지난여름 이곳에서 만난 한 여행자가 했던 말 생각이 나는군요. 그는 내게 릭샤는 탈 것 이상의 어떤 의미가 있다, 고 말해 나를 감동시켰지요. 초가을 아침 숲길을 걸어 릭샤 스탠드로 가는 시간이 얼마나 행복한지 당신 알 수 있겠는지요?

스탠드에는 세 대의 릭샤가 머물러 있습니다. 그중 한 대가 빠르게 마중을 나오는군요. 나는 그의 릭샤에 오릅니다. 다다, 볼푸르 즐까따 도깐 자보. 볼푸르에 있는 이발소에 가자는 얘깁니다. 발로, 알았다! 소리와 함께 릭샤가 구르는군요. 그리고 이 릭샤왈라는 내가 묻지도 않았는데 자신의 이름을 먼저 말해줍니다.

다다, 내 이름은 수보르야.

그가 이름을 말해주는 순간 나는 수보르가 좋아졌습니다. 행복해졌다고 쓰는 게 더 나을지 모르겠군요. 이이는 나를 한 차례 태운 경험이 있든지 아니면 릭샤에 오르면 제일 먼저 이름을 묻는 나의 버릇을 산티니케탄의 모든 릭샤왈라들이 이미 알고 있든지 둘 중 하나였습니다. 기억에 나는 이이의 릭샤를 탄 일이 없는 것 같았지요.

내 이름을 이미 알고 있어? 하고 묻자 그는 그렇다고 분명히 말했습니다. 다다는 매일 라딴빨리에 나가잖아, 라고도 덧붙이는군요. 누군가 나의 일상을 들여다보는 느낌은 좋지 않을 터입니다. 그런데 이 릭샤왈라가 내 일상을 얘기하는 것은 예외입니다. 무엇 때문인지요? 그것은 그가 자신의 이름을 먼저 일러주었기 때문입니다. 이름을 일 러준다는 것, 그것은 마음을 열어 보이기 시작했다는 것과 같은 얘 기지요. 나는 흘러가는 릭샤 위에서 흘러가는 바람을 맞으며 이런저 런 생각을 합니다. 그러다가 문득 눈앞에 뭔가가 툭, 떨어지는 느낌이 있습니다. 새똥입니다. 수보르의 목 뒤 옷자락에 떨어졌군요. 수보 르는 모르고 나는 좋아서 혼자 웃습니다. 이왕이면 내 머리에 떨어지 지…… 싶었지요.

볼푸르의 도깐에는 이발사가 없고 그의 조수만 있군요. 다른 손님 의 면도를 하고 있는 조수에게 물었습니다. 다다가 언제 오는가? 그 가 벵골어로 답을 하는데 전혀 알아들을 수가 없었지요. 나는 푸른 빛의 페인트 자국이 남은 이발소 앞 의자에 앉아 다다를 기다려보기 로 했습니다. 지금 이 글은 의자에 앉아 쓰고 있는 것이지요.

오, 이런!

새똥 하나가 바로 의자 곁으로 떨어집니다. 물찌똥이었지요. 하늘 어디에도 빠키, 새는 보이지 않습니다. 대신 수보르가 곁에 와서 나 를 바라보며 웃는군요. 나는 방글라데시 한국문화원에서 간행한 벵 골어 사전을 뒤져 똥이라는 단어를 찾습니다.

없군요.

똥뿐만이 아니라 이 사전에는 시인이라는 단어와 보름달이라는 단어도 없습니다. 아주 엉터리 사전인 셈이지요. 아니, 정말 소용이 있는 사전일지도 모르겠군요. 시인과 똥, 보름달, 이런 단어들이 없어도 세상은 잘 흘러갈 테니 말이지요. 시인이야 원래 필요가 없는 존재고 똥 또한 지저분하니 필요가 없을 것입니다. 보름달은 시인들이나 연인들에게 잠시 필요할 뿐이지요. 시인과 똥, 시인과 보름달. 의외로 잘 어울리는 조합 아닌지요?

나는 새똥 곁에 쭈그리고 앉아 새똥을 바라보았습니다. 흰색과 갈색, 검은색이 뒤섞인 새똥은 땅에 떨어질 때의 충격으로 기하학적인 무늬를 펼쳐 보입니다. 무슨 보물지도 같기도 하군요. 나는 새똥 사진도 몇 컷 찍습니다. 이발사는 오지 않고 조수는 말이 통하지 않습니다. 그 순간 느낌이 오는군요.

닐리마 생각이 납니다.

푸른 하늘이라는 뜻의 아름다운 이름을 지닌 이 할머니를 나는 지난 9월 수잔나 스쿨에서 처음 만났지요. 수잔나 스쿨은 인도인 라울과 그의 아내인 영국인 크리스티가 산탈리 마을에 세운 개척학교입니다. 크리스티의 인상이 너무 좋아서 난 언젠가 이 두 사람의 범상치 않은 라이프 스토리를 찾아가 듣고 싶은 마음이 있습니다.

닐리마는 올해 예순 살쯤 되어 보입니다. 처음 보는 순간 이 할머니가 내 벵골어 선생님이 되었으면 좋겠다, 하는 생각이 들었지요. 디디는 내게 언제든 편한 시간에 찾아오라 했습니다. 그리고 이제 닐리마에게 정식으로 벵골어를 배울 시간이 찾아온 것입니다. 수보르와 함께 곧장 푸르바빨리에 있는 닐리마의 집으로 갑니다.

꽃이 많이 핀 닐리마 집의 정원에서 나는 내 다이어리에 끼워놓은 깨우라 꽃의 모습을 보여주었습니다. 이 꽃은 향기가 아주 그윽하고 외형 또한 우아함의 극치입니다. 포카라의 게스트하우스 뒤뜰에서 채록한 지 스무 날이 지났는데도 고상한 자태와 향기가 여전합니다.

닐리마가 꽃의 향기를 맡습니다.

나는 다시 다이어리를 넘겨 바로 이곳 푸르바빨리에 있는 그린컵 커피하우스의 뜰에서 꺾은 또 한 송이의 깨우라 꽃을 보여주었습니다.

닐리마가 또 꽃의 향기를 맡습니다.

포카라와 산티니케탄. 국경을 넘어서도 꽃의 모습과 향기는 같습니다. 아름다움과 꿈, 무지개와 바람, 작은 이슬방울들 위에 머무는 햇살들. 닐리마는 환히 웃으며 함께 벵골어 공부를 하자고 했습니다. 드디어 내가 일주일에 세 차례 정기적인 공부를 시작하게 된 것이지요.

나는 수보르와 함께 구루빨리의 집으로 돌아옵니다.

29일은 내게 행운의 의미를 지닌 좋은 날입니다. 수보르도 좋은지 싱글벙글입니다. 그때 하늘에서 무슨 보석 같은 반짝이는 것이 눈앞으로 날아와 내 옷에 툭 떨어지는군요. 아, 새똥입니다. 닐리마의 집에 오기 전에 나는 두 번의 새똥 낙하를 보았지요. 한번쯤은 내 머리에 떨어져주었으면 하는 마음이 있었습니다. 왜, 똥꿈을 꾸면 재수가 좋다는 말도 있지 않은지요. 그런데 실제로 똥벼락을 맞으면 얼마나 재수가 좋겠는지요. 이 순간 그 꿈이 이루어진 것입니다. 나는 수보르의 등을 가리키며 빠키똥!이라고 말했고 내 윗옷 배꼽 부분에 떨어진 물찌똥을 보며 빠키똥!이라고 말했습니다.

수보르와 나는 오늘 새똥을 맞았습니다. 우린 숲그늘 아래 릭샤를 세우고 서로의 옷자락을 손가락으로 가리키며 빠키똥! 빠키똥! 하고 신나게 웃었습니다.

연꽃 만발한 삼바티 마을에 가다

연못에 다녀왔습니다.

연못은 삼바티 마을 한가운데 있습니다. 삼바티는 산티니케탄에서 가난한 릭샤왈라들과 바울들이 많이 모여 사는 동네입니다. 연못에는 지금 연꽃들의 축제가 한창입니다. 하얀색과 붉은색의 햇살들이 연꽃 주위로 모여들고 분홍색의 새소리가 연못의 수면 위를 스쳐 지나갑니다.

산티니케탄에서 오래 산 어떤 외지인도 이 마을 안에 아름다운 연못이 있다는 사실을 알지 못합니다. 연못이 있는 자리를 가기 위해서는 좁은 골목길을 통해 마을 가운데로 들어가야 하기 때문입니다. 마을 사람들의 시시콜콜한 일상을 다 보며 지나치는 것은 생각보다 쉬운 일이 아닙니다. 삼바티 마을을 여러 차례 들른 나도 연못의 존재를 알지 못했지요.

연못을 내게 보여준 사람은 릭샤왈라 다보스입니다. 산티니케탄의 밤하늘에 반소리 가락을 날리는 바울이지요. 나를 보면 그냥 릭샤를 끌고 따라오는 이입니다. 나는 그로부터 반소리 레슨을 하루 받았습니다. 잎사귀 무성한 차띰나무 아래서 첫 레슨을 받는데 너무 힘들었습니다. 단 하루였지만 그 이후로 나는 이이를 깍듯이 선생님으로 모셨지요. 이이는 수보르와 함께 나의 일상이며 내가 좋아하는 일들이 무엇인지 정확히 아는 이입니다.

삼바티에 들렀다가 돌아오는 길에 그를 만났는데 나를 태우고 동네 안길로 들어섰지요. 릭샤가 들어서기 힘든 좁은 길이었습니다. 나는 내려 걸었고 그는 힘들게 릭샤를 밀고 끌었지요.

골목 안은 딸의 머리를 빗겨주는 엄마, 바느질하는 아이, 샘가에서 옷을 입은 채 목욕하는 사람, 쌀 튀밥에 겨자 소스를 뿌려 먹는 사람, 나무 그네에서 울고 있는 아이, 졸고 있는 염소들, 계통 없이 피어난 꽃들로 가득합니다. 그 길을 따라 들어가니 연못이 있군요. 유치원 운동장만 한 크기의 연못입니다. 마을로 들어오는 모든 햇빛이 연못 위에 모여 있습니다. 햇빛으로 만든 연통이 하늘을 향해 서 있는 느낌입니다. 그 연못 안에 지금 연꽃들이 절정을 이루고 있습니다.

연꽃들은 아기의 손바닥만 한 것도 있고 어른의 얼굴만 한 것도 있습니다. 아침 햇살과 이 순결한 꽃의 조화라니요. 여러 날 전부터 다보스는 이 연못에 나를 데려올 생각을 했을 것입니다. 산티니케탄에서 나는 세상에는 없을 것 같은 아름다운 꽃들을 보았습니다. 그룬쪼 타고르와 보순또 바하, 종리플, 크리슈나쪼라…… 다 아름다운 꽃들입니다. 그러나 진흙탕 속에서 꿈결 같은 순결한 빛으로 일어서는 꽃은 연꽃뿐입니다. 삼바티의 연못 또한 진흙탕과 별반 다를 게 없습니다. 연못 주위는 마을 사람들이 내다 버린 쓰레기들과 분뇨들로 가득합니다.

이날 밤 보름달이 밝았습니다.

산티니케탄의 아낙들이 모두 반짝이 옷을 입고 달구경을 갑니다. 달빛에 반짝반짝 빛나는 반짝이 옷의 모습은 반딧불이들이 모여든 꽃나무 같습니다. 어디로 달구경 가느냐 물으니 꽁까리 따라, 라고 말하는 군요. 화장터가 있는 강변 마을 말입니다. 하필 화장터 마을에서 달구경을 하다니요? 삶과 죽음에 대한 인도인들의 철학이 여기 스며 있습니다. 오늘이 무슨 특별한 날인가? 물으니 락슈미 푸자라고 말합니다.

오, 이런. 나는 그제야 다보스가 나를 연못으로 데려간 이유를 알았습니다. 락슈미는 크리슈나 신의 아내입니다. 크리슈나와 그의 연인인 라다의 사랑 이야기는 인도인이라면 누구나 다 알고 있는 사랑 이야기입니다. 현재의 인도인들에게 있어 이 이야기는 신화이면서도 경전입니다. 집 안의 달력이나 벽걸이에는 어김없이 크리슈나와 라다의 모습이 새겨져 있습니다.

락슈미는 늘 연꽃 위에 앉아 있거나 서 있습니다. 락슈미의 이미지와 연꽃의 이미지가 닮아 있다고 사람들이 믿은 때문입니다. 크리슈나와 라다의 사랑 이야기는 락슈미도 알고 있었을 것입니다. 락슈미는 침착하게 크리슈나를 기다립니다.

썩을 대로 썩은 마음속에서 연꽃이 피어납니다.

그래서 락슈미는 가정을 지키는 부와 행운의 여신입니다. 자신들이 사랑하는 라다의 기념일은 책력에 없지만 락슈미를 기념하는 기념일을 만듦으로써 인도인들은 아픈 락슈미의 마음을 위로하고 있는 셈이지요. 락슈미 푸자는 인도의 공식 국경일입니다.

닷새 내리 연못에 갔습니다.
연꽃을 꺾고 있는 할머니를 보았고
연꽃 곁에서 그네를 타는 아이들을 보았고
연꽃을 자전거에 싣고 가는 아이도 보았습니다.
꽃을 꺾어가지고 놀던 아이들은
아무렇지도 않게 그 꽃을 그냥 버리기도 했습니다.
나는 그 꽃을 주워 들고 집으로 돌아옵니다.
한 아름 연꽃을 안고 릭샤를 탑니다.
길 위에서 만난 사람들이 다 손을 흔들어줍니다.
나는 그들에게 연꽃 송이들을 흔들어줍니다.
연꽃 한 아름을 들었을 뿐인데 사람들이 다들 행복해하는군요.
깊은 가을의 보름밤, 산티니케탄의 삼바티 마을에 오세요.
당신이 꿈꾼 하늘의 이야기가 그곳에도 있습니다.

영원한 사랑

온 천지에 내재하는 당신의 모습을 사랑했습니다
오랜 세월 탄생에 탄생을 거듭해서 말이지요
당신은 억겁 인연의 모습으로 나타났고
달콤한 잠 속에서 내 마음이 한 땀 한 땀 수놓은 노래의 화환을 목에 둘
렀습니다
오랜 세월 탄생에 탄생을 거듭한 샘물처럼 말이지요

고통과 사랑에 대한 옛 노래를
만남과 이별에 대한 오랜 이야기를 듣다 보면
무한한 과거 속의 별빛을 응시하다 보면
시간과 어둠을 뚫고 영원의 기억으로 넘치는 북극성 같은 당신의 모습이
나타납니다

시작을 모르는 시간의 한가운데서
우리 둘은 두 겹으로 흐르는 열정의 강을 거슬러 올라갔습니다
이 세상 모든 연인들의 꿈 가운데 머물며
입맞춤할 때의 수줍고 따스한 미소와 긴 이별의 눈물길을 더듬어
우리 둘의 사랑이 늘 새로운 사랑의 시작임을 알았습니다

지금 이 세상 모든 사랑의 시간들이 당신 발아래 제물로 쌓여 있음을 봅니다
당신 안에 그 모든 기쁨과 고통의 신비한 불길이 있습니다
단 하나의 사랑의 이야기 속에
오랜 세월 모든 시인들이 노래한 꿈과 열정의 무지개가 있습니다.

——*Infinite Love*, 1889년 8월

한샘바위 이야기

한샘바위 군과 함께 송기뜨바반음악대학에 갔습니다.

1988년생인 샘바위는 인도의 악기 중 가장 어렵다는 시타르를 전공하고 있는 학생입니다. 한때 나는 세상 물정을 모르고 시타르를 한번 배워볼까, 하는 생각을 했지요. 그랬더니 옆의 사람들이 모두 그건 안 되는 일이라 했습니다. 삼 년을 배워도 아무 흔적이 없다고 말이지요. 그들은 오히려 요가를 배우기를 강권했습니다.

내가 샘바위에게, 나중엔 그냥 바위라고 부르지요, 관심을 처음 갖게 된 것은 그가 장구재비 출신이라는 것을 알고 난 뒤부터입니다. 간디 학교의 고교 2학년 과정까지 바위는 줄곧 장구를 쳤고 특출한 소질이 눈에 띄어 한 국악원의 전수생까지 되었다는군요. 나는 그에게 왜 장구를 계속 치지 않고 시타르를 전공하게 되었는가, 물었지요. 바위는 키가 6척이 넘고 인물이 훤합니다. 이런 이가 국악을 전공하고 스페셜리스트가 된다면 우리 국악계를 위해서도 축복일 것 같다는 생각이 들었지요.

두 가지 이유를 말하는군요. 한번 신명이 오르면 자신도 모르게 악기와 한 몸이 되고 그렇게 혼신을 다하여 연주하다 허리를 다쳤다는군요. 장구를 메고 판을 휘어잡아야 하는 장구재비에게 허리는 생명선이나 마찬가지입니다. 또 하나의 이유는 레슨비였습니다. 그가 목표로 하는 대학에 들어가기 위해서는 전문적인 레슨을 받아야 했는데 여유가 변변치 못한 상황에서 레슨비는 큰 짐이었습니다. 그 와중에 허리를 다쳤고 부모님께 늘 미안한 마음을 지녔던 그는 결국 장구재비의 길을 포기하게 되었지요. 바위의 허리가 재생이 불가능한 것은 아닐 터입니다. 그러나 일주일에 몇 번씩 치러야 할지 모르는 레슨비 때문에 한 재능 있는 젊은이가 국악을 전공할 수 있는 길이 끊겼다는 사실은 마음이 많이 아프군요.

한국의 또래들이 고3 수험생활에 생의 진을 빼고 있을 때 바위는 학교를 접고 홀로 인도에 들어왔습니다. 젊은이라고 부르기에도 민망한 이 열아홉 살의 어린 친구가 홀로 일 년 동안 인도를 여행한 이야기는 내가 세상에서 듣고 읽은 어떤 인도 이야기보다 아름답고 감동적인 것이었습니다.

바위가 여행한 방식은 기존의 인도 여행 방식과 달랐습니다. 지도를 펼쳐놓고 눈을 감은 채 손가락을 짚어 그 마을을 찾아가는 것입니다. 어떻게 그렇게 험한 마을들이 나왔는지…… 그 자신도 혀를 끌끌

차는군요. 기차도 없고 버스도 없는 산골 마을의 집에서 한 달 동안씩 함께 농사를 짓고 밥을 얻어먹으며 지냈다는군요. 인도 사람들이 밥값이나 방값을 요구하지도 않았지만 떠나올 때면 우리 돈 20만원쯤의 루피를 건네주고 왔다 했습니다. 인도의 시골 사람들에게 이 돈이 얼마나 큰돈인지는 상상하기 힘들 겁니다. 인샬라. 이 무렵의 바위의 시간들에 축복 있기를……

류시화 시인의 여행기에서 떠돌이 개와 사막을 여행했다는 구절을 읽고 감명을 받아 자신도 사막에서 떠돌이 개를 만나고 싶다는 열망으로 비스킷 몇 통과 물 몇 병을 들고 사막으로 걸어들어갔다는군요. 하루 종일 걸었고 개는 만나지 못했습니다. 돌아갈 길은 잃었고 날은 어두워졌지요. 사막의 밤은 너무 추웠습니다. 모래를 파고 구덩이를 만들어 들어갔다는군요. 그렇게 사흘을 헤맨 끝에 사막 사파리를 나온 지프에 의해 발견되어 생명을 건졌습니다. 1미터 80센티미터가 넘는 키에 몸무게가 53킬로그램까지 빠졌다는군요. 류시화 아저씨의 책 때문에 죽을 뻔했지만 그렇기 때문에 그 책에 더 정이 간다는 얘길 했지요.

그때 바위는 자신의 열아홉 번째 생일을 히말라야의 설산에서 맞이하고 싶었다는군요. 한 사막에서 오십 년 만의 홍수를 만난 탓으로 결국은 다르질링 가는 열차 안에서 생일을 맞았지요. 그는 자신만의 방식으로 자신의 생일을 기억하고 싶었습니다. 외로운 여행자가 자신의 생일을 기념하려면 스스로에게 직접 생일상을 차려주는 수밖에 없겠지요.

7월이었습니다. 7월의 인도 슬리퍼 열차 안이 얼마나 무덥고 얼마나 절망적인지 타보지 않은 사람은 알지 못합니다. 그는 자신과 함께 같은 열차 칸에 탄 모든 이들에게 짜이를 한 잔씩 돌렸다는군요. 아침에 돌리고 점심에 돌리고 저녁에 돌렸습니다. 많은 이들이 바위에게 다가와 너의 생일을 진심으로 축하한다고 말했습니다. 열아홉 살 어린 여행자가 자신의 생일을 기념한 이 방식에 대해 나는 경탄과 찬탄을 금치 못합니다.

카카르비타 국경은 인도에서 네팔로 들어가는 가장 험난한 국경입니다. 비가 조금만 쏟아져도 이 험한 산길은 쏟아진 토사 때문에 끊기고 말지요. 열차에서 내려 마지막 버스를 탔습니다. 버스 안은 만석이었기 때문에 바위는 버스의 지붕 위로 오릅니다. 지붕 위에는 짐들을 쌓아두지만 사람이 짐들과 함께 오르는 경우도 다반사지요. 생명선이라는 것이 있다는군요. 쇠사슬로 자신의 몸을 꽁꽁 묶는 것입니다.

밤 버스는 네팔의 국경을 향해 절벽 길을 덜컹대며 위태롭게 달리기 시작했고 쇠사슬에 묶인 어린 여행자의 몸 위로 비가 쏟아지기 시작하는군요. 그렇게 꼬박 하루를 달렸다고 했습니다. 고산지대의 밤 기온이 어떤지, 더욱이 비가 내린다면 어떠할 것인지 짐작되고 남음이 있지요. 그 이후로 바위는 비가 싫어졌다고 얘기했습니다.

바위의 시타르 선생님 이름은 사비야사치 사르켈입니다. 사르켈다, 라고 불러도 되겠군요. 산티니케탄에서 기차로 한 시간 거리인 보르드만이라는 곳에서 출퇴근을 한다고 했습니다. 송기뜨바반에서 시타르를 전공하는 학생은 바위 한 명입니다. 바위가 졸업하고 나면 사르켈다는 가르칠 학생이 없어 아무런 수업도 없이 월급을 받게 될 거라고 바위가 웃으며 말하는군요.

수요일과 목요일은 강의가 없고 월화금토일에 한 시간씩 강의가 있습니다. 산티니케탄은 타고르 이래로 전통적으로 수요일이 일요일입니다. 화요일이 토요일인 셈이지요. 강의는 아주 자유로워서 선생님과 학생 중 한쪽에 일이 있으면 휴강입니다. 5주 연속 휴강한 적도 있다고 바위가 말하는군요. 오늘은 학교에 가지 못한다고 누군가 전화하면 그것으로 휴강이 성립되는 것이지요.

10시에 수업이 시작된다고 했으나 사르켈다가 강의실에 이른 시각은 삼십 분이 지나서였습니다. 나는 그와 인사를 나눴고 그와 내가 한 차례 만난 적이 있다는 사실도 알게 되었습니다. 지난해, 광주의 인도문화회관에서 인도 축제 기간 중에 나는 인도 여행에 대한 짧은 강의를 한 적이 있는데 그때 사르켈다가 산티니케탄 예술단의 한 일원으로 시타르 연주를 한 것이지요. 시타르 연주자는 오직 한 사람뿐이었기 때문에 사회자가 시타르 연주자를 소개할 때 나와서 인사를 한 이가 바로 그였던 것입니다.

나는 강의 중에 사진을 찍어도 좋으냐고 양해를 구했고 그는 기꺼이 응했습니다. 두 개의 시타르를 튜닝하는 데 다시 삼십 분이 걸렸습니다. 사르켈다가 직접 두 개의 시타르를 다 조율하는군요. 먼저 튜닝을 마친 시타르를 제자에게 건네주고 다시 남은 악기를 조율하는 스승의 모습이 보기 좋았습니다.

레슨은 스승이 먼저 한 소절의 시타르 연주를 하면 그 자리에서 제자가 따라하는 방식이었습니다. 따로 악보가 없었기 때문에 제자는 스승의 연주에 완전 몰입하지 않을 수 없었습니다. 일 초도 다른 생각을 할 여지가 없었지요. 놀라운 것은 바위가 그 연주를 거의 그대로 따라서 해낸다는 것이었습니다. 나는 지금 연주하는 곡이 이미 지난 시간에 두 사람이 연습한 것을 다시 연주하는 것은 아닌지 잠시 생각했는데 이날 연주는 다른 날 연습한 곡이 아니었습니다.

바위는 스승의 곡을 따라하다 제대로 곡이 펼쳐지면 스승과 함께 기분이 좋아 구음을 내며 연주를 했고 자신의 연주가 틀리고 마음에 들지 않으면 스승의 앞에서 거칠게 스스로에게 화를 내기도 했습니다. 이런 모습은 한국에서는 보기 힘들지요. 감히 제자가 스승의 앞에서 화를 내다니요? 스승의 시타르 연주는 부드러웠고 따스했지요. 바위가 연주를 하며 지판을 눌러나갈 때면 지판 스치는 소리가 곁의 내게 들렸습니다.

나는 둘이 연주하는 몇 컷의 사진을 찍었습니다. 사르켈다는 내가 사진을 잘 찍을 수 있도록 두 사람의 자리를 신경 써주었습니다. 차이코프스키 콘서바토리에서 원진과 세진이 레슨을 받던 모습도 떠오르는군요. 중학교 2학년, 고등학교 2학년의 나이였던 자매는 미국의 신시내티 주니어 콩쿠르에서 각각 피아노와 바이올린 싱글 부문에서 우승을 했고 듀엣 부문에서 역시 우승을 했지요. 세계적으로 이름이 있는 이들의 레슨 선생님들은 외부 인사의 참관에 대해서 너그러웠을 뿐 아니라 오히려 배려를 해주었지요. 레슨이 끝난 뒤 내 질문에 대해서도 아주 명료한 답변들을 해주었습니다.

피아노 레슨을 했던 선생님에게 나는 왜 같은 곡을 학생들에게 다르게 연주하도록 하는가, 물었지요. 그가 말했지요. 같은 곡이라 해서 학생들에게 똑같이 가르친다면 무슨 의미가 있겠는가? 백 년 전 만들어진 곡을 백 년 동안 모든 연주자들이 똑같이 연주하는 상황을 당신이라면 받아들일 수 있겠는가? 모든 학생들은 자라온 환경이 다르고 성품이 다르고 좋아하는 빛깔과 음식도 다 다르다. 선생은 각각 다르게 성장한 학생들이 제 개성에 맞도록 그 곡을 해석할 수 있게끔 도와주어야 하는 것이다. 열 명의 학생이 한 곡을 연주할 때 각기 다른 열 곡의 음악이 탄생한다는 평범한 진리를 그는 아주 쉽게 얘기해주었었지요.

레슨이 끝나자 나는 사르켈다에게 물었습니다. 시타르 연주자에게 가장 중요한 덕목이 있다면 무엇인가? 그는 음악을 깊게 듣는 것이라고 말하는군요. 음악을 섬세하게 듣고 그 음악에 빠져드는 것이라고 말이지요. 음악을 사랑하게 되면 모든 것이 해결된다고 말했습니다.

평범하면서도 우아한 철학이군요. 나는 눈앞의 바위를 가리키며 또 물었습니다. 당신의 제자가 재능이 있는가? 곧장 엑설런트Excellent!라는 반응이 나오는군요. 천재인가? 내가 웃으며 묻자 그 또한 웃으며 그렇다고 대답했습니다. 대단히 뛰어난 재능을 지니고 있지만 아쉬운 것은 연습이 부족하다는 것과 건강이 좋지 않은 것이라 얘기했지요. 나는 바위에게 연습을 좀더 열심히 하게나, 라고 말했습니다.

　이번엔 사르켈다가 나에게 물어오는군요. 오늘 시타르 연주를 듣고 어떤 생각을 하였는가? 대단히 연주하기 힘들 것 같다. 어쩌면 이 악기를 처음 만든 이는 오직 자신 외에는 아무도 자유롭게 다루지 못하도록 이 악기를 만든 것 같다. 음색과 연주 기법에서 악기를 연주하는 이의 자부심이 배어나는 것 같다. 나로서는 숙고한 답변이었는데 그이는 노!라고 말하는군요. 이 악기 연주가 어려워 보이는 것은 사실이지만 음악을 사랑하고 음악 안에 깊숙이 빠져든다면 비록 어렵다고 할지라도 누구든지 충분히 연주할 수 있다. 진실로 어려운 점은 그가 얼마나 깊게 음악을 사랑하는가, 일 것이다.
　헤어지면서 그와 나는 명함을 나눴고 그는 보르드만의 자기 집에 꼭 한 번 들르라고 내게 말했습니다.

농부가 되고 싶은 아이와
히말라야 여행하기 1

산티니케탄에 손님이 왔습니다.

올해 초등학교 6학년인 지해닮이 바로 그 손님입니다. 해닮이라는 이름은 해를 닮은 아이의 준말이라는군요. 이름도 신기했지만 이 녀석 하는 짓이 방실방실 웃는 해를 꼭 닮았습니다. 오래전부터 나는 이름이 한 인생의 상징이라는 생각을 해왔지요. 이름이 그냥 지어지는 것이 아니라 의도를 지니고 태어난 이름은 어느 정도 그 의도와 삶이 맞물린다는 것이 내 생각입니다.

해닮이를 처음 만나는 순간 나는 장래희망이 무엇이냐고 물었지요. 놀랍게도 이 아이의 입에서 나온 것은 농부였습니다. 초등학교 1학년부터 내내 농부였다고 말하는군요. 왜 농부가 되련? 물었더니 그냥, 이라고 말하는군요. 그냥 해가 좋아서, 라고 덧붙입니다. 세상에, 이 아이는 자신의 꿈이 왜 좋은지에 대한 가장 완벽한 답을 이미 알고 있군요. 엄마가 왜 좋은지, 피아노가 왜 좋은지, 르네 마그리트의 그림이 왜 좋은지 제일 근사한 답은 그냥입니다. 이 답은 설명할 필요가 없는 답이지요. 그냥 좋다는데 거기에 토씨를 달 더 이상의 이유는 없는 것입니다. 아이의 대답이 하도 신통해서 말문이 막힌 나는 그래, 참 좋은 농부가 되렴, 하고 이야기했지요.

나는 아이에게 별명도 물어보았습니다. 해똥이라는군요. 아이는 이 별명이 언젠가부터 싫어졌다고 얘기했습니다. 왜, 참 귀여운 별명인데, 했더니 똥에서는 냄새가 나잖아요, 라고 답합니다. 농부가 될 사람이 똥냄새를 싫어하면 안 되는데? 했더니 그냥 싹싹하게 씩 웃는 것이었습니다. 아이는 자신의 말이 틀렸을 적 쉽게 수긍하는 심성을 지녔습니다.

나는 아이에게 사람의 마음 안에는 신의 마음과 인간의 마음이 함께 존재한다는 얘길 해주었지요. 워즈워스의 시에 '하늘에 있는 무지개를 볼 때/내 가슴은 뛰노라/어린이는 어른의 아버지'라는 구절이 있다는 얘길 했을 적 아이는 눈망울을 초롱초롱 굴렸습니다. 하늘에 있는 무지개를 볼 때 가슴이 뛰는 것은 마음속에 신의 눈빛이 아직 남은 탓이고 그 마음이 없어질 때 무지개는 더 이상 신비하지 않게 되고 그때 그는 어른이 되는 거란다, 라고 했더니 고개를 끄덕이는 것이었지요. 그리고 난 아직 무지개가 신비한데, 라고 말하더니 아버지 쪽을 바라보는 것이었습니다. 나는 그 시선의 의미를 알았지요. 어린이는 어른의 아버지이니 자신이 바로 아버지의 아버지라는 뜻이었습니다. 그러니 넌 해똥이라는 별명을 오래 사랑하렴, 했더니 고개를 끄덕였습니다.

아이가 산티니케탄에 머물 적 가장 좋아했던 것은 발만다 도깐의 레모네이드였습니다. 발만다는 미술대학을 졸업한 화가입니다. 도록에서 그의 그림을 본 느낌이 참 좋았지요. 나는 발만다의 그림을 한점 지니고 싶었으나 가격이 너무 비싸 포기했지요. 그림 값을 흥정해서 그의 자존심을 상하게 하고 싶지 않았습니다.

산티니케탄의 여름은 무척 무더워서 아이가 머물던 4월 초에 벌써 기온이 45도에 이르렀지요. 아이는 씩씩하게 무더위 속을 잘 걸었습니다. 미술대학과 음악대학 구내도 잘 걸었고 숲속의 원숭이들과 동네 개들이 거칠게 세력다툼 하는 것을 보더니 동물원 같다는 얘길 했지요.

땀 많이 흘린 뒤 발만다 도깐에서 마시는 레모네이드 맛은 사실 일품입니다. 아이도 처음 발만다 도깐에 들러 레모네이드 두 잔을 마시는군요. 신기하게도 아이는 콜라와 사이다 같은 탄산음료는 전혀 입에 대지 않습니다. 나는 아이에게 작년에 있었던 발만다 파동을 얘기해주었습니다.

그날 밤은 몹시 무더웠습니다.

한국인 유학생 대여섯 명이 함께 발만다 도깐에 들러 레모네이드를 주문했습니다. 도깐 안은 이미 사람들로 가득 차 있었지요. 레모네이드를 주문한 이는 평소 발만다와 가장 친밀했던 스프링디디였습니다. 발만다와 스프링디디는 서로의 그림들에 좋은 감정을 지닌 예술적 동지이기도 했습니다. 그런 발만다가 디디에게 거친 말을 쏟아부었습니다.

"너는 내가 미친개로 보이는 것이 좋으냐? 내가 미친개처럼 헐떡이며 레모네이드를 흔들어대는 모습이 그리도 보기 좋다는 말이냐? 오늘 너에게 팔 레모네이드는 없다. 이제 레모네이드는 팔지 않는다."

우리 모두는 너무 놀라 그가 쏟아내는 말들을 그대로 들었고 정말 미안하다고 그를 달래야 했지요. 나도 그에게 진정하라며 산티, 산티! 외쳤습니다. 그가 레모네이드를 만들기 위해서는 두 개의 컵을 서로 맞댄 뒤 그 속에 든 레몬즙과 얼음을 열심히 흔들어주어야 합니다. 날은 덥고 손님은 밀리고 같은 예술가로서 동년배인 외국인 여성 화가로부터 받는 주문이 그에게 충분히 치욕적인 요소가 있을 수 있었지요. 그 뒤로 우린 발만다에게 레모네이드 주문을 할 적엔 모두 죄인이 된 기분으로 아주 조심스럽게 "발만다, 레모네이드 가능해?" 하고 묻곤 했지요.

아이는 그 이야기를 아주 진실하게 들었습니다. 난 발만다 레모네이드가 좋은데 나에게도 화를 내면 어쩌지? 하고 걱정을 했지요. 난 발만다가 예술가이니 아이들에게 화를 내지 않는다고 얘기해 아이를 안심시켰습니다. 예술가는 아직 그 마음속에 어린이의 마음이 남아 있는 사람이라 얘기했더니 씩 웃었지요. 좋은 농부도 어린이의 마음이 남아 있는 법이라 했더니 거듭 좋아했습니다.

내가 아이와 함께 다르질링과 시킴 쪽을 여행하려 마음먹은 데는 계기가 있었습니다.

기차표를 알아보기 위해 산티니케탄의 작은 여행사에 들렀을 적 나는 아이에게 말했지요. 살 수 있는 기차표가 두 종류 있겠구나. 2AC와 3AC가 그것인데 모두 에어컨이 작동된단다. 차이는 2AC는 한 칸에 네 사람이 타고 3AC는 한 칸에 여섯 사람이 타는 거란다. 당연히 2AC의 값이 비싸지. 뭐 탈래? 했더니 아이는 곧장 3AC를 선택했습니다. 난 그 순간에 많이 감동했습니다. 난 아이가 당연히 2AC를 선택할 줄 알았지요. 더 비싸고 좋은 것을 선택하고 싶은 마음은 아이나 어른이나 같을 테니 말이지요. 그 순간 난 아이와 함께 여행하기로 마음먹었던 것입니다.

인도에 머무는 동안 어쩔 수 없는 형편이 아니면 나는 대부분 2AC로 이동을 했습니다. 나이를 먹으며 인도인들의 장거리 이동 수단인 슬리퍼를 탈 엄두가 나지 않았지요. 2AC를 탈 경우 최상류층 인도인들과 여행하는 느낌도 좋았습니다.

언젠가 델리에서 콜카타로 오는 라즈다니 익스프레스의 2AC에서 동행이 된 두 명의 인도인이 있었지요. 한 사람은 나이가 많은 노인이었고 한 사람은 나이가 나와 동갑인 친구였습니다. 그는 콜카타의 한 은행 지점장이라 자신을 소개했고 자신과 동행인 노인은 인도의 왕족 출신이라며 자신이 그의 수행원이라 얘기하는 것이었습니다. 내 관심은 금세 노인에게 기울어졌습니다. 취침 시간이 되어 침대를 펼친 한참 뒤에도 노인은 자리에 눕지 않았습니다. 수행원이라는 친구는 이미 자리에 누웠지요. 수행원이 먼저 누워도 돼? 내가 물었더니 그는 내게도 자리에 누우라며 노인은 누워서 자지 않는다고 말하는 것이었습니다.

그의 말은 사실이었습니다. 노인은 지니고 온 담요 한 장을 어깨 위에 두른 채 자리에 앉아 명상하듯 눈을 감고 있었습니다. 그 모습이 경건하고 보기 좋았지요. 그 밤 나는 노인을 따라 하룻밤을 앉아서 새우겠다는 생각을 했습니다. 밤 12시가 넘자 노인도 내 생각을 알아차렸습니다. 어느 순간 노인이 내 쪽으로 마른 손을 쑥 내밀더니 가볍게 토닥이는 시늉을 했습니다. 누워 자라는 뜻이었습니다. 나는 고개를 가볍게 흔들어 거부의 뜻을 표했습니다. 노인의 방식을 따르겠다는 표시이기도 했지요.

나는 자리에 앉아 창밖에 스치는 마을의 불빛과 하늘의 별들을 바라보았습니다. 노인을 따라하는 그 과정이 흥분될 만큼 좋았지요. 머릿속에 시들의 이미지가 흘러다니기도 했습니다. 노인은 고요히 앉아 좌선하듯 시간의 바다 속으로 스며들었고 나 또한 몇몇 이미지의 바다를 떠돌아다녔습니다.

새벽 3시에 인식의 파동이 왔습니다.

노인은 미동도 없이 어둠 속에 앉아 있습니다. 갑자기 머릿속에서 지금 내가 뭐 하는 거지? 하는 생각이 들었지요. 노인의 시간을 흉내 내서 어쩌자는 것인가? 하는 생각이 이어졌습니다. 지금껏 내가 살아온 시간들이 타인의 삶들을 흉내 내고 쫓아가기에 급급했던 것은 아닌가, 싶었습니다. 부끄러움이 밀려들었지요. 내가 노인의 삶을 흉내 내어야 할 이유가 없었습니다. 초라하고 궁색하더라도 나는 나의 삶을 살아야겠지요. 아무리 고상하고 아무리 우아할지라도 그것은 내 것이 아닌 타인이 이룩한 탑인 것입니다. 타인의 탑의 표피에 얼굴을 부비고 동경한다고 해서 내가 그 탑이 될 수는 없는 거지요. 나는 조용히 자리에 누웠습니다. 여행 중 잠자리에 누우며 처음 눈물방울을 떨구었지요. 뒤에 나는 노인을 위한 시 한 편을 썼습니다. 그리고 시에 「반얀나무」라는 제목을 붙였습니다.

반얀나무

콜카타에서
바라나시로 가는 1등 열차 안에서 만난
그 노인은 샹그릴라라는 성을 가지고 있었다
밤 9시가 되자
노인의 수행원은
노인이 누울 자리를 펼쳤다

간디 안경을 쓴 노인은

안경 뒤에서 잠시 내게 웃는 것처럼 보였고

까맣게 갈라 터진 노인의 발을 우두커니 바라보며

나는 산티니케탄의 숲에서 본 반얀나무를 생각했다

수백 수천의 갈라 터진 뿌리로 땅을 움켜쥔

그 나무의 발을 보며

나는 발이라는 존재가

경건히 빛날 수도 있는 것이라는 생각을 했다

노인의 수행원은

콜카타 은행의 지점장이었고

샹그릴라는 왕족의 성을 의미한다고 얘기했다

밤 11시가 되자 열차의 창밖으로 달이 솟아올랐고

콜카타에 들를 적 자신의 집에서 수영을 해도 좋다고 얘기하던

나와 동갑인 수행원은 먼저 자리에 누웠다

나는 차창 밖의 달을 보다가

모포 한 장을 두른 채 바위처럼 고요히 앉아 있는

노인의 희미한 정적을 바라보곤 했다

나는 노인처럼 밤을 새워도 좋을 것이라는 생각을 했고

검은 빛으로 뒤엉긴 숲속에서 하얗게 빛나던 그 나무의 뿌리를 생
각했다

새벽 3시 문득

창밖의 까만 어둠들이 부끄러워지면서

나는 노인을 닮고 싶다는 미망을 버리고 자리에 누웠다

그때 노인이 한 손을 들어

어머니의 자장가처럼

내 배를 가볍게 다독여주었다

나는 일찍이 사람이 나무뿌리 같은 걸 사랑할 수 있다는 생각을 한
적이 없다

나무뿌리 또한 사람을 사랑할 수 있으리라는 한심한 생각 따윈 하
지 않을 것이다

이날 밤 난 사람이 나무를

사람이 밤 열차의 쓸쓸한 뿌리를

사람이 먼 밤하늘의 별과 별들의 노래를

사람이 사람의 구린내 나는 발바닥과 똥구멍을

사랑할 수 있다는 생각을

노인의 빛나는 뿌리를

누운 채 바라보며 생각했다.

농부가 되고 싶은 아이와
히말라야 여행하기 2

해닭이와 볼푸르에서 뉴잘파이구리로 가는 밤기차를 탑니다.

한 아이와 함께 여행을 하는 것은 밤기차를 타는 일만큼이나 신비한 일입니다. 아이의 눈으로 창밖의 풍경을 보고 아이의 눈으로 지상의 시간들을 이야기할 수 있을 테니 말이지요. 아이에게는 아이와 동행인 형이 있고 아빠가 있습니다.

형의 이름은 봄찬슬이지요. '온 누리에 봄빛으로 가득 찬 슬기'의 준말이라는군요. 봄찬슬은 중3입니다. 한 달 동안의 여행을 마치고 한국에 들어가면 다음 날 중간고사를 본다는군요. 시험 때문에 봄찬슬은 두꺼운 수학책과 영어책을 배낭에 넣어가지고 다녔지만 여행 기간 내내 그 책들을 보는 모습은 보지 못했지요. 가족과의 여행도 일주일만 허용되어 나머지 기간은 무단결석이 된다는군요. 아빠와의 여행 때문에 내신성적이 엉망이 되는 것이지요.

아이의 아버지 이야기도 몇 줄 적어야겠군요. 일 년 전까지 아이의 아버지는 나라 안에서 가장 큰 정유회사에 나갔습니다. 연봉이 1억 가까웠다는군요. 아이의 아버지는 사진 찍는 일을 좋아했습니다. 더 좋은 사진을 찍기 위해 회사를 그만두었고 지금 아이들과 여행에 나선 것입니다. 생의 돈키호테들이 슬금슬금 웃으며 우리 곁을 스쳐 지나갈 적 우리는 조금씩 행복해지는 스스로를 느낍니다. 나는 아이들에게 지금 이 세상에 한 달 동안 학교를 가지 않고 아빠와 함께 히말라야를 여행하는 아이들이 몇 명이나 되게? 하고 물었고 아이들은 내 말의 의미를 알고 환하게 웃었습니다.

아이는 이날 밤기차 안에서 조금 불편했습니다. 우리에게 배정된 자리가 한 자리 부족했기 때문입니다. 다르질링과 시킴 쪽 여행은 4월과 5월이 최고의 시즌입니다. 이 기간 동안 학교는 방학을 하고 웨스트벵골의 중산층 인도인들이 히말라야 기슭으로 피서 여행을 하는 것입니다.

아이는 3AC의 비좁은 침대 한 칸에서 아버지와 함께 잠이 들어야 했지요. 아버지는 거구에 속합니다. 혼자 누워도 비좁을 자리에 45킬로그램의 소담한 중력이 가세하는군요. 아버지의 엉덩이 뒷길에 아이가 끼었습니다. 거기서 아이가 함빡 웃으며 말하는군요. 방귀만 뀌지 않으면 돼. 합체된 형상으로 부자가 잠든 모습도 보기 좋았지요. 비좁은 침대에서 아버지와 함께 다르질링으로 간 밤기차 여행을 아이는 오래 기억할 것입니다. 인도의 신들은 자리 하나를 부족하게 함으로써 이방의 여행자들에게 그들의 나라를 오래 가슴에 남기는 슬기를 발휘했습니다.

아이와 나는 토이 트레인 이야기를 나눴습니다. 토이 트레인은 말 그대로 장난감 기차입니다. 협궤열차인데 소래 포구를 다니던 열차보다 그 폭이 훨씬 좁아 보였습니다. 레일과 레일 사이가 60센티미터가 될까 말까 했지요. 그 레일 위로 관광객들을 가득 태운 열차가 히말라야의 산기슭을 돌아 다르질링까지 오르는 것입니다. 더구나 이 열차는 증기기관차입니다. 가끔씩 꽤액— 하는 기적 소리를 울리지요. 히말라야의 숲들을 비집고 나가면 멀리 흰 눈을 머리에 인 칸첸중가를 비롯한 설산들의 모습이 눈에 들어오는 것입니다.

유네스코는 한 편의 동화와 같은 이 토이 트레인 여행을 세계문화유산으로 지정해 그 꿈의 의미를 여행자들의 가슴에 새겼습니다. 오래전 이곳에서 생산된 다르질링 차들을 운송하기 위한 수단으로 만들어졌다는 열차의 유래는 여행자에게 서늘한 느낌으로 다가오지요.

아이는 이날 토이 트레인을 타지 못했습니다.
좌석 예약이 한 달도 전에 끝났군요.

우리는 지프를 한 대 빌렸습니다. 열차가 멈춰 선 뉴잘파이구리, NJP라고 줄여 부르기도 합니다, 역에서 다르질링까지는 지프로 세 시간 반 정도의 거리입니다. 토이 트레인으로는 일곱 시간이 소요되지요. NJP에서 8킬로미터쯤의 거리에 실리구리가 있습니다. 실리구리는 북서인도 여행의 중심도시입니다. 이 도시에서 네팔과 부탄을 갈 수 있고 다르질링과 시킴 쪽으로 여행할 수도 있지요. 콜카타뿐 아니라 파트나나 바라나시로 갈 수 있는 길도 열려 있으니 전 인도로 통할 수 있는 셈이지요.

실리구리 교외를 벗어나면 곧장 히말라야 산록입니다. 쭉쭉 뻗은 나무들의 모습이 보기 좋군요. 전나무도 있고 키 큰 활엽수들도 있습니다. 삼림욕을 하는 기분이 절로 들었지요. 아이도 우리도 모두 와! 하는 탄성을 올렸습니다. 토이 트레인을 타지 못한 아쉬움을 조금 씻을 수 있었지요. 아이의 아버지는 달리는 차 안에서 연신 셔터를 눌러대는군요. 그가 한마디 남겼습니다. 이건 아빠만이 할 수 있는 기술이다! 아이들이 금세 되받는군요. 또 잘난 척한다, 아버지! 나는 아이에게 묻습니다.

아빠 좋니?

응.

얼마나?

딱 한 가지만 빼면 백 점.

한 가지는 뭔데?

술 먹고 잠 안 자고 계속 잔소리하는 것.

뭐라 잔소리하는데?

일정하지는 않은데 한 소리를 하고 또 해요.

그럼 그걸 다 듣니?

그냥 자고 있는 척해요.

엄마는?

옛날에는 뭐라 하곤 했는데 지금은 신경 안 써요.

그런 걸 다 말하면 어떡해? 아버지가 조금 당황했습니다.

아빠가 술만 안 먹으면 정말 좋겠구나.

그럼 우리 아버지가 아니라고 느껴질 것 같아요.

그럼 그냥 술 먹는 게 좋아? 했더니 고개를 끄덕이는군요.

아이는 지금의 아빠가 백 점 이상으로 좋은 것입니다. 나는 계속 물었지요.

엄마가 더 좋아, 아빠가 더 좋아?

아버지.

왜?

아이가 지난겨울의 생일날 얘기를 했습니다. 아이는 그날 아침 집에서 쫓겨났습니다. 엄마의 말을 끝까지 듣지 않았기 때문입니다. 여기서 아이의 형이 거드는군요. 잘못했다고 말만 하면 엄마가 금세 들어오라고 할 참이었거든요. 그런데 고집 피우고 절대 잘못했다고 말하지 않았지요. 그래서 미역국도 못 먹고 한나절 내내 쫓겨났어요. 팬티 바람으로요, 킥킥. 팬티 바람으로 사내애들이 쫓겨나는 것은 예나 지금이나 고전이군요.

나도 어릴 적엔 팬티 바람으로 자주 쫓겨나곤 했단다.

괜찮아요.

아이는 씩 웃는군요.

쫓겨나서는 뭘 했는데?

개미집 찾아서 개미들하고 놀았지요.

아이와 이야기를 하던 나는 아이가 사용하는 단어 하나에 의문이
생겼습니다.

왜 아빠라고 하지 않고 아버지라고 말해?

전에는요, 아버님이라고 불렀어요.

아버님? 나는 웃었습니다.

예!

왜?

저희들이 너무 버릇이 없어졌다고 아버지가 말부터 고쳐야 한다고
했어요.

그래서 아버님이라고 불렀어?

친구들이랑 놀다가 전화할 때도 아버님이라 불렀거든요. 애들이
킥킥 웃고 난리가 났어요. 나중에는 아버지도 이상한지 그냥 아버지
라 부르라고 했지요 그래서 아버지라 부르는 거예요. 지금은 하나도
이상하지 않아요.

아이와의 대화는 너무 재미있습니다.

그사이에 지프는 산 능선을 다 올랐군요.

숲을 벗어나 마을들의 행렬이 계속됩니다. 마을들이 산 능선을 따
라 구불구불 이어지는 모습이 재미있기도 하고 신기하기도 합니다. 제

일 처음 이 산마루에 집을 지으려 한 사람들의 속내가 궁금해지기도 합니다. 마을은 단순한 시골 마을이 아니라 도시의 위용을 보이기도 하는군요. 슈퍼도 있고 신발 가게, 화장품 가게, 푸줏간도 있습니다. 우리가 타지 못했던 토이 트레인의 모습도 만납니다. 레일 간의 폭이 너무 좁아 채 한 걸음이 되지 않을 것 같군요. 레일 위에 차들이 주차해 있다가 기차가 운행될 시간이면 비켜주는 모습이 정겹군요. 하행길에 아이와 토이 트레인을 탔으면 싶은데 어찌 될는지요.

다르질링에 도착해 숙소를 찾는 일이 만만치 않았습니다.

프라단이라는 이름의 게스트하우스에 방 둘을 500루피와 800루피에 얻었습니다. 비싼 쪽 방은 계속 물이 나오는 조건이었고 나머지 방은 화장실 물도 잘 나오지 않았습니다. 주인 사내가 몇 마디의 한국말을 할 줄 알았고 미스 네팔 출신인 부인이 미인대회 참가차 서울에 들른 적이 있노라고 얘기한 것이 영향을 미쳤습니다. 그런 인연이 있다고는 해도 다음 여행자에게 선뜻 이 집을 추천하기는 힘들 것 같군요. 물론 성수기에 초우라스따 가까운 거리에서 이 가격으로 방을 얻기란 쉽지 않은 일입니다. 마음에 들어 값을 물어보면 모두 2,000루피 이상을 부르는군요. 초우라스따는 다르질링의 여행자 거리의 중심입니다. 광장으로 오르는 길 양쪽에 관광객들을 대상으로 한 가게들이 늘어서 있고 군데군데 박힌 식당들의 음식 맛은 아주 좋습니다. 외로운 여행자가 잠시 여수에서 벗어나 소란스러운 일상의 번잡함을 따뜻하게 느낄 수 있는 곳이지요.

아이는 모든 음식을 아주 잘 먹습니다. 초우라스따로 오르는 길 입구의 오른쪽 언덕배기에 두 개의 티베트 식당이 나란히 있는데 이 식당들의 음식 맛은 널리 알려져 번잡한 시간에는 식당 밖에 늘어선 줄을 볼 수도 있습니다. 우리는 이 식당에서 뗀뚝과 뚝바와 볶음밥들을 먹었지요. 히말라야 산록을 여행하는 가장 큰 즐거움 중의 하나는 바로 이 티베트 식당들입니다. 티베트 음식 맛이 우리와 아주 비슷해서 이곳에서는 이국의 음식들을 고향 같은 마음으로 먹을 수 있지요.

뗀뚝은 우리의 수제비와 같은 음식이고 뚝바는 칼국수와 같은 음식입니다. 특히 고수 잎을 넣은 야채 뗀뚝이나 야채 뚝바의 맛은 정말 일품이지요. 지난여름 라다크의 레를 여행할 때도 고수를 넣은 뗀뚝을 매일 아침 먹었습니다. 라다크 사람들이나 티베트 사람들이나 거의 비슷한 조상을 지녔기 때문입니다. 당신, 잊지 마세요. 히말라야 산록을 여행하다 티베트 식당을 만나게 되거든 꼭 뗀뚝을 시키세요. 한 접시의 만두를 곁들인다면 이 식사는 환상입니다.

아이와 나는 초우라스따 근처의 맛집들을 두루 들렀는데 그때마다 아이는 이렇게 말했습니다. 난 그래도 알차의 팬케이크와 발만다 도깐의 레모네이드가 더 좋아요. 아이가 그렇게 말할 적마다 아이가 더 사랑스럽게 느껴졌습니다. 아이는 산티니케탄에서 불볕더위를 만났고 그 속을 걸어다녔고 그러다가 알차와 발만다 도깐을 들렀지요. 그곳에서 아이가 먹은 음식은 고급 음식이 아닙니다. 산티니케탄에서도 아이는 몇몇 고급 식당들을 다녔지요. 음식 맛으로 정평이 있는 식당들입니다. 아이도 정말 맛있다고 말했지요. 그런데 정작 최고로 꼽는 것은 산티니케탄의 길거리 작은 음식점인 발만다 도깐의 레모네이드와 알차의 팬케이크입니다. 내가 머물고 있는 곳의 음식을 최고로 여겨주는 아이에게 나는 감사함을 느낍니다.

아이는 이번 여행에서 잊을 수 없는 취미 하나를 얻었습니다. 그것은 부엉이를 수집하는 것이었지요. 부엉이는 이곳 인도 사람들이 재물의 신으로 여기는 동물입니다. 우리 시골 옛집의 벽에 붙어 있는 돼지 그림과 같은 존재지요. 가화만사성家和萬事成이라는 글귀와 함께 새겨진 그 그림은 자손이 번성하고 아울러 재물 운이 왕성하기를 바라는 마음의 표식이었지요. 인도 사람들은 집집마다 문 입구에 나무나 토기로 만든 부엉이 상을 세워두기도 하고 침대나 의자의 손잡이에 부엉이 조각을 새기는 것을 좋아합니다. 아이가 모아놓은 부엉이를 보기 전까지 나도 이렇게 많은 종류의 부엉이들이 있는 줄은 몰랐지요.

아이와 나는 함께 골목 속에 박힌 작은 앤티크 가게들을 찾아다녔습니다. 아이는 부엉이를 찾았고 나는 나대로 기념이 될 만한 앤티크들을 찾았습니다. 다르질링에서 나는 세 개의 도자기 찻잔과 두 개의 아주 귀여운 향낭 그리고 1930년대에 독일에서 생산된 사각형의 카메라 한 대를 샀습니다.

한 아이와 함께 여행을 하는 것은
밤기차를 타는 일만큼이나 신비한 일입니다.
아이의 눈으로 창밖의 풍경을 보고 아이의 눈으로
지상의 시간들을 이야기할 수 있을 테니 말이지요.

농부가 되고 싶은 아이와
히말라야 여행하기 3

다르질링에서 아이와 내가 지닌 최고의 꿈은 칸첸중가를 비롯한 설산들의 파노라마를 보는 것이었습니다. 그런데 이 꿈이 생각보다 쉽지 않을 거라는 사실을 첫날부터 알았지요. 숙소에서 내려다보이는 앞산의 모습들은 모두 깊은 안개에 젖어 있었습니다. 설산이 보이려면 파란 하늘이 우선 조건이었습니다. 이 파란 하늘 보기가 쉽지 않았지요. 이른 아침 해 뜨기 직전 아주 희미하게 설산의 모습이 보인 날이 하루 있었지만 거의 신기루 수준이었지요. 설산을 보았다고 말할 수 없었습니다. 게스트하우스의 종업원들에게 언제쯤 설산을 볼 수 있느냐 물어보면 잘 모르겠다거나 신의 뜻이라는 답변만 돌아왔지요.

다르질링에서의 마지막 하루를 호텔 포춘 니르바나에서 묵었습니다. 호텔의 전망은 니르바나라는 이름에 걸맞은 것이었지요. 아이와 함께 모두 아, 하는 깊은 탄성을 울렸지요. 방 둘을 얻었습니다. 남은 여행 기간 좀더 가난하게 사는 대신 부러움 없이 하룻밤 지내는 자유를 선택한 것입니다. 방은 깨끗했고 벽의 그림들은 우아한 액자로 치장되었으며 침구는 부드럽고 따뜻했습니다. 욕실에서 더운물과 찬물이 콸콸 쏟아져나왔으며 전신을 감쌀 수 있는 타월이 인원수대로 지급되었지요. 커피와 차를 마실 수 있도록 커피믹스와 다르질링 차도 비치되어 있었습니다. 안개 뒤의 설산들이 언제 튀어나올지 모르는 아늑하고 포근한 긴장감이 베란다 너머로 펼쳐지고 있었지요. 베란다의 쪽문을 열고 나가면 맨발로 곧장 잔디밭을 밟을 수도 있고 종일 파라솔 아래서 음악을 듣거나 책을 읽을 수도 있겠군요. 인도에서 이런 호사를 누릴 수 있으리라곤 나도 미처 생각하지 못했습니다.

니르바나에서 아이가 처음 한 일은
아끼고 아낀 한국산 컵라면을 끓여 먹는 일이었습니다.

장기간 외국 여행 중에 먹는 컵라면의 깊고 오묘한 맛이라니요. 인원수대로 컵라면에 물을 붓고 베란다 앞 잔디밭에 앉아 후루룩 니르바나의 열락을 즐겼습니다. 일하는 이들이 모두 바라보는군요. 잔디밭에 다리를 펴고 앉아 누들을 먹는 외국인 손님들을 그들은 아마 처음으로 보았을 것입니다.

아이는 두 개의 방 사이를 뛰어다녔고 텀블링을 하듯 침대 위를 구르기도 하였지요. 안개 뒤의 설산 대신 아이는 손으로 만지고 눈으로 직

167

접 볼 수 있는 지극히 현실적인 판타지를 즐기고 있는 셈입니다. 삶의 바닥과 정상이 서로 연결되어 있으며 그 사이를 오고 가는 일이 전적으로 자유의지에 매달려 있다는 인식을 아이가 지닐 수 있다면 그 시간들은 아이의 생에 따뜻한 무늬 하나를 새길 수도 있지 않을는지요.

아이가 우체국으로 그림엽서를 부치러 가는군요.
나는 남아서 빨래를 합니다. 닷새 만에 처음 하는 빨래지요. 닷새 동안 나는 같은 속옷을 입었고 양말도 계속 신었습니다. 변기의 물도 제대로 나오지 않는 곳에 묵었으니 빨래는 사실 난망이었습니다. 어젠 아이가 내게 와, 나흘 동안 계속 같은 양말 신는다, 라고 얘기를 했지요. 내가 발냄새는 나지 않아! 라고 했더니 가까이 와서 냄새를 맡아보고는 이상하다, 정말 냄새가 나지 않아, 하며 신기해했지요. 아이의 아빠가 거드는군요. 지난겨울엔 열엿새 동안 함께 다녔는데 한 번도 바지를 바꿔 입지 않았단다.

샤워를 하고 빨래를 마친 뒤 그림을 그리기 시작했지요. 다이어리에 그림을 그리는 시간은 내 여행이 가장 한가로울 때의 징표입니다. 마침 아이가 돌아오는군요. 오, 일행이 있습니다. 한국인 수녀님 두 분과 인도인 신부님 한 분이 찾아온 것입니다. 서점에서 아이를 만났다는군요. 그분들은 다르질링 인근 두메산골의 수도원에서 수도 생활을 하는 중이었습니다. 세라피나 수녀님은 시인으로 데뷔를 한 분이군요. 시인과 수도 생활, 가장 어울릴지도 모른다는 생각이 들었습니다. 손님들과 나는 니르바나의 절경을 배경으로 한국에서 가져온 봉지 커피를 마셨습니다. 그때 수녀님이 얘기하는군요. 기적이 이루어졌다고 말이지요. 그날 아침식사 시간에 인도인 신부님이 말했답니다. 수녀님, 한국산 봉지 커피가 그리워요. 수녀님은 수도원을 다 뒤졌는데 결국 봉지 커피를 찾지 못했고 지금 이 자리에서 봉지 커피를 마시게 된 것입니다.

봉지 커피 한 잔이 기적으로 바뀌는 이 검박한 시간의 해석을 당신은 어떻게 생각하는지요. 어쩌면 우리가 꿈꾸는 행복이나 기적은 이미 우리 몸 가장 가까운 곳에 머물고 있는 것인지도 모를 일입니다. 이날 나도 몹시 행복했습니다. 오랜만에 빨래를 했고 깨끗하고 우아한 장소에서 손님들을 맞을 수 있었습니다. 그분들로부터 남은 여행에 대한 축도도 들었지요.

니르바나에서의 하룻밤은 너무도 빨리 흘러갔습니다. 다음 날 오전 아이와 나는 초우라스따로 오르는 언덕배기 사무실에서 시킴으로 들어가는 허가증을 얻었습니다. 수수료는 따로 없고 여권 전면 카피 한 장과 사진 한 장이 필요했지요. 우리는 지프를 타고 강토크로 향했습니다. 지프의 기사는 달릴 수 있는 최고의 기술을 다 보여주며 계곡 길을 달려 세 시간 반 만에 우리를 시킴 주의 주도 강토크에 내려놓는군요.

강토크의 중심가인 간디 로드는 인도의 다른 거리들과 확연히 다른 무엇이 있습니다. 릭샤가 눈에 띄지 않고 리어카에서 물건을 파는 상인들이 전혀 없습니다. 떠돌이 개들의 모습도, 어슬렁거리는 소들도 전혀 보이지 않지요. 옛 시킴 왕국은 불교 국가였습니다. 작은 왕국이었기 때문에 늘 다른 나라들로부터 시달림을 받았고 결국 국민투표를 통해 나라를 통째로 인도에 편입시켰다는군요. 강토크 거리의 사람들은 7할 이상이 아시아 계열로 보입니다. 우리 이웃 동네에서 흔히 볼 수 있는 친근한 얼굴들이지요. 펀자브나 사리와 같은 인도 고유의 의상들도 일부러 찾아야 볼 수 있을 정도지요.

간디 로드에는 강토크 사람들과 외국인 관광객들이 북적이며 섞여 흘러갑니다. 길 가운데 분수가 있고 길을 따라서 양쪽으로 벤치들이 놓여 있습니다. 사람들은 그 벤치에 앉아 아이스크림을 먹거나 한담을 나누거나 사랑하는 이의 얼굴을 물끄러미 바라보거나 합니다. 이러한 북적거림은 외로운 여행에 지친 이들에게 문명의 향수를 불러일으키는 힘이 있습니다. 그 어떤 관광지보다도 강토크의 간디 로드는 편안하게 다가옵니다. 거리는 깨끗하고 상가들에서는 좋은 냄새가 나고 좀 오래 쉬어가도 좋겠다는 생각이 절로 드니 시킴 관광의 미래는 밝은 셈입니다.

간디 로드에서 아이의 아빠가 신이 났습니다. 거리에는 술집과 바들이 넘칩니다. 힌두교의 나라 인도에서는 술을 경원시하지만 시킴은 아닙니다. 어, 여기도 저기도 술집이네, 아이 아빠는 웃음을 감추지 못합니다. 놀라운 것은 술가게의 술들이 모두 면세랍니다. 세상의 술꾼들이 정신을 차리지 못할 만큼 놀라운 곳이 인도의 맨 북동쪽 끝 히말라야의 산록에 자리하고 있는 것입니다.

술과 여행, 여자가 있으니 세상은 얼마나 행복한가, 라고 설파한 조르바가 이곳에 들렀다면 행복에 겨워 숨이 넘어갔을지도 모릅니다. 벤치에 앉아 바라보는 시킴의 아가씨들은 모두 웃고 있으며 미인입니다. 한때 나는 세상에서 제일 아름다운 아가씨들이 인도 아가씨라는 생각을 했었는데 지금 세상에서 제일 아련한 향수를 불러일으키는 아가씨들이 시킴 아가씨라는 생각이 드는군요.

강토크에서 머무는 동안 아이의 아빠와 나는 매일 술을 마셨습니다. 아이의 아빠야 일생에서 놓칠 수 없는 호시절을 만났으니 그런다 치고 비주류인 내가 술을 사나흘 거푸 마신 이유는 단 한 가지입니다. 나는 여행자이고 이곳은 술꾼들에게 마음을 열어주는, 세상에서 아주 드문 곳입니다. 그 도시에 와서 나는 비주류다, 라고 자신의 자세를 견지하는 것은 지극히 옹졸한 일일 것입니다. 나는 비주류지만 이곳에서만은 술을 마신다, 가 더 따뜻하고 더 인간적이라는 생각이 절로 들었지요.

그렇습니다. 강토크는 세상을 자신만의 방식으로 지극히 협소하게 살아온 이들에게까지 그들의 마음을 히말라야의 산록처럼 융숭하게 끌어들이는 저녁의 공기를 지니고 있습니다. 이 공기 속에서는 술꾼

171

과 비술꾼의 경계가 없습니다. 추녀와 추녀를 맞댄 가게의 불빛들과 어깨동무를 한 인간의 마음이 존재할 뿐이지요. 그런 아빠의 마음을 알았는지 아이는 아빠에게 술을 마시지 말라는 말을 하지 않습니다. 대신 오늘은 몇 병 마실 수 있어요? 라고 묻는군요.

아이와 나는 시킴의 작은 골목들 안에 들어 있는 앤티크 가게들도 찾아다녔지요. 처음에 부엉이 한 종목에 집착을 보였던 아이는 반지며 목걸이 같은 장신구들에도 마음을 여는군요. 엄마 생각을 하는 때문이겠지요. 게다가 시킴의 금속 세공 기술은 대단히 섬세해서 만드는 작업 과정을 직접 보고 있어도 잘 믿기지 않는 구석이 있습니다. 진열장 안의 모든 가공품들이 다 백미이며 일품입니다. 나는 이곳에서도 몇 개의 향낭을 샀고 유기로 만든 등잔도 몇 개 구입했습니다. 유기 등잔은 우리의 호롱불을 그대로 닮은 것인데 유기판을 이런 호롱의 형태로 빚어낸 사람들의 기술에 감탄을 금치 못합니다. 그리고 이 유기 호롱 하나의 값이 단지 70루피라는 것을 생각하면 놀라움은 더욱 커지지요.

강토크의 한 가게에서 부엉이를 만났습니다. 짐승의 머리뼈로 만들었고 크기는 천도복숭아 크기입니다.

천도복숭아를 본 적은 없습니다. 그런데 이 부엉이를 보는 순간 천도복숭아라는 말이 절로 생각나는군요. 천도복숭아가 꼭 이 크기일 거라는 생각이 들었지요. 귀엽고 전아하고 사랑스러웠습니다. 다르질

링의 가게들을 돌 때도 나는 어디엔가 부엉이가 있을 거라 생각하고
꼼꼼 찾았는데 이곳 강토크에 와서 꼭 만나고 싶은 부엉이를 만난 것
입니다. 이 부엉이는 용도가 따로 있습니다.

간디 로드의 안쪽 길에는 티베탄 로드티베트인 거리가 있습니다. 이 길
을 죽 따라 올라가다 보면 이곳 사람들이 뚜끼판 도깐이라 부르는 판
잣집 가게 하나가 숲길 가에 서 있습니다. 무슨 이유에선지 알 수는
없지만 이곳의 택시 기사들은 모두 뚜끼판 도깐을 정확히 알고 있습
니다. 랜드마크인 셈이지요.

뚜끼판 도깐을 마주 보고 오른쪽으로 100미터쯤의 거리에 민토클
링 게스트하우스가 있고 왼쪽 100미터쯤 거리에 판딤 호텔이 있습니
다. 두 곳 모두 시원한 전망을 지니고 있고 한국인들에게도 우호적입
니다. 민토클링 게스트하우스의 지배인은 자동차도 한국산을 몰고
한국의 현대 축구사를 줄줄이 꿰고 있습니다. 박지성 박주영은 물론
오래전 스타플레이어인 김주성까지 알고 있더군요. 간디 로드의 중간
지점에서 두 곳의 숙소까지는 걸어서 십 분 거리입니다. 정전이 되어
깜깜한 숲길을 걸어갈 때 아이는 산 냄새가 난다고 좋아했습니다.

아이와 나는 9박 10일간의 짧은 히말라야 산길 여행을 했습니다.
토이 트레인도 타지 못했고 보고 싶었던 설산들의 모습도 보지 못했
습니다. 아이가 토이 트레인을 타고 설산도 다 보았다면 지금의 상황
과 무슨 차이가 있을는지에 대해 잠시 생각해보았습니다. 둘 다 가능

했다면 분명 좋았겠지요. 둘 모두 불가능했기 때문에 아이에게 남을 기쁜 흔적은 없을까요.

그렇지 않을 거라는 생각이 드는군요. 아이는 다시 한 번 토이 트레인에 도전할 것이고 설산의 형상과 이미지에 도전하지 않겠는지요. 아니, 만날 수 없어서 더 아쉬웠던 그 마음으로 더 큰 목표와 더 큰 인생의 도전의식을 지니지 않겠는지요.

강토크에서 실리구리로 돌아와 아이는 네팔로 들어가기 위해 카카르비타 국경으로 가는 택시를 탔습니다. 여기서 국경까지는 36킬로미터, 산길로 한 시간쯤 걸리는 거리입니다. 아이와 나는 이곳에서 헤어집니다. 나는 산티니케탄으로 돌아가고 아이는 1박 2일의 국경 버스를 타고 포카라로 갑니다. 그곳의 아름다운 호수에서 보트도 타고 영감 깊은 설산의 모습들에도 흠뻑 취하기를 바랍니다.

아이에게 나는 강토크에서 산 천도복숭아, 아니, 부엉이 한 마리를 선물했습니다.

3.
마시 이야기

2009년 7월 29일, 미나와 소루밀라

미나에게 된장국 끓이는 법을 알려주었습니다.

세 컵의 물에 된장 한 스푼 반을 넣고 잘 저은 다음 감자 세 알을 깎아 납작하게 썰어 넣었습니다. 감자 두 알은 내가 칼질 시범을 보이고 나머지 한 알은 직접 썰어보게 했더니 생각보다 미숙하군요. 양파 하나를 썰어 넣고 팔팔 끓이는 것으로 강습은 끝났습니다.

아미 발로바쉬 된장국, 나는 된장국을 좋아합니다.

영리한 미나는 금세 된장과 된장국을 한국어로 발음합니다. 된장국을 끓이며 발로바쉬를 쓰다니 조금 미안한 마음이 듭니다. '발로바쉬'는 '좋아하다'라는 뜻을 지닌 벵골어지요. 타고르 시인이 제일 좋아했던 말입니다. 단순히 좋아하는 것이 아니라 마음을 다 열어, 푸른 하늘처럼 땅의 선선한 바람과 맑은 햇살처럼 그렇게 좋아한다는 뜻입니다.

이 말을 내게 처음 가르쳐준 이는 쇼브지깔리디입니다. 그녀는 이곳 비슈와바라티 대학의 철학과 교수이지요. 지난해까지 타고르 박물관의 관장이기도 했습니다. 지난 1월 그녀를 처음 만났을 때 영화에서나 본 인도 귀족을 대하는 느낌이었습니다. 주황빛의 실크 사리가 은은한 품위를 내뿜었고 전체적으로 고상한 인상이었습니다. 타고르의 시 때문에 이곳에 와서 공부하겠다는 내 얘길 듣고 타고르가 제일 좋아했던 말이 무엇인 줄 아느냐, 물었지요. 그리고 타고르는 발로바쉬라는 말을 입에 붙이고 살았다는 얘길 해준 것입니다. 나는 그녀에게 벵골어로 발로바쉬를 써달라고 얘기했고 노트 위에 발로바쉬를 써주자 곧장 내 시집에 벵골어 발로바쉬와 그녀의 이름을 적어 선물했습니다. 실전에서 내가 처음 배운 단어가 발로바쉬였습니다. 행운이었지요.

다 끓인 된장국을 맛본 미나는 '쿱 발로'를 연발합니다. 매우 맛있다는 뜻이겠지요. 예의상 맛있다고 하는 것이 아니라 정말 맛있어한다는 것을 표정으로 알 수 있습니다. 이렇게 해서 미나는 내일 아침부터 된장국을 끓일 수 있을 것입니다. 내가 편하기 위해 남을 부리는 것이 잘하는 일인가 못하는 일인가, 하는 생각은 인도에 들어온 뒤 계속 따라다니는 고민입니다.

아침 10시부터 오후 2시까지 일하고 미나가 받기로 한 돈은 700루피. 우리 돈으로 2만 원이 채 안 됩니다. 그나마 이 돈도 형편이 나은 것이지요. 오전이나 오후에 파트타임으로 일하고 한 달에 300루피쯤 받는 경우가 일반적입니다. 처음 마시, 가정부를 소개해준 이로부터 월급이 700루피라는 얘길 들었을 때 나는 그것이 일급인가 주급인가 재차 물었지요. 일급으로는 많고 주급으로는 적다고 생각했습니다. 그런데 월급이라고 분명히 말하더군요. 이곳에는 이곳의 질서가 있는 거라고 생각했지만 충격을 지우기가 쉽지 않았습니다.

돈의 허름함에 대한 내 나름의 처리 방식으로 나는 미나에게 자그마한 자유를 주었습니다. 10시에 출근하기로 되어 있지만 편한 시간에 출근하고 오후 2시가 되기 전이라도 일이 끝나면 언제든 집에 가도록 하였습니다. 그래서 일주일 내내 미나가 오전 10시를 맞춰 오는 경우는 없습니다. 11시가 다 되어서 오면 빠른 셈이고 11시 반이 되어 오는 경우가 대부분입니다. 돌아가는 시간이 오후 1시 전후니 실제론 한 시간 반쯤 일하는 셈이지요.

우리 집에는 미나 말고 또 한 명의 마시가 있습니다. 소루밀라라는 이름을 지녔는데 아기가 있는 가정주부입니다. 정확히는 모르지만 미나와 소루밀라는 서로 하는 일이 나뉘어 있는 것 같습니다. 미나가 요리를 하고 부엌일을 한다면 소루밀라는 청소와 빨래를 합니다. 오늘도 된장국을 끓이며 미나와 소루밀라를 함께 불러 요리법을 알려주었는데 미나가 소루밀라에게 뭐라고 말하자 소루밀라는 다시 청소하러 나갔습니다. 나는 이들 사이에도 카스트의 장벽이 있는 것은 아닌지, 하는 짐작을 하였지요.

얼마 전 소루밀라가 미나보다 빨리 나왔습니다. 소루밀라가 11시 45분, 미나는 12시가 훨씬 넘어 나왔지요. 그날 난 처음으로 이 친구들이 너무 엉망이구나, 하는 생각을 하게 되었습니다. 한 달 2만원을 주고 이런 생각을 하다니 얼마나 어처구니없는지요. 그래서 둘 모두에게 노모스카, 라는 인사도 하지 않았습니다. 그리고 소루밀라에게 밥을 하라고 말했지요. 그랬더니 소루밀라는 기뻐하는 반면 미나는 아주 슬픈 얼굴이 되었습니다.

그 뒤로 미나는 비교적 빨리 출근을 하는 반면 소루밀라는 점점 더 늦어졌습니다. 미나, 소루밀라가 왜 이렇게 늦지? 하고 물으면 미나는 모른다고 말했지요. 소루밀라에게 왜 매번 늦느냐, 손짓발짓, 벵골어를 섞어 물었더니 아이가 아프다고 했습니다. 나는 괜스레 미안하게 되었지만 나중에 그것이 사실이 아닐 수도 있다는 걸 알게 되었지요. 세상에 아이가 아프다는데 우유 값을 얹어줄지언정 늦었다고 타박할 주인은 없을 테니까요. 여기서 오래 산 유학생들에게 들으니 그건 마시들이 하는 가장 고전적인 거짓말이라는 것이지요. 동정심도 유발할 수 있으니 그보다 더 좋은 구실이 없는 것입니다.

어제 소루밀라는 너무 늦게 왔습니다. 미나가 일을 다 마칠 즈음 느긋하게 나타나는 것이 미나 보기에도 좋지 않았습니다. 마침 이곳의 초등학교 6학년에 다니는 성우가 놀러 왔기에 내일부터 빨리 나오지 않으면 다다가 화낼 것이라고 얘기해달라 했지요. 성우의 벵골어를 들은 소루밀라의 얼굴이 빨개졌고 미나는 환하게 웃었습니다. 그리고 오늘 아침, 소루밀라가 문 앞에서 다다, 하고 인사를 했습니다. 내가 문을 열어주자 빠른 벵골어로 계속 무어라 말하는데 전혀 알아들을 수 없었습니다. 그러다 귀에 문장 하나가 들어왔지요.

데리 나.

'데리'는 '늦다'라는 말이고 '나'는 부정의 뜻입니다. 늦지 않았지?

하고 열렬하게 얘기했던 것입니다. 최근 열흘 사이 소루밀라가 처음으로 미나보다 먼저 출근을 한 것이지요. 나는 환하게 웃으며 티가체, 나이스를 연발했지요. 그러고 나서 책상에 앉아 시계를 보니 10시 50분이군요. 미나도 오늘은 좀 빨리 10시 55분에 와서 나로부터 된장국 레시피를 들은 것이지요.

미나는 아직 미혼이며 나이는 알지 못합니다. 태어난 해와 날짜를 부모님이 알지 못하니 나이를 알 방법은 없습니다. 인도에서는 자신의 나이와 생일을 안다는 것 자체가 상류층이라는 뜻입니다. 듣자니 미나에겐 남자친구가 있습니다. 12월쯤 결혼한다는데 집에서 정해둔 결혼 상대가 있고 미나가 좋아하는 남자가 따로 있다는 것입니다. 그래서 요즘 미나는 걱정이 아주 많습니다. 월급을 받으면 제일 먼저 남자친구에게 달려가 그걸로 선물도 사주고 함께 밥도 먹는다는 얘길 들으니 더더욱 마음이 아프군요.

미나와 소루밀라와 함께 지내며 내게도 깊어지는 생각이 있습니다. 그것은 이 두 친구와 함께 한 테이블에서 점심을 먹는 것인데, 이곳 사회에서는 생각할 수 없는 일입니다. 마시와 함께 지내는 다른 유학생들 보기에도 편치 않은 듯싶군요. 잘해주면 그것이 좋은 일이 아니라 독으로 돌아오는 경험을 유학생들은 대부분 지니고 있습니다. 그래도 산티니케탄에서 내가 기쁨을 얻었던 순간들처럼 마시들 또한 나로부터 작은 기쁨을 얻는 순간이 없을까, 나는 생각하는 것입니다.

2009년 7월 30일

다다! 하고 부르는 미나의 목소리가 들리는군요.

시계를 보니 9시였습니다. 미나가 정해진 시간보다 일찍 온 것은 오늘이 처음입니다. 놀랍기도 하고 반갑기도 해서, 정말 빨리 왔구나, 무슨 일 있어? 하고 물었지요. 그랬더니 일을 좀 서둘러 마치고 돌아가겠다고 했지요. 벵골어는 알아들을 수 없지만 표정과 동작으로 충분히 그 뜻을 알 수 있었지요. 나는 어설픈 벵골어로 빨리 끝내고 집에 가라고 했지요. 말귀를 알아들은 미나는 환하게 웃습니다. 미나는 열심히 일을 했습니다. 10시 45분이 되자 소루밀라가 왔고 미나는 집으로 갔습니다.

미나가 간 지 십 분이 채 못 되어 소루밀라가 집에 가겠다고 했습니다. 손칼로 무릎을 자르는 몸짓과 함께 팔뚝에 주사를 놓는 시늉을 하였지요. '베이비'와 '호스피틀'이라는 영어 단어를 분명하게 썼습니다. 소루밀라가 영어 단어를 말하는 것을 처음 들었지요. 그 순간 좀 난감해졌습니다. 아이가 많이 아프다는데 안 보낼 수도 없고 더더욱 그냥 보낼 수는 없는 노릇이었습니다. 아이가 몇 살이냐고 물었더니 손가락 넷을 펴 보였지요. 돈이라도 좀 주어 보내야 하나, 생각하는데 아무래도 이건 아니라는 생각이 번쩍 들었습니다. 다리가 부러진 것과 주사를 맞는 동작은 그 개연성이 약해 보였습니다. 소루밀라는 계속 내 눈치를 보았고 나는 소루밀라에게 집에 가라고 말했지요. 말하면서도 몇 번 망설였습니다. 정말로 아기가 많이 다친 것은 아닌지, 사실대로 말하는데 내가 착한 엄마를 믿지 못하는 것은 아닌지 생각이 많아지는 것이었습니다.

나는 끝내 소루밀라에게 돈을 주지 않았습니다.
소루밀라가 자전거 발판 위에 발을 올려놓으며 나를 바라볼 때에도 아무 말도 하지 않았습니다. 며칠이 지나서 소루밀라의 아기가 정말 심하게 다쳤다는 걸 안 뒤에 내 정성을 표시해도 늦지 않을 거라는 생각을 애써 하고 또 했지요.

2009년 7월 31일

우체국에 가려는데 미나가 한 접시의 루띠를 내놓았습니다.

모두 여섯 개의 루띠 중 다섯 개에 잼을 발라 먹으면서 나는 인간적인 훈훈함 같은 것을 느꼈습니다. 아, 이 친구들이 내가 아침을 먹지 않았음을 알고 아침을 만들어주는구나, 하는 생각이 드는 것입니다. 미나가 한 손으로 자신의 가슴을 가리킬 때, 그 뜻은 자신의 정성으로 만들었다는 의미일 것입니다. 소루밀라도 곁에서 함께 웃었습니다.

나는 우체국에 가서 EMS 중 잃어버린 물품을 신고하였습니다. 신발 두 켤레와 우산 하나, 러닝셔츠 셋, 라면 다섯 봉지 외에도 몇 가지 분실물이 있었지요. 다행히 우체국장은 친절하게 분실물 신고를 받아주었습니다.

우체국에서 돌아오자 미나와 소루밀라가 내 앞에 섰습니다. 미나의 손에는 달력이 들려 있습니다. 둘은 내게 내일은 나오는데 모레와 글피는 콜카타에 가니 못 온다는 얘길 하는군요. 둘이 함께 콜카타에 간다는 것이었습니다. 미나가 콜카타에 간다는 것은 그렇다 치고 소루밀라가 어제 심하게 다친 아이를 두고 1박 2일로 콜카타에 가는 것은 이해가 되지 않는군요. 소루밀라, 아이 다 나았어? 물어보고 싶었지만 그만두었습니다. 어차피 이건 그들이 선택한 휴가일 터이니까요. 그들이 말하지 않았더라도 나는 그들에게 여름휴가를 줄 참이었습니다. 8월 중에 히말라야의 리쉬케시와 하르드와르 쪽으로 여행을 생각하고 있으니 가만있어도 보름 이상의 휴가를 얻을 수 있을 것입니다. 나는 그들에게 말했습니다.

미나, 소루밀라, 콜카타에 잘 다녀와.
그렇게 말하면서 나는 조금씩 슬퍼졌습니다. 미나가 활짝 웃으며 만들어준 루띠도 결국은 이틀간 쉬겠다는 말을 하기 위해서였다고 생각하니 더욱 슬퍼졌습니다.

2009년 8월 1일

미나와 소루밀라가 한 거짓말 때문에 어제 오후 내내 심란했습니다. 다다, 우리가 좀 피곤해요, 휴가를 이틀만 주면 안 돼요? 이렇게 내게 얘기해주었으면 얼마나 좋았을까요. 나는 기꺼이 잘 쉬도록 해요, 라고 얘기했을 것이고 얼마쯤의 휴가비도 주었을 것입니다. 거짓인 줄 알면서도 콜카타에 잘 다녀오라고 말한 것이 너무 무책임한 것은 아니었나 하는 생각이 계속 들었지요. 더위를 이기지 못하고 침대에 누워 죽은 듯이 숨을 쉬는 동안에도 이 생각이 계속 머릿속을 굴러다니는군요. 그러다가 벌떡 자리에서 일어났습니다. 갑자기 머릿속이 환해지며 이 모든 일이 착한 마시들이 꾸민 퍼포먼스가 아닐까, 하는 생각이 드는 것이었습니다.

저 다다가 몸도 안 좋은데다 아침도 먹지 않지, 만나는 사람도 없이 책이나 보지, 고작 릭샤 타고 라딴빨리나 다녀오는데 얼마나 심심할까. 그러니 우리가 저 다다를 좀 즐겁게 해주자, 라고 내게 속이 빤히 보이는 거짓말을 한 것입니다. 바보가 아닌 이상 마시 둘이 함께 콜카타에 간다며 이틀 동안 일하러 오지 않겠다는 말을 믿을 사람은 없을

187

것입니다. 그도 그럴 것이 산티니케탄에서 기차를 타고 콜카타에 가기 위해서는 제일 빠르고 좋은 산티니케탄 익스프레스로도 세 시간 이상 걸립니다. 로컬 라인을 타면 네 시간 다섯 시간, 정해진 시간이 없지요. 게다가 기찻삯도 만만치 않습니다. 마시 월급을 가지고 콜카타에 가서 하룻밤을 자고 뭔가를 하고 돌아온다는 것은 불가능한 일입니다. 정상적인 지능을 가진 이라면 이 모든 것이 얼마나 허구인지 단번에 알 것입니다. 그러니 콜카타에 가겠다고 내게 화이트 라이를 하고 실제로는 가지 않는 것입니다. 그러고는 내일 아침이 되면 다다, 하고 부르며 정상적으로 출근하는 것이지요. 출근을 하되 이날은 다른 날과 좀 다르군요. 손에 든 게 있습니다.

며칠 전 빠따바반 마당에서 본 풍경 생각이 나는군요. 챔파꽃이 가득 핀 나무 아래 조무래기 계집아이들이 모여 있었습니다. 아이들은 팔짝팔짝 뛰어오르며 무엇인가를 하고 있었는데 가만 보니 꽃을 따는 중이었습니다. 꽃은 따고 싶고 키는 작고 남자아이들처럼 나무를 타고 오르는 것도 수월치 않고…… 해서 제일 낮은 가지에 핀 꽃을 따기 위해 팔짝팔짝 뜀뛰기를 하는 것이었지요.

문 앞에 선 미나와 소루밀라는 내게 한 묶음의 하얀 꽃을 건넵니다. 챔파꽃이군요. 이 향기라니요. 문 앞에 선 나는 너무 감동해서 돈노바트 돈노바트, 연신 내뱉지요.

이 생각이 내가 자리에서 벌떡 일어난 이유입니다. 나는 스스로에게 이건 판타지만은 아니야, 라고 얘기했지요. 인간의 머릿속에서 일어나는 모든 일들이 실현되는 곳, 그곳이 바로 현실 아닌지요. 지금 마시들은 일을 하고 있고 나는 이 글을 쓰고 있습니다. 나는 오늘 기꺼이 그들이 콜카타에 잘 다녀오기를 바랄 것입니다. 여행하는 데, 혹 선물 사는 데 쓰라고 얼마쯤의 루피도 쥐여줄 것입니다.

미나가 내게 걸어오는군요. 밥도 다 되었고 감자튀김도 달걀 프라이도 다 되었다고 얘기합니다. 식사 준비가 끝났다는 것이지요. 나는 미나에게 말합니다. 미나, 달걀 프라이 두 개만 더 만들어줘. 식사를 끝내고 우리 셋은 함께 짜이를 마셨습니다. 미나가 만든 달걀 프라이를 둘이 하나씩 먹는 모습이 보기 좋았지요.

이날 미나와 소루밀라는 전혀 기뻐하지 않고 돌아갔습니다. 휴가 잘 보내라며 휴가비까지 건넸는데도 말이지요. 대문 앞에서 둘에게 내가 따따, 안녕 하고 인사할 적에 미나와 소루밀라는 내 눈을 피했습니다. 그 모습을 바라보는 순간도 마음이 아프기는 마찬가지군요.

2009년 8월 4일

하루 종일 슬픈 날입니다.

마시들이 집에 오지 않았습니다. 계획대로라면 콜카타에서 이틀간의 휴가를 마치고 오늘은 출근을 해야 하는 날입니다. 그런데 아무런 연락도 없이 미나와 소루밀라 모두 나오지 않는군요. 난 사실 오늘 아침 이들을 몹시 기다렸습니다. 이들이 집에 들어오면 무슨 말로 첫 인사를 할까, 궁리도 했지요. 미나, 콜카타 좋았어? 소루밀라, 콜카타에서 아기 선물 뭐 샀어? 이런저런 생각들을 하며 뒹굴뒹굴했던 것입니다.

그런데 11시까지 둘 모두 보이지 않자 조금 불안해지기 시작했습니다. 나는 미나와 소루밀라가 오늘만큼은 좀 일찍 나오지 않을까 미루어 생각했지요. 콜카타 간다는 얘기도 군말 없이 받아들였고 휴가비까지 주었으니 말이지요. 사흘 전, 일을 마치고 돌아갈 때 둘의 표정이 어두웠던 것은 자신들이 한 거짓말에 대한 미안한 마음 때문일 것이라고 여겼지요. 저 다다에게 우리가 거짓말한 것은 잘못됐어. 다다가 우리에게 잘 다녀오라고 휴가비까지 주잖아. 둘이 이런 이야기를 나눴을지도 모른다고 생각했지요. 한데 12시가 되도록 둘 모두 나오지 않는 것입니다.

190

마시들이 출근하지 않은 탓으로 집은 엉망입니다. 이틀 하고 반나절 동안 음식을 먹고 그대로 놔둔 그릇들이 개수대에 가득 쌓였습니다. 당장 오늘 음식을 먹으려면 그릇 중 일부라도 씻지 않으면 안 될 형편이지요. 고작 이틀 반 사이에 쌓인 그릇과 컵, 냄비, 수저들을 보고 나도 놀랐지요. 빨래도 많이 쌓였고 방에는 먼지와 개미들의 잔해도 가득합니다. 쓰레기통들도 다 차서 통 안의 변색된 바나나 껍질이 죽은 도마뱀처럼 보이기도 하는 것입니다.

12시 반이 되자 나는 나 자신에게라도 기도하고 싶은 마음이 되었습니다. 미나, 소루밀라, 뭐 해. 빨리 와줘. 산티니케탄에 와서 산 지 한 달 되었지만 마시들의 빈자리가 이렇게 클 줄은 생각하지 못했습니다. 나는 아침도 먹지 않은 채 오후 2시를 맞았고 언젠가 미나의 전화번호를 메모해놓은 생각이 났습니다. 마시 월급으로 어떻게 고가의 휴대폰을 장만하고 통화료를 감당하는지 놀라워서 내가 미나 휴대폰 있어? 하고 물으니 자랑스럽게 번호를 적어주었던 것입니다.

오후 3시가 되어 나는 미나에게 전화를 걸었습니다. 처음에는 불통 신호가 들리더니 두 번째는 어떤 남자가 받는군요. 왜 집에 안 와, 미나? 하고 말했지만 상대방의 벵골어는 전혀 알아들을 수 없었습니다. 전화를 끊을 수밖에 없었지요.
전화를 끊고 나서야 나는 이들이 오늘 확실하게 나오지 않는다는 것을 알게 되었습니다. 사실 미나와 소루밀라가 나에게 이틀간 콜카타에 가겠다고 말한 것은 일종의 혁명에 해당되는 일일 것입니다.

마시 둘이 동시에 이틀간 집을 비우겠다고 당당하게 고용주에게 말한 경우는 산티니케탄 마시 역사에 없을 테니 말이지요. 그들이 거짓말을 했건 안 했건 나는 이들이 이런 시도를 했다는 자체에 대해서는 기분이 좋았습니다. 자신의 밥을 자신이 챙기지 않는다면 누가 챙길 수 있을 것인지요. 산티니케탄의 마시들이 저임금의 가사노동에 지속적으로 종사할 수밖에 없었던 것은 그들이 꿈꾸지 않고 계획하지 않고 오로지 주인의 눈치만 보며 고용주의 소용대로 살았기 때문인지 모릅니다. 다만 내가 진심으로 걱정했던 것은 산티니케탄의 한국인 유학생들의 말처럼 마시에게 잘해주면 꼭 독으로 돌아온다는 말이 실현되는 것은 아닌가, 하는 것이었지요.

나는 방청소를 시작하고 그릇들을 닦기 시작했습니다. 빨래도 했습니다. 속옷들을 다 빨고 나머지 바지와 티셔츠들을 빨려다 그것은 그만두었지요. 내일 미나와 소루밀라가 나오게 되면 아무것도 할 일이 없어 민망할 수도 있겠다는 생각이 든 때문입니다. 집정리가 끝나자 마음이 훨씬 가벼워지는군요.

오후 6시가 다 된 시각에 나는 천천히 비슈와바라티 대학의 숲길을 걸었습니다. 끼니를 채워야 한다는 생각으로 싱가포르 산 라면 하나를 끓여 억지로 먹었는데 여간 속이 더부룩한 게 아닙니다. 걸어오다가 다른 날 같으면 뛸 듯이 기뻤을 풍경 하나를 만났습니다.
빠따바반 7학년이나 8학년쯤 돼 보이는 여학생들이 자전거를 타고 집으로 돌아가는데 그중 한 여학생이 그룬초 타고르* 이파리 세 장으로 부채를 만들어 부치고 가는 것입니다. 그룬초 타고르 이파리는 이곳 비슈와바라티 교정에서 아마도 가장 큰 나뭇잎일 것입니다. 길이가 30센티미터쯤, 폭은 7에서 10센티미터쯤 되니 석 장을 흔들면 충분히 소릇한 바람이 일 것입니다.

나는 라딴빨리로 걸어가 타고르 당시부터 있었다는 깔루 도깐에 들러 레몬티를 한 잔 마셨습니다. 그 맛이 또 얼마나 맑고 상큼하던지요. 레몬티 한 잔의 값은 2루피, 50원입니다. 타고르도 이 도깐에서 레몬티를 마셨을지 모른다는 생각을 하니 이 집의 분위기가 예사스럽지 않습니다.

그럼에도 불구하고 오늘 내 걸음에는 힘이 없습니다. 완전히 어두워지고 번개와 벼락이 교대로 쿵쾅대는 산티니케탄 메인 도로를 비를 맞으며 걸어서 집으로 돌아왔습니다. 릭샤를 한 번도 타지 않고 집으로 돌아온 것도 오늘이 처음입니다. 그 흔한 반딧불이가 한 마리도 보이지 않는군요. 내일이 어떻게 올까, 하는 생각으로 가슴이 내내 답답하다가 필경 나는 내가 사는 구루빨리 동네 골목길에 이르러 집까지 가는 걸음을 세기 시작했습니다.

1 2 3 4 5 6 7 …… 88 89 90 …… 223 224 …… 333 334 335 ……

*그룬초 타고르가 챔파꽃의 한 종류라는 것은 뒤에 알았습니다. 꽃나무의 향기가 깊고 아득하게 멀리멀리 퍼져나가는 꽃은 모두 챔파꽃이라 부른다고 비슈와바라티 대학교를 은퇴한 무커지 교수가 내게 일러주었습니다.

2009년 8월 5일, 창窓

새벽 2시 반에 잠들어 8시에 일어났습니다.

일어나자마자 집의 창이란 창은 모두 열어젖혔습니다. 그리고 창틀에 걸터앉았지요. 인도 명상에 관한 책 한 권을 손에 들었습니다. 지금 나에게도 얼마쯤 명상의 시간이 필요합니다. 마시들이 올 것인가 오지 않을 것인가. 적어도 지금 이 생각에서는 벗어날 필요가 있는 것입니다.

하와가 불어오는군요. 벵골어에는 같은 사물을 여러 가지 다른 이름으로 부르는 경우가 많습니다. 바람만 해도 바따쉬와 하와가 동일하게 쓰입니다. 하늘은 보편적으로 '아카시'지만 하늘을 가리키는 말은 수없이 많습니다.

내가 자주 가는 반소리 레스토랑에서 일하는 친구의 이름은 연꽃입니다. 처음에 그는 자신의 이름을 로터스, 라고 영어로 얘기했고 벵골어로는 소로스라고 얘기해주었지요. 그래서 나는 레스토랑에 들어설 때마다 노모스카, 소로스! 하고 부르기도 했고 어떤 날은 그냥 어이, 연꽃! 하고 우리말로 부르기도 했습니다. 그러면 이 친구는 메

194

뉴를 들고 후다닥 달려오지요.

그런데 어느 날 저녁이었습니다. 하이, 소로스! 하고 인사했더니 그는 정중하게 나의 이름은 나리쉬, 라고 말하는 것이었습니다. 이름은 왜 바꿨어? 소로스는 참 예쁜 이름인데? 나의 질문에 그의 답변은 노체인지No change!였습니다. 연꽃은 아침과 저녁으로 불리는 이름이 각각 다르다는군요. 아침에는 소로스, 저녁에는 나리쉬라는 것이었습니다. 그리고 지금은 저녁 시간이니 당연히 자신의 이름은 나리쉬라는 설명이었지요. 오, 이런. 나는 그의 이야기가 몹시 신비했습니다. 아침과 저녁에 각기 다른 이름이라니요? 봄 여름 가을 겨울, 각기 다른 이름이 붙을 수도 있겠군요. 매화꽃이 피는 철과 들국화가 피는 철의 이름이 저마다 다를 수 있다고 생각하니 괜히 즐거워집니다.

턱을 괴고 나의 이층집이 있는 구루빨리로 들어오는 골목길 입구를 바라봅니다. 책은 눈에 들어오지 않는군요. 내가 창틀에 걸터앉은 것은 오늘이 처음입니다. 어쩌면 구루빨리에서 창틀에 걸터앉은 사람은 내가 처음일지도 모릅니다.

구루빨리를 포함한 산티니케탄의 집들은 창이 많습니다. 그런데 그 창이 열려 있는 경우는 거의 없습니다. 간혹 한두 개의 창문이 빠끔 열려 있을 때도 있지만 집의 창이 모두 활짝 열려 있는 것을 보기란 거의 불가능한 일입니다. 이곳의 모든 창들에는 나무 덧문이 달려 있습니다. 무더위가 만들어낸 진화의 한 모습이지요. 폭염과 습기를 피할 수 있는 가장 현명한 방식으로 두툼한 나무 덧문을 다는 것입니다. 물론 이 경우 유리창은 없습니다. 나무 창틀 대신 유리창을 단 개량 주택들을 더러 볼 수는 있지요. 그렇더라도 밖과 안이 다 보이는 투명한 유리를 끼운 집은 없지요. 표면이 우둘투둘한 불투명 유리를 씁니다. 그래서 안이 보이지도 밖이 보이지도 않습니다.

건축가들은 오랫동안 자신들이 지을 건물에 어떻게 창을 낼 것인가 고민해왔지요. 그들은 창을 신과 인간 사이의 약속, 이라고 정의합니다. 참으로 근사한 정의이지요. 창 앞에 서서 인간은 창밖의 세상을 봅니다. 바람이 불고 꽃이 피고 새 소리가 들리는 그 세상은 바로 신들의 숨소리이며 신들이 펄럭이는 입성인 것입니다. 우리 눈에 보이는 그 모습 그대로, 신들이 꿈꾸는 그 모습 그대로의 세상이 창밖에 펼쳐지는 것이지요. 그러니 한 인간이 창틀에 걸터앉는 것은 신과 인간의 경계에 머무는 것입니다. 창틀에 앉아 그가 세상의 이곳저곳을 바라보며 두루 생각들에 싸여 있을 때 그는 신이 아니지만 인간도 아닌 것입니다. 강의를 끝내고 복도를 걸어올 때 창틀에 걸터앉은 학생을 보는 경우가 있지요. 그 모습이 얼마나 사랑스러운지 모르겠습니다. 그럴 때 나는 무슨 소리가 들리나? 꽃냄새가 좋아? 하고 묻지요. 신들의 세상에서만 들을 수 있는 어떤 이야기를 들었니? 혹은 신들의 정원에 핀 꽃들의 향기를 맡아보았니? 하고 묻는 것입니다.

구소련을 여행할 적 생각이 나는군요. 1990년대에 두 차례에 걸쳐 구소련 지역을 여행했지요. 행운의 시간들이 내 인생의 깃발을 마구 펄럭이던 시절이었습니다. 구소련이 붕괴된 직후였기 때문에 그곳 사람들의 삶의 형편은 말이 아니었습니다. 빵을 사기 위해 사람들이 키오스크 앞에 하루 종일 줄을 서 있는 모습을 보는 것은 퍽 불편한 일이었습니다. 증조나 고조할아버지의 손때 묻은 책이며 앨범을 들고 나와 불과 몇 달러에 바꾸는 사람들의 모습을 보며 알 수 없는 생의 분노에 휩싸이기도 했지요. 그럼에도 불구하고 생의 향기가 남아 있는 곳은 여전히 있었습니다. 볼쇼이 극장에서 생전 처음 발레를 보았지요. 〈지젤〉이었습니다. 주연 무용수들의 이름은 기억날 리 없고 단지 볼쇼이 발레단의 1진 공연이라는 기억은 있습니다. 화사하고 아름답고 신비했습니다. 예술에서 인간이 꿈꿀 수 있는 지평이 어느 정도일 것인가, 하는 가능성을 그 공연에서 보았지요. 순결했고 눈부셨습니다. 아침의 빵을 해결하지 못하는 나라에서 펼쳐지는 그 꿈의 나락을 보며 인간의 정신은 곤궁 속에서 더 빛난다는 사실을 확연히 느낄 수 있었지요. 모스크바에 이르기 전 나는 중앙아시아의 여러 나라들을 차례로 여행했고 너무나 심한 고생을 했기 때문에 귀국한 뒤에도 몇 달 동안은 중앙아시아의 나라들을 홀로 헤매는 악몽을 꾸어야 했지요. 그럼에도 불구하고 〈지젤〉을 보는 순간 나는 그 고통들을 다 잊었습니다. 오직 이 발레 한 편을 보기 위해 지난 고통들을 충분히 감수할 만하다는 생각을 했지요. 당신, 혹 생의 흐름에서 운 좋게 선택받아 가을과 겨울 모스크바에 들르게 된다면 꼭 볼쇼이 발레를 보세요.

알든 굼에서의 추억도 잊을 수 없군요. 알든 굼은 기억에 '금모래 별장'이라는 뜻이었습니다. 은모래인지도 모르겠군요. 바로 곁에 호수가 있고 사과나무들이 숲을 이룬 그 안에 별장이 있었습니다. 그곳은 구소련의 노동자 휴양소였지요. 흑해 연안에 있는 휴양소 다음으로 유명한 곳이라 했습니다. 노동자들이 일을 하다 지치면 국가에서 그들을 휴양소로 보내 재충전할 수 있는 기회를 주는 그 시스템이 내 마음에 들었지요. 사람들은 그곳에서 낚시를 하거나 수영을 하고 그냥 편히들 자리 잡고 누워 책을 읽었습니다. 그것뿐이었지요. 엔터테인먼트라 할 아무것도 그곳엔 없었습니다. 햇살이 좋고 바람이 좋고 사과가 조용히 익어갔지요. 빵 한 조각에 한 국자의 수프가 한 끼 식사의 전부였지만 나는 그곳이 좋았습니다. 아무것도 할 수 없지만 그래서 더 많은 것들을 생각나게 하는 곳, 그곳이 키르기스스탄의 알든 굼이었습니다.

유대인들이 이스라엘로 돌아가는 모습도 내겐 인상적이었지요. 소련이 붕괴되자 이스라엘 정부는 구소련 지역에 흩어져 사는 유대인들이 자유롭게 귀국할 수 있도록 도왔지요. 막강한 소련 체제에서는 꿈도 꾸지 못할 일이었습니다. 유대인들은 자신들이 살았던 정든 집과 세간을 팔려고 내놓았지만 경제가 무너진 상황에서 그것들을 살 수 있는 사람은 거의 없었습니다. 뜰이 단정하고 백 년 정도 손때가 묻은 이층집들이 500달러에 거래된다고 들었습니다. 그렇게 홀홀 털고 떠나는 유대인들의 모습이 참 보기 편했습니다. 돌아갈 고향을 찾았으니 그보다 더 큰 기쁨이 어디 있겠는지요? 중앙아시아에 떠도는 고려인들의 형편을 생각한다면 이들의 경우는 행운 그 이상의 의미를 지녔다 할 수 있을 것입니다.

이 모든 아름다움들과 의미들 속에서 내 가슴에 가장 오래 남는 풍경은 따로 있습니다. 그것은 가난한 농가들의 창이었습니다. 극동의 블라디보스토크에서 중앙아시아와 시베리아 지역을 거쳐 옛 소련의 수도였던 황금의 고리 지역에 이르기까지 농가들의 창은 내 가슴을 늘 설레게 하였지요. 나무로 만든 창틀에는 채도가 높은 순색의 페인트들이 칠해져 있었습니다. 그 창틀 안으로 시선을 옮기는 순간 나는 아, 하고 짧은 탄성을 내뿜었습니다. 창 안에는 하얀색의 포플린이나 옥양목 천으로 된 커튼이 드리워져 있었지요. 그 커튼의 가장자리에는 그 집 안주인이나 딸들이 놓았을 자수가 정성스레 새겨져 있고요. 작은 꽃밭도 있고 시내도 있고 교회의 모습도 보입니다. 그들이 꿈꾸는 가장 소박하고 사랑스럽고 평화로운 풍경들이 그곳에 한 땀 두 땀 숨 쉬고 있는 것이지요. 지상의 그 어떤 고귀한 철학자의 언변도, 그 어떤 고위 성직자의 미소도 이 커튼의 빛과 수보다 더 순결하고 맑을 수 있겠는지요. 마당에는 옥수수가 자라고 강낭콩 꽃들이 피어 있습니다. 과꽃이나 글라디올러스, 채송화와 돼지감자 꽃들이 피어 있지요. 창문 너머에 해바라기 꽃들이 피어 있고 그 너머에 구름꽃 핀 산언덕이 있지요. 언덕을 넘어서면 사람들이 사는 또다른 마을이 있습니다. 그들도 우리처럼 하루 세 끼 밥을 먹고 꿈을 꾸고 사랑을 하고 또 가슴 아픈 이별도 합니다. 그렇지요. 그들과 함께 우리는 살아가는 것이지요. 그들이 있기 때문에 우리들의 존재도 가능한 것입니다. 그들이 꾼 꿈의 모습은 그대로 우리들이 지향해야 할 소롯한 미래의 모습인 것입니다. 그 농가들의 창을 보며 나는 잠시 숙연해지며 내 인생의 창에 드리울 커튼과 거기에 새길 십자수의 문양을 생각하는 것입니다.

산티니케탄의 집들에는 이런 창이 없습니다.

창이 있긴 하지만 모든 창틀에는 하얀색의 포플린 커튼 대신 철망이 쳐져 있기 마련이지요. 그래서 산티니케탄에서는 누군가가 창을 통해 자신의 몸을 밖으로 내민다는 것은 불가능합니다. 이들이 포플린 대신 철망을 선택한 이유를 정확히 알진 못하지만 지붕 위로 날아다니는 원숭이들 때문일 거라 추측합니다. 사람만 한 원숭이들은 문이 열려 있으면 시도 때도 없이 들어와 물건을 뒤지고 다급해지면 사람을 공격하기도 합니다. 그래서 지금 나도 창틀에 두 발을 올리고 앉아 있는 것이 아니라 엉덩이를 쇠창살 안에 비스듬히 대고 침대 위에 두 발을 올린 채 앉아 있는 형편입니다. 그렇게 앉아서 구루빨리로 들어오는 골목 입구를 바라봅니다.

아, 저기 지금 눈에 익은 두 사람의 모습이 보입니다.

미나와 소루밀라가 함께 자전거를 타고 오고 있군요. 둘 모두 환하게 웃으며 이야기하는 모습이 멀리서도 보기 좋습니다. 이제 됐습니다. 그들이 돌아온 것입니다. 어디서 무엇을 했는지는 사실 내가 관여할 바가 아닙니다. 그들이 문 앞에 이르면 나는 중앙아시아의 초원지대에서 만났던 해바라기 꽃들처럼 환히 웃으며 말할 것입니다.

노모스카, 미나!

노모스카, 소루밀라!

2009년 8월 27일

마시들이 돌아온 다음 날 나는 여행을 떠났습니다. 히말라야의 설산들을 보고 싶었기 때문이지요. 스무 날의 여행을 끝내고 어젯밤 산티니케탄으로 돌아왔습니다.

오늘 아침 미나는 9시에 출근을 했습니다. 두 시간쯤 머물다 11시에 돌아갔지요. 소루밀라는 11시에 와서 12시 반쯤 돌아갔습니다. 나는 이 둘 사이에 내가 알지 못하는 비밀스러운 창 하나가 달린 것은 아닐까, 생각해봅니다. 시간이 나는 대로 레에서 찍어온 설산의 사진들과 그림들을 보여주어야겠다고 생각합니다.

2009년 9월 1일, 플 플 플

아침 7시, 집을 나섭니다.

천천히 비슈와바라티 경내를 걷습니다. 사실 이 시간에 길을 걸어가는 사람은 나밖에 없습니다. 다들 자전거를 타거나 오토바이를 타거나 하지요. 이러지도 저러지도 못하는 어떤 이들이 릭샤를 탑니다. 그러니 걷는 건 개나 소 원숭이 들돼지들밖에 없습니다. 다들 자전거를 타고 이리저리 획획 분주하게 지나갑니다. 인도인들은 산책을 어떻게 하나, 하는 생각이 문득 드는군요. 아마도 자전거 위에서겠지, 하고 생각을 합니다.

걷다가 챔파꽃 한 송이를 줍습니다.

처음 길에서 챔파꽃을 주웠을 때 무슨 보석을 주운 것처럼 흥분했었지요. 지금 산티니케탄은 챔파꽃 시즌입니다. 도처의 챔파꽃 나무들에서 흰색의 우아한 꽃들이 피어나고 꽃송이들에서 세상의 냄새가 아닌 것 같은 향기들이 피어나지요. 챔파나무 아래에는 후드득 떨어진 챔파꽃 송이들을 쉬 볼 수 있지요. 봄날 지심도나 선운사에서 볼 수 있는 동백숲 아래의 동백꽃 송이들처럼 말이지요.

어젠 빠따바반 경내에서 아주 근사한 챔파나무 한 그루를 발견하고 사진을 몇 컷 찍었습니다. 나무 위에 핀 꽃들보다 나무 아래 떨어진 꽃들이 더 예뻤지요. 무릎을 꿇고 그들의 사진을 찍었지요. 그때 한 아이가 다가왔습니다. 이곳 경내는 다 보호구역이라 사진 촬영을 하려면 허가증이 필요한데 그 허가증을 보여달라는군요. 몇 학년이냐 물었더니 8학년이라 했습니다. 우리로 치면 중학교 2학년인 셈이지요. 어떤 나라들에서 군사 시설물 사진을 못 찍게 하는 경우가 있지만 꽃을 사진 찍는 데 허가증이 필요한 나라는 없단다, 그렇지? 하며 어깨를 두드려주었더니 그래도 이곳은 보호구역이라 사진을 찍을 수 없다는군요. 나는 바로 곁에 서 있는 'Plastic Free' 팻말을 가리키며 말했습니다. 이곳이 보호구역이라면 이 비닐 쓰레기들을 먼저 치우는 것이 낫지 않겠니? 아마도 아이는 학년 회장쯤 되는지도 모르겠습니다. 아이 주위에는 대여섯 명의 아이들이 둘러서 있군요. 아이는 더 완강해졌습니다. 할 수 없군요. 나는 내 신분이 비슈와바라티에서 초청받은 교수라고 밝혔지요. 아이는 금세 죄송합니다, 선생님, 하는군요. 꽃을 사진 찍는 데 허가가 필요한 나라는 없는 거야, 했더니 네, 라고 선선히 대답합니다. 나는 둘러선 아이들에게 여행 중에 찍은 사진들을 보여주었지요.

송기뜨바반의 캔틴에 이르렀습니다.

구내매점이지요. 앙증맞고 사랑스러운 건물입니다. 크기가 한 평쯤, 지붕은 초가입니다. 하와이 섬의 코나 국제공항 청사가 초가지붕 모양으로 된 것을 본 적이 있지요. 이곳 캔틴은 초가로는 두 번째로 인상 깊은 건물입니다. 초가 앞에 시멘트로 만든 테이블 역할을 하는 구조물이 있습니다. 여기에 앉아 짜이도 마시고 간단한 아침식사도 하는 것이지요. 나는 에그 샌드위치와 짜이 한 잔을 시킵니다. 오 분쯤 지나 샌드위치와 짜이가 나옵니다. 길은 숲에서 풍겨나오는 온갖 향기들로 가득 덮이고 일찍 수업을 시작한 강의실에서 학생들의 노랫소리가 들려오는군요. 나는 천천히 샌드위치 한 조각을 깨뭅니다. 입으로, 혀로 맛을 음미하는 것이 아니라 마음으로, 가슴으로 맛을 느끼는 것이지요. 이 그윽하고 여유로운 맛이라니요. 네 조각의 달걀 입힌 샌드위치와 짜이 한 잔의 값은 우리 돈 200원입니다. 200원에 이렇게 우아한 식사를 할 수 있다니요. 아마도 인도가 아니면, 아마도 산티니케탄이 아니면 상상하기 힘든 생의 호사 아닐는지요.

그때 길 건너편 숲에서 한 할머니가 꽃을 따는 모습이 보이는군요. 우리나라의 인동꽃 비슷한 꽃입니다. 나는 식사를 멈추고 할머니에게 쫓아갔습니다.

할머니, 이 꽃 이름 뭐예요?

플.

'플'은 벵골어로 '꽃'이라는 단어지요. 나는 내가 들고 있던 챔파꽃 송이를 가리키며 다시 물었습니다.

그럼 이건 이름이 뭐예요?

플.

할머니는 쪼글쪼글한 입술 언저리로 웃으며 주저 없이 또 플이라

말하는군요. 그렇지요. 이게 꽃이면 꽃이지 또 무슨 이름이 달리 필
요하겠는지요. 플, 플, 플. 나는 이유 없이 기분이 좋아져서 숲길을 걷
기 시작했습니다. 걷다가 멈추고 하늘 보고 걷다가 멈추고 새소리 듣
고, 그러다가 다람쥐 한 마리가 내 앞을 지나가기에 후다닥 쫓는 시
늉을 했더니, 세상에, 다람쥐가 끼악! 소리를 내며 혼쭐나게 나무 위
로 오르는군요. 자전거를 타고 가던 한 젊은 친구가 잠시 멈춰 서서
나 대신 많이 웃어주었습니다.

미나보다 빨리 돌아오려 했는데 미나보다 늦었군요.
미나뿐이 아닙니다. 소루밀라도 와 있고 또 한 사람이 더 있었습니
다. 미나가 이름을 말하는군요. 루미. 아, 루미! 나는 이미 루미의 이
름을 알고 있습니다. 나에게 집을 물려준 죠나키디가 루미 얘길 했고
지금은 여행 가고 없는 유학생 사라도 같은 얘길 했습니다. 두 사람
다 이 친구가 천재라고 말했지요. 한국말, 영어, 벵골어를 다 해서 루
미와 있으면 의사소통이 다 된다는 것이었습니다. 나는 속으로 그런
친구가 우리 집에서 일하면 내 벵골어 실력이 훨씬 좋아질 텐데, 생각
했지요. 루미는 원래 죠나키디 집에서 지냈는데 손버릇이 나빠 같이
지내지 못하게 되었다고 죠나키디가 말했지요.

사라는 송기뜨바반에서 에스라지를 전공하는 학생입니다.
첼로 비슷한 인도의 전통악기라는군요. 루미는 지금도 자신의 집
에서 일을 하는데 돈을 두 번쯤 훔쳐갔지만 그것은 절대 루미의 잘못
이 아니라 루미의 마음을 동요케 만든 자신의 잘못이라는군요. 그러

면서 자신은 루미가 예뻐 죽겠다고 말하는 것입니다. 돈을 잃어버린 날도 루미에게 이렇게 말했다는군요.

루미, 돈이 없어졌어. 창문을 열어두었는데 바람이 가져갔나 봐.

돈을 잃어버렸다는 사실을 확실히 인지하고 있다는 것을 보여주기 위해 그렇게 말했다는데 나는 그 방식이 마음에 들었습니다. 500루피면 이곳에서 큰돈이고 찾기 위해 충분히 호들갑을 떨 수도 있겠지만 그런 식으로 말할 수 있었다는 데 인품의 향기가 느껴지는 것입니다. 돈 얼마 때문에 자신이 아끼는 사람을 잃을 수는 없을 테니까요. 언젠가 그 마시도 주인의 마음의 향기를 느낄 날이 올 테니까요. 나는 언어감각이 뛰어난 루미가 손버릇이 나빠 죠나키디의 집을 나왔다는 데 연민이 있었습니다. 루미가 결혼을 잘못해 집에서 남편에게 많이 두들겨맞았고 그래서 집을 도망쳐 나왔다는 말도 마음에 걸렸지요. 셋은 2층 난간에 모여 앉아 아주 평화롭게 티타임을 즐기고 있었습니다. 나는 냉장고 안을 뒤져 과자와 과일들을 가져다주었지요.

좋은 시간 보내요, 미나 소루밀라 루미!

셋은 환하게 웃었습니다.

나는 미나와 소루밀라가 우리 집에 친구를 데리고 왔다는 사실이 아주 기분 좋았습니다. 그만큼 우리 집이 편안해졌다는 증거일 테니까요. 드디어 우리 집을 나의 공간만이 아닌 그들 삶의 한 공간으로 인식하게 되었다는 증거일 테니까요. 그리고 언젠가 상처가 많은 루미를 우리 집에서 일하게 할 수 있지 않을까도 생각해보는 것입니다. 퇴근하며 미나가, 소루밀라는 내일 무슨 일인가로 나오지 못한다는 얘길 대신 해주었을 때도 나는 무척 기분이 좋았습니다. 아, 이 친구들이 충분히 자유로워졌구나, 생각하고 기분 좋게 침대 위에 벌렁 누웠습니다.

2009년 9월 2일

라면 하나를 끓이면 꼭 맞는 작은 양푼이 하나 부엌에 있습니다.

15센티미터쯤 되는 손잡이가 하나 달려 있는 것을 제외하면 한국에서 라면 하나를 끓여 먹는 작은 양은 냄비를 생각하면 되겠군요. 처음 이 양푼을 부엌에서 발견했을 적에는 별다른 느낌이 없었지요. 군데군데 찌그러진 흔적이 있고 가스 불에 오래 그을린, 수세미로 문질러도 잘 벗겨지지 않는 검댕이 양푼의 밑바닥에 남아 있지요. 방금 커피 한 잔을 타며 다시 양푼을 보았더니 검댕은 양푼의 바깥 면보다 안쪽 주름들에 더 깊숙이 박혀 있군요. 손잡이가 몸체와 연결된 부분에 상처가 있었습니다. 2센티미터쯤 찢겨 물이라도 가득 붓고 손잡이를 들어올리면 그 찢긴 부위 때문에 양푼이 아래로 처지기 마련입니다. 어쩌면 2차대전 전부터 쓰였을지 몰라. 내가 녀석에게 처음 중얼거린 말입니다.

녀석과 나는 싱가포르 산 라면을 통해 처음 만났지요. 한국산 라면은 구하기도 힘들 뿐 아니라 설령 있다 해도 함부로 먹을 수 없는 귀한 존재지요. 고추장 반 수저를 넣고 양파 작은 걸 하나 썰어 넣은 뒤 라면을 넣으면 아주 일품의 맛이 되지요. 솔직히 한국 라면 맛 부럽지 않습니다. 그 맛을 고스란히 간직하고 있는 것이 바로 이 못난이 양푼이지요. 만약 이 양푼이 아닌 더 크고 잘생긴 냄비나 법랑 그릇에 라면을 끓인다면 이 맛이 결코 나오지 않을 것 같습니다. 자루가 찢겨 한 손으로 들 수 없는 것이 흠이지만 두 손으로 양푼을 받드는 순간 공손한 마음이 생기니 이 또한 단순한 흠만은 아닌 것 같군요.

커피를 끓일 때도 마찬가지입니다. 내가 세 들어 사는 이 집의 부엌에는 어지간한 살림살이들이 다 갖추어져 있지요. 어딘가에 분명 커피포트도 있을 것 같고 물을 끓일 근사한 주전자는 바로 눈앞에 있습니다. 그런데도 이 양푼에 물을 끓이지 않으면 커피 맛이 나지 않을 것 같지요. 물론 커피도 매일 마실 수 있는 형편은 못됩니다. 기념할 만한 시간들이 눈앞에 펼쳐졌을 때 비로소 아, 커피 한 잔을 마셔야겠군, 하고 생각하는 것이지요. 봉지 커피 하나에 엄살이 심하다고 생각할지 모르겠습니다. 의도하지 않은, 얼마쯤 의도한 것인지도 모를 이 궁핍조차 산티니케탄의 한 부분인지 모르겠습니다. 순천의 아우 은진과 민호가 혹 이 사실을 안다면 형, 녹차도 거기 끓여 마셔? 하고 물어올지 모르겠군요. 당연히 못난이 양푼에 끓여 마시지요.

오늘 아침도 나는 이 못난이 양푼과 만납니다.

냉장고 안, 식은 밥 한 덩이를 양푼에 넣고 식용유를 밥 위에 슬금슬금 뿌립니다. 그러고는 천일염 반 티스푼을 밥 위에 뿌리지요. 이 천일염은 이 집의 원래 주인인 죠나키디가 남기고 간 것입니다. 소금

한 스푼이 얼마나 귀한지 인도에서 알게 되었지요. 그 위에 고추장 한 술을 다시 붓고 가스 불 위에서 천천히 밥을 녹이기 시작하지요. 양푼 안에서 치지직 소리가 나고 밥이 충분히 데워지면 맨 나중에 어제 먹다 남긴 알루바자, 감자튀김을 넣고 다시 한 번 밥을 데웁니다. 그러고는 두 손으로 양푼을 들고 식탁으로 걸어가 앉습니다. 물 한 잔을 컵에 따르고 난 뒤 천천히 식사를 시작하지요. 식용유에 튀긴 고추장소금감자밥이 이렇게 맛있을 수가 없습니다. 한국에서라면 생각지도 못할 이 식사 시간이 지금 내게는 가장 행복한 시간입니다. 어쩌면 내가 극도의 정신적 사치를 누리고 있는지도 모르겠습니다. 분명한 사실은 어떤 호텔이나 레스토랑의 비싸고 맛있는 요리보다 이 고추장소금감자밥이 내게는 더 맛있고 따뜻하게 느껴진다는 것입니다. 다 못난이 양푼 탓 아니겠는지요. 어쩌면 나는 말없이 부엌 한 귀퉁이에서 나를 기다리고 있는 녀석에게 중독된 것인지도 모릅니다. 아, 나는 정말 녀석이 좋습니다.

오늘 소루밀라는 오지 않았고
미나는 10시 15분경에 와서 삼십 분쯤 뒤에 돌아갔습니다.

2009년 9월 4일

소루밀라가 사흘째 오지 않습니다.

미나에게 소루밀라 안 와? 하고 물었더니 인상을 잠시 찌푸리고 고개를 끄덕이는군요. 불현듯 소루밀라가 영영 오지 않는 것은 아닌지, 하는 생각이 들었지요. 나흘 전 미나가 내게 소루밀라가 내일 나오지 못한다고 말했을 때 그 말이 사실은 내일부터 소루밀라가 나오지 않는다고 말한 것은 아니었을까, 하는 생각이 드는 것입니다. 정말 그렇다면 이건 큰일이라는 생각이 들었지요. 우리 집이 다른 집보다 지내기 불편해서 나오지 않는 것인지도 모르기 때문이지요. 그동안 나는 몇몇 마시들이 고용주의 집에서 도망간(?) 이야기들을 들은 바 있습니다. 일이 너무 많거나 집주인과 원만한 인간관계가 되지 못하면 그냥 일 나오지 않는 것이지요. 그런데 우리 집의 소루밀라가 도망을 간 거라면 이건 정말 끔찍한 일이 아닐 수 없군요.

나는 그동안 마시들에 대한 고정관념에 대해서 부정적이었지요.

왜 잘해주면 그것이 독이 되는가?에 대한 의문도 있었습니다. 잘 대해주면 마시 또한 고용주에게 잘해주지 않을까, 하는 것이 내 생각이지요. 가능한 따뜻하게, 가능한 자유롭게, 그들과의 관계가 인간적으로 이어지길 바랐지요. 레를 여행하고 돌아와 우리 집 마시들과 나 사이에 진보가 있었습니다. 출근 시간에 대한 개념이 없어졌고 자유롭게 와서 자신이 맡은 일만 끝내면 돌아가는 방식이 이루어졌지요. 그 방식을 찾는 데 한 달 반의 시간이 소요된 것이지요. 어쩌면 적은 임금에 대한 내 나름의 미안함과 안타까움이 찾아낸 방식인지도 모르겠군요. 내심 흐뭇한 마음이 없지 않았습니다. 그런데 소루밀라가 나오지 않는군요. 영영 나오지 않는다고 해도 뭔가 문제가 있는 것이고 며칠 만에 불쑥 다시 나온다고 해도 문제일 것입니다. 오늘도 미나는 제 할 일을 마치고 돌아갔습니다.

오후에 라딴빨리의 모모 가게에 유학생들이 모였습니다. 이 집의 야채만두는 값이 싸고 맛이 좋습니다. 나뭇잎으로 만든 접시에 열 개를 담아 오는데 15루피입니다. 우리 돈 400원이지요. 여기에 짜이 한 잔을 곁들이면 충분히 한 끼 식사가 되지요. 잠시 마시 이야기가 나온 틈에 나는 루미가 우리 집에 놀러 왔었다는 얘길 했지요. 소루밀라가 며칠째 오지 않았다는 얘긴 하지 않았습니다. 근무 시간에 마시의 친구나 식구가 집에 들어와 함께 차 마시고 놀다 가는 것은 좋지 않은 일이라고 다들 염려스레 말하는군요. 물건의 분실 우려도 있고 안 좋은 일이 생길 확률도 있다는 것입니다. 다들 걱정을 해주었기 때문에 나는 그냥 어, 자기들끼리 뭔가 할 얘기가 있어서 잠시 들른 거겠지, 하며 말머리를 돌렸습니다.

나는 미나와 소루밀라가 티타임에 샌드위치를 만들어 먹는 풍경
도 잠시 떠올렸습니다. 이 티타임은 죠나키디 시절부터 있어온 것이
지요. 죠나키디는 내게 집과 마시들을 인수인계할 때 마시들의 티타
임이 있다는 것을 자상하게 설명해주었습니다. 이를테면 새참 시간
인 것이지요. 이 시간에 미나와 소루밀라는 짜이와 비스킷을 먹거나
때로는 간단한 샌드위치를 만들어 먹습니다. 부엌에 큰 비스킷 병이
있고 부엌 찬장에 그들이 먹는 과일잼 병도 있습니다. 어느 날 그들의
티타임을 보았지요. 2층 베란다 밖 난간에 둘이 나란히 앉아 짜이와
샌드위치를 먹으며 이야기를 하는 모습이 보기 좋았습니다. 나는 달
걀 두 개를 냉장고에서 꺼내 미나에게 주었지요. 샌드위치를 만들 적
엔 꼭 달걀 프라이를 넣어야 해, 하고 말했더니 둘 모두 환하게 웃었
습니다.

2009년 9월 5일

미나가 일을 하고 돌아갈 무렵에 소루밀라가 왔습니다.

손에 물약 병을 하나 들었군요. 어딘가 아팠다는 뜻일 것입니다.

둘이 벵골어로 꽤 큰 소리로 이야기한 뒤 미나는 집으로 돌아갔습니다. 소루밀라가 없는 동안 미나가 혼자 조용히 일을 해준 데 대해 나는 감사한 마음이 있습니다. 소루밀라는 곧장 내 방으로 들어와 방을 닦기 시작합니다. 미나가 삼십 분 전에 닦았던 방이지요. 나는 말없이 책을 보았습니다. 그때 소루밀라가 다다, 하며 말을 건네는군요. 찬찬히 들어보니 두르가 푸자 때 옷을 사달라는 것이었습니다. 입고 있는 옷을 직접 가리키기도 하는군요.

두르가 푸자는 인도의 양대 명절 축제 중의 하나입니다. 우리의 추석이나 서양의 추수감사절과 같은 것이지요. 명절 규모나 축제의 크기가 우리의 추석과는 비교가 되지 않습니다. 학교에서도 푸자 방학이 한 달 있을 정도이지요. 개학하자마자 한 달의 방학이라니요. 물론 학생들은 이 방학을 충분히 즐기고 더러는 이 시기에 미뤄두었던 여행을 떠나기도 합니다. 두르가 푸자 때 고용주가 고용인의 옷을 한

벌 사주는 것은 인도의 전통입니다. 신분이 귀한 이들이 낮은 이들에게 선물이나 용돈을 줄 수도 있습니다. 라딴빨리 스위티 가게의 꼬마는 내가 자리에 앉자마자 짜이를 내오는데 돈은 받지 않습니다. 내가 이 친구에게 얼마쯤의 팁을 주려고 하자 주인인 바삐다가 손사래를 치며 나중에 푸자 때 주라 얘기했지요. 그래서 나도 두르가 푸자 때 선물을 줘야 할 사람이 더러 생겼습니다. 가딱을 비롯한 몇몇 릭샤왈라, 반소리 레스토랑의 소로스와 주방장, 전기 가게 주인 바브, 크와이 멜라의 종이배 파는 아이와 바울들……

미나와 소루밀라에게 푸자 때 줄 선물에 대해서 자문을 구했습니다. 유학생 중 제일 고참인 A는 보통 인도인들은 자기 집에서 일 년 정도 일을 하면 푸자 선물을 주게 되는데 내 경우 두 달 되었으니 의무감을 가질 필요는 없을 거라며 선생님 의지에 달렸지요, 하고 웃으며 말하는 군요. 그때부터 이들에게 푸자 때 무슨 선물이 좋을까, 궁리를 했지요. 그런데 오늘 소루밀라는 상황이 좋지 않습니다. 아무 연락도 없이 사흘 동안 나오지 않다가 나온 지 오 분 만에 푸자 선물 얘기를 하는 것은 모양새가 좋지 않은 것입니다. 나는 소루밀라에게 내일 미나가 오면 함께 다시 얘기하자, 고 말했습니다. 소루밀라가 고개를 끄덕이는군요. 소루밀라는 방을 닦고 곧장 집으로 갔습니다. 이미 미나가 다 일을 했기 때문에 사실 소루밀라가 할 일은 없는 셈이지요. 공식 푸자 연휴 기간은 9월 25일부터 나흘간입니다. 난 이들에게 푸자 때 기억에 남을 멋진 선물을 하고 싶었습니다. 그런데 소루밀라가 문제입니다.

215

2009년 9월 6일

아침 내내 폭우입니다.

야자나무 이파리들의 춤이 거의 땅과 하늘을 다 쓸듯 합니다. 이런 날 마시들은 일하러 오지 않습니다. 마시들뿐 아니라 학생들도 대부분 학교에 가지 않습니다. 비가 어제부터 온 탓에 산티니케탄의 대기온도가 내가 온 뒤 처음으로 30도 아래로 내려간 듯싶습니다. 비 냄새가 너무 좋고 서늘한 공기의 기운이 좋습니다. 죽은 듯 창 곁에 누워 바람과 비의 냄새를 맡고 있는데 누군가 현관문 두드리는 소리가 들립니다. 소루밀라입니다! 이 비바람을 다 맞고 집에 찾아온 것입니다. 무슨 일일까?

불현듯 어제 내가 미나에게 한 말이 생각났습니다. 두르가 푸자 선물로 뭘 받을지 내일 이야기하자고 했었지요. 그 말 때문에 이 빗속을 뚫고 왔다고 생각하니 어이가 없습니다. 그래서 피식 웃고는 오늘 미나는 안 왔다, 그러니 내일 다 같이 상의하자고 했지요. 소루밀라는 집으로 돌아갔습니다.

하르드와르에 있는 죠나키디에게 전화를 했습니다. 이이는 지금 하르드와르의 한 대학원에서 인도철학과 심리학을 공부하는 중입니다. 이이가 산티니케탄에 머물 적 미나와 소루밀라는 이이의 집에서 일을 했고 이이가 하르드와르로 떠나면서 미나와 소루밀라는 내게 와 일을 하게 되었습니다. 난 죠나키디에게 미나와 소루밀라의 두르 가 푸자 선물을 어떻게 하면 좋을지 묻고, 또한 이들이 일을 엉망으로 하는데 어떻게 하면 좋을지 물을 생각이 있습니다. 죠나키디가 공부를 끝내고 산티니케탄으로 돌아오면 미나와 소루밀라는 다시 죠나키디와 함께 지낼 것입니다. 이날 죠나키디는 전화를 받지 않았습니다.

2009년 9월 7일. 은졸리

여전히 비 내립니다. 우기가 다시 온 건지도 모르겠군요. 비와 바람
은 어제보다는 약합니다.

아침에 순천의 아우로부터 메일이 왔습니다. 아우는 마시 이야기
를 읽고 어떡하면 좋으냐? 하는 나의 물음에 답을 해왔습니다. 아우
가 말하는군요. 내 책임이 크다고 말이지요. 인정하지요. 아우는 다
시 잘 알아듣도록 얘기하고 이번 푸자 때는 미나의 선물을 사주고 소
루밀라의 경우는 자신의 책임이 있으니 사주지 않는 것이 좋겠다고
말했습니다. 다시 잘 알아듣도록 하는 것은 거의 불가능한 일입니다.
이미 엎질러진 물이기 때문입니다. 눈앞에서 미나만 옷을 사주기도
어려운 일이라는 생각이 드는군요. 그이들이 인품이나 지성이 갖추
어진 것도 아닌 상황에서 눈앞의 차별을 어떻게 받아들일지 전혀 알
수 없지만 그럴 경우 더 많은 문제가 있다는 생각입니다.

내가 보기에 소루밀라는 자신의 행동이 타인에게 유쾌한 일이 되
지 못한다는 사실을 거의 인식하지 못하는 것 같습니다. 인도의 흙과
바람과 햇살이 만든 성품이지요. 혹독한 자연환경 속에서 그냥 다람

쥐나 염소나 소처럼 살아온 것이지요. 뭔가 물건이 많이 있으면 욕심을 내지만 그때뿐이지요. 없으면 그만이고 있으면 잠시 가져다 쓰는 것입니다. 더 많은 것을 배우기 위해 학교에 갈 필요도 없고 고용주의 눈에 들기 위해 정해진 시간에 가려고 노력하지도 않습니다. 삼 주의 긴 휴가 끝에 일주일쯤 건성건성 일하고 다시 사흘 쉬고 그게 고용주와의 계약 이행에 심각한 문제가 되리라는 사실을 모르는 것이지요. 안다면 아무도 그렇게 행동하지는 않을 것입니다.

문제는 분명해졌습니다. 내가 소루밀라와 지내기 위해서는 소루밀라가 이런 사실들을 완전히 인식하든지, 아니면 내가 소루밀라의 방식을 받아들이든지 둘 중 하나를 선택해야 할 것 같군요. 그런데 소루밀라가 이런 사실들을 깨우칠 수 있을까요? 성깔이 단단한 고용주가 강압적으로 소루밀라에게 출근 시간을 지키게 하고 빠짐없이 일을 나오게 할 수는 있을 것입니다. 그것은 계약의 이행을 외형상 충족시키겠지만 소루밀라의 자연적인 본성은 몹시 구박받고 힘들어할 것입니다. 줄에 묶인 염소에게 좋은 먹이를 주며 구구단을 외우게 한다면 그 염소는 행복할 수 없을 것 같군요. 이 밭과 저 밭을 자유롭게 건너들며 풀도 뜯고 낮잠도 자고 소리 내고 싶을 때 음메 하고 우는 염소가 더 행복한 염소일 것 같습니다.

불가능은 없다는 신조로 모든 것을 빨리빨리 해결하는 것을 삶의 가치로 여겨온, 영악해질 대로 영악해진 한국인인 내가 소루밀라의 방식을 받아들일 수 있을까요. 그것도 불가능한 일입니다. 소루밀라

219

는 염소가 아닌 사람이며 무엇보다도 이것은 나와 소루밀라와의 관계만이 아니지요. 내가 소루밀라를 자기 방식으로 살아가는 마시로 받아들일 수 있다고 해도 그것은 다른 산티니케탄의 유학생들과 그들의 집에서 일하는 마시들에게 영향을 미칠 것입니다. 죄 없는 유학생들은 나와 소루밀라 때문에 스트레스를 받게 될지도 모르지요. 나는 소루밀라를 훈련시키고 싶지도 않고 현재의 소루밀라를 그대로 받아들일 수도 없다는 결론에 이르게 되었습니다.

미나가 왔습니다.

집에 들어온 미나가 제일 먼저 내게 한 말은 소루밀라가 어제 왔는가? 하는 것이었습니다. 이 아이는 영특하게 진화돼가고 있는 중입니다. 어제 비바람이 심했고 그런 날 마시들이 나오지 않는 것은 관례지만 혹 자신이 나오지 않았는데, 그럴 리는 없겠지만, 소루밀라가 나왔다면 내게 미안하다는 생각이 들어 있는 것입니다. 나는 웃으며 아니, 라고 말했지요. 나는 잠시 미나를 불렀습니다. 그리고 달력을 가리키며 말했지요.

미나, 여기가 두르가 푸자잖아?

메시yes.

푸자 때 미나 선물을 돈으로 줄까? 아니면 옷?

미나의 선택은 옷이었습니다. 대개의 마시들이 집주인에게 돈을 달라고 미리 말한다 들었는데 예상 밖이었지요. 나는 드디어 묻고 싶은 말을 꺼냈습니다.

미나, 푸자 때 소루밀라도 함께 옷을 사주고 싶은데, 좋아?

노, 굿^{No, good}!

미나는 완강했습니다. 노, 라고 말할 적 이마와 눈가에 주름까지 만드는군요. 소루밀라의 방식이 같은 인도 사람인 동료 마시에게까지 소통되지 않는 것이 이 순간 소루밀라의 불행인지도 모르겠습니다.

나는 소루밀라를 가능한 빨리 내보내기로 마음을 굳혔습니다. 무엇보다 소루밀라 때문에 미나가 계속 상처를 받아서는 안 된다고 생각했습니다.

다다.

소루밀라가 문 앞에서 부르는 소리가 들리는군요. 나는 문을 열어주었습니다. 오, 이런! 내 눈앞에 소루밀라와 그의 딸이 나란히 서 있군요. 아이는 방실방실 웃습니다. 웃는 모습이며 눈빛이 지난번 봤을 적보다 훨씬 예뻤습니다.

이름이 뭐니?

은졸리.

나는 전에 한 차례 물어본 적이 있는 그 이름을 다시 물었고 아이의 손에 비스킷 한 봉지를 쥐여주었습니다.

2009년 9월 9일, 감자 소풍

밤새 비가 왔습니다.

고요하게 자박자박 내리는 비였지요. 좀처럼 잠을 이룰 수가 없었습니다. 창문을 열어젖히고 자그맣게 튀어 들어오는 빗방울들을 느끼며 침대 위에 고요히 누워 잠시 잠이 들었습니다. 그러다가 필경은 3시경에 잠이 깨었지요. 세상은 조용하다 못해 그윽합니다. 빗소리들만 아주 섬세하게 들리는군요. 당신 한번 생각해보세요. 아무 느낌도 없이 온 세상이 고요한데 빗소리만 들리는 것입니다.

안개와도 같은, 무게가 느껴지지 않을 정도의 빗방울들이 산티니케탄의 흙과 풀과 나무들 위에 고요히 속삭이며 떨어지는 것입니다. 먼 곳에서 기차의 기적 소리도 들려오는군요. 기적 소리가 할머니의 옛날이야기처럼 포근하게 들리는군요. 기차의 기적 소리가 이런 느낌을 준다는 것을 예전에는 알지 못했습니다. 아늑하다는 말은 이런 경우를 두고 쓰는 말이군요.

금둔사의 스님이 언젠가 내게 말했지요. 뒤란의 산죽 이파리에 드는 함박눈 소리 때문에 잠을 이룰 수가 없다구요. 정말로 함박눈 떨어지는 소리가 들려요? 시인인 나는 이렇게 묻고 말았지요. 스님은 언젠가 한번 와서 그 소리를 꼭 들어보라 했지요. 오늘 나는 함박눈이 떨어지며 소리를 낼 수 있다는 사실을 드디어 인식하게 되었습니다. 이 빗방울들 또한 그 질량이 함박눈보다 가벼우면 가볍지 더 무게가 나갈 것 같지 않습니다. 나는 내가 아주 행복한 옛날이야기의 주인공이 된 것만 같습니다.

옛날옛날 아주 먼 옛날,

호랑이가 담배씨를 사러 산 너머 구름 도간에 가던 시절

인도의 한 작은 마을에 한 초라한 여행자가 들어왔습니다.

그에게는 그만이 아는 세상의 아주 신비한 이야기가 하나 있었지요……

이렇게 시작되는 이야기의 주인공 말이지요.

비는 아침에도 계속 내립니다. 어젯밤보다는 빗소리가 조금 더 커졌군요.

우산을 들고 천천히 집을 나섭니다. 릭샤왈라가 내 뒤에서 쩌르릉 벨을 울리며 지나가는군요. 타라는 얘기입니다. 릭샤를 타고 비 내리는 산티니케탄을 한 바퀴 도는 것도 운치가 있을 것 같습니다. 새벽녘, 기적 소리를 냈던 철로가 있는 곳까지 다녀올까요. 그러나 우산에 듣는 빗소리 때문에 나는 이 친구의 제안을 받아들일 수 없습니다. 그냥 천천히 걷습니다. 왜 이렇게 기분이 좋은지요? 사실 오늘이 기분 좋은 이유가 하나 있긴 합니다. 그것은 오늘이 9월 9일이라는 사실입니다. 내 이름과도 관련된, 내가 제일 좋아하는 숫자이지요.

그때 한 풍경이 눈에 들어오는군요.

한 릭샤왈라가 아주 난감한 표정으로 자신의 릭샤를 들여다보고 있습니다. 릭샤는 낡을 대로 낡았군요. 산티니케탄에서 내가 본 가장 고물 릭샤일 것 같습니다. 비 오는 날 꼭 필요할 지붕의 우장도 거의 흔적만 남았군요. 그 순간 나는 우산보다 이 릭샤를 선택했습니다.

다다, 갈 수 있어?

하아.

나는 잠시 이 릭샤왈라가 릭샤의 체인을 손보는 것을 지켜보았지요. 마지막 정비가 끝난 뒤 그는 손바닥으로 릭샤의 자리를 한 번 쓸어 빗방울들을 닦아주었지요. 빗방울들은 20센티미터쯤 주르륵 이동해갔습니다. 나는 이 가식 없는 서비스가 마음에 들었습니다. 나를 태운 릭샤왈라는 힘차게 페달을 밟았습니다. 나이 든 릭샤왈라가 이 고물 릭샤를 어떻게 운전할까, 하는 생각이 있었지요. 그런데 그는 내 생각을 훌쩍 뛰어넘어 그 어떤 젊은 릭샤꾼 못지않게 페달을 밟았지요. 나는 그가 나처럼 지금 기분이 몹시 좋다는 것을 느꼈습니다.

다다, 뚜마르 남 끼?

기븐.

세상에, 그의 이름이 기븐이군요.

기븐, 으로 들렸습니다.

기븐, 에칸 발로 아체?

하아.

지금 기분이 좋으냐는 말에 그는 강한 긍정을 표시하는군요.

나도 그도 지금 기분이 매우 좋은 것입니다.

우리는 함께 부반단가의 한 짜이 도깐에 들러 짜이 한 잔씩을 마셨습니다.

산티니케탄에서 마셨던 그 어떤 짜이 못지않게 맛있었습니다.

친구들이 오면 들를 장소가 하나 더 생긴 것이지요.

나는 기븐과 함께 야채 도깐에 들렀습니다.

감자 1킬로그램, 양파 0.5킬로그램, 양배추 한 통을 샀습니다.

가게 주인이 비닐봉지에 이들을 넣어주자 언제 왔는지 모르게 내 뒤에 서 있던 기븐이 얼른 그것을 받아 자신의 릭샤로 가져가는군요. 상상하지 못한 이 서비스도 기분이 좋습니다. 야채의 값은 모두 56루피였습니다. 가게 주인은 내게 넥스트 타임Next time!을 거듭 말합니다.

나는 기븐과 함께 부반단가의 호숫가 길을 따라 구루빨리로 돌아왔습니다. 나는 기븐에게 40루피의 돈을 주었지요. 기븐은 몹시 행복해했습니다.

비가 계속 내립니다.

이제 겨우 오전 10시입니다.

오늘 하루만 해도 열네 시간이 남았군요.

이 보석 같은 행복한 시간들을 어떻게 감당해야 할지요?

2009년 9월 10일

소루밀라가 딸을 데리고 왔던 그제 오후 이야기를 적지 않을 수 없 군요. 이날 난 생각이 많았습니다. 소루밀라, 소루밀라…… 소루밀 라가 작은 화두가 되는군요.

저물 무렵 라딴빨리의 스위티 가게 앞에서 사라를 보았지요. 음악 대학 4학년인 사라는 스물네 살, 꿈 많은 청춘입니다. 이이가 인도에 오게 된 건 한 권의 책 때문이었습니다. 어느 날 도서관에서 책 한 권 을 빌렸는데 실수로 바로 옆의 책을 들고 나왔다는군요. 라즈니쉬와 명상에 관한 책이었지요. 곧 책에 빨려들었고 고등학교를 졸업하자 마자 부모님을 졸라 라즈니쉬 아슈람이 있는 푸나로 왔다 했습니다. 한국의 고등학교 교실에 대한 인식이 있는 이라면 우연히 만난 책 한 권을 들고, 이이에게는 필연이겠지요, 인도로 들어온 스무 살 젊은이 가 얼마나 예외적인 인물인지 충분히 이해할 수 있을 것입니다.

인도 생활 사 년째인 이이는 우리의 선불교에 조예가 깊었고 인도 의 진정한 명상가들에 대해서도 깊은 이해가 있었습니다. 다람살라에서 처음 달라이 라마를 접견했을 때의 이야기도 인상적이었습니다. 강연이 있은 다음 차례가 되어 악수를 하게 되었는데 온몸이 불길에 휩싸이는 느낌을 받았다지요. 따뜻하고 명징한 불길이었습니다. 오랜 기간 훌륭한 명상의 시간을 보낸 진정한 구루들에게서 만날 수 있는 교감의 시간을 경험한 것이지요. 달라이 라마의 손을 놓지 못했고 달라이 라마는 오래 따스한 미소를 보내주었다는군요.

그이가 말하는군요. 소루밀라를 내보내서는 안 된다구요.
자신은 이미 우리 집 마시들이 얼마나 농땡이(?)를 치고 있는지 잘 안다고 말했습니다. 루미 때문이지요. 루미는 사라네 집의 마시로 일하고 있고 미나와는 친구입니다. 더욱이 미나와 루미, 소루밀라는 부반단가의 한 동네에 살고 있습니다. 매일 이들이 오후에 모여 수다 떠는 일정한 장소도 있다는군요. 그 루미가 우리 집 마시들이 펼치는 이야기들을 자신에게 다 해준다는 것입니다. 해주면서 절대 다다에게 말해서는 안 된다는 말까지 한다는군요.

나는 너무 궁금해 루미가 무슨 얘기를 하더냐고 물었지요.
그이는 웃으며 전혀 별것이 아니라고 말했습니다. 그래도 내가 궁금해하자 다다 없을 때 텔레비전 보고 냉장고에서 달걀 꺼내 먹고 뭐 이런 이야기들이라 했습니다. 달걀 꺼내 먹는 이야기는 뭔가 잘못되었습니다. 나는 이들에게 냉장고의 달걀은 언제든지 먹어도 좋다는 얘길 했고 이들이 티타임 때 토스트에 프라이를 넣어 먹는 것을 보아왔지요. 텔레비전이야 보라고 있는 것이니 일하면서 얼마든지 볼 수 있을 것입니다.

　소루밀라는 일하는 곳이 여기 한 곳밖에 없다고 했습니다.
　너무 가난한 이들이 마시 일을 해 조금씩 돈을 받아 그걸로 야채도
사고 곡식도 사고 그렇게 살아간다는 것이지요. 그런데 여기서 일을
못 하게 되면 어떻게 되겠느냐는 것입니다. 푸자 때도 옷을 사주지 않
으면 이들이 어떻게 새 옷을 입어보겠느냐. 명절인데 이들도 새 옷 입
고 거리도 돌아다니고 해야 하지 않겠느냐, 말하는 것입니다. 구구절
절이 옳은 말입니다. 푸자 때 옷을 사주면 그걸 입고 다니느라 며칠
씩 일하러 오지 않으니 옷보다 다른 선물을 주는 것이 낫다고 말한 이
도 있습니다. 내가 이 말을 전하자 사라는 그게 정상적인 행동 아니겠
느냐고 반문하더군요. 축제인데 새 옷 입고 돌아다니고 싶은 것은 인
지상정이라는 것입니다. 나는 이 의견이 마음에 들었습니다. 어쩌면
이이의 의견은 내 마음속의 생각을 옮겨놓은 것인지도 모릅니다. 이
이는 다시 또 하나의 현명한 제안을 하는군요. 어차피 이곳은 인도이
며 우리가 그들에게 맞춰 살 수는 없으니 그들이 우리에게 맞출 수 있
도록 최선의 상황을 만들어줘야 한다는 것이지요. 그러면서 내일 자
신이 미나와 소루밀라의 군기(?)를 한 차례 잡아주겠다고 했습니다.

　어제 오전 11시 30분 미나와 소루밀라, 사라가 한자리에 모였습니다.
　사라가 유창한 벵골어로 말을 하는군요. 난 둘이 얼마나 게으름
을 피우는지 잘 알고 있다. 죠나키디가 이 이야기를 들으면 많이 슬
퍼할 것이다. 다다가 너희에게 원하는 것은 둘이 같은 시간에 나와

열심히 일하고 빨리 돌아가는 것이다, 한 시간이나 한 시간 반이면 충분히 일하고 돌아갈 수 있을 것이다, 특히 소루밀라는 게으름이 너무 심했다, 소루밀라는 내일부터 미나보다 늦게 나오면 안 된다. 둘 모두 알았다고 대답하는군요.

사라는 푸자 때 슈트를 살 것인지, 사리를 살 것인지도 물었습니다. 슈트는 원피스 형식의 옷이고 사리는 인도인들이 평소에 즐겨 입는 어깨에 걸치는 옷입니다. 신기하게도 둘은 돈으로 주어도 상관없다는 얘길 하는군요. 나는 드디어 휴, 하는 한숨을 쉽니다.

2009년 9월 11일. 순더리 폴

혁명은 이렇게 일어나는 것이군요.

어제 아침 시곗바늘이 오전 10시를 가리키자 소루밀라가 집에 왔습니다. 이 분이 지나자 미나가 나타나는군요. 둘은 여태껏 본 적이 없는 전투적인 자세로 쓸고 닦고 밀고 다니는군요. 나는 그 모습에 조금 미안하기도 하고 사실 얼마쯤 당황도 되었습니다.

나는 기침을 많이 하는 미나에게 감기약을 주며 먼저 집으로 가라 얘기했습니다. 소루밀라는 미나가 간 뒤 혼자 한 시간 정도 더 일을 하고 11시 20분 돌아갔습니다. 소루밀라가 돌아갈 때 나는 현관에 나와 바이, 하며 인사를 했지요. 소루밀라도 웃으며 바이, 했습니다. 자전거를 꺼내던 소루밀라가 집 옆의 공터로 가는 모습이 보이는군요. 뭐 하러 가지? 나는 잠시 머물렀습니다. 그때 소루밀라가 환하게 웃으며 나오는군요.

붉은색의 꽃들이 두 손 가득 놓였습니다.

순더리 폴.

내가 이쁜 꽃, 이라고 말하자 소루밀라가 또 환하게 웃는군요. 그가 무슨 용도로 이 꽃들을 땄는지 알 수는 없습니다. 분명한 것은 그이가 이 꽃들을 아름답게 인식하고 있다는 사실이지요. 내가 이이의 영혼을 그동안 너무 폄하해온 것은 아닌지 새삼 미안했습니다.

2009년 9월 16일, 조르바를 아는가?

며칠 동안 선선했는데 불지옥이군요.

중국어학과에 다니는 H의 이야기가 생각나는군요. 달걀을 사가지고 집으로 가다 달걀 하나가 그만 떨어졌습니다. 길 위에 떨어진 그대로 프라이가 되더라는군요. 너무 더워 언니와 함께 모포 두 장에 물을 가득 적신 채 그걸 몸에 둘둘 감고 침대 아래 누워 헉헉 숨을 쉬는데 삼십 분 만에 그 모포가 다 말랐다는군요. 길가 나무 그늘 아래 자전거를 세우다 정신을 잃었는데 깨어보니 병원이었다 했습니다. 음악대학의 J는 부엌 창가에 걸어둔 한국산 고무장갑이 주르륵 녹아 흘렀다고 말했지요. 방 안의 양초도 그대로 녹아내렸구요. 누군가 그런 이야기들을 할 때는 믿지 않았는데 자기 눈앞에서 그런 일들이 일어났다 했습니다. 시타르 전공의 S도 거들었지요. 운동화를 빨아 햇볕 아래 두었다는군요. 한 시간 뒤에 나갔더니 운동화 바닥의 고무 부분이 녹아 바닥의 시멘트에 붙어 떨어지지 않았다 했습니다. 대기 온도가 50도가 되면 복사열은 70도 이상이 될지도 모릅니다.

어젯밤 정전은 길고 깊었습니다.

인버터에 저장된 전기도 한 시간이 못 되어 바닥났지요. TV도 꺼지고 팬도 돌지 않습니다. 깜깜한 방에 가만히 누워 숨만 쉬었지요. 좋은 날 그렇게 포근하고 고요하게 들리던 기차 소리도 단 한 차례 들리지 않는군요. 차마 들리지 않기를 바라는지도 모르겠습니다. 이 끔찍한 날, 기차의 기적 소리가 들려온다면 지난번 잠 못 들고 한없이 행복해했던 기억들을 다 망치겠지요. 그러다가 손끝이 내 몸을 스치게 되었습니다. 어둠 속에서 나는 잠시 놀랐습니다. 내 몸이 서늘하게 느껴진다는 것을 알게 되었지요. 나는 내 몸이 자그마한 화로처럼 달구어져 있을 걸로 생각했습니다. 손바닥을 대보아도 차갑게 느껴지는군요. 36.5도의 체온이 이곳의 공기 속에서는 서늘하게 느껴지는 것입니다. 모든 것이 뜨거운데 그래도 몸은 서늘히 살아 있으니 이것 또한 작은 기적 아닐는지요?

크레타를 여행할 때 생각이 나는군요.

아테네에서 비행기를 탔습니다. 크레타 섬의 주도는 이라클리온입니다. 비행기가 이라클리온 공항의 활주로를 서서히 미끄러져 갈 때 공항의 이름이 눈에 들어오는군요. 니코스 카잔차키스 에어포트. 그렇습니다. 나는 이 사내의 흔적을 찾아 지중해의 이 섬에 들어왔지요. 『그리스인 조르바』를 쓴 바로 그 친구입니다. 대학 1학년 봄날 처음 이 책을 읽었지요. 여행과 포도주, 여자가 있으니 이 세상은 얼마나 행복한가, 라고 얘기한 친구가 바로 조르바였지요. 공항 전면에 새겨진 그 사내의 이름을 보며 누군가가 핑크빛의 레이를 목에 걸어주기라도 한 듯 몹시 행복했습니다. 택시를 타고 시내로 들어서며 나는 기사에게 물었습니다.

조르바를 아는가?

그가 이마에 한 번 손을 대고 다시 주먹으로 두 번 자신의 가슴을 쾅쾅 쳤습니다. 그는 항상 내 가슴속에 살지! 그 소리를 듣는 순간 나는 이 택시 기사가 아주 사랑스럽게 느껴졌지요. 그의 두상은 컸고 얼굴은 붉었습니다. 구레나룻이 짙었고 큰 눈의 흰자위에는 삶을 적당한 불량스러움으로 바라보는 기운이 가득했지요. 모든 것이 조르바를 닮은 느낌이었습니다. 공항에서 다운타운까지는 십 분이 채 걸리지 않았습니다. 그가 내게 요구한 돈은 놀랍게도 30유로였지요. 5유로면 충분할 거리였습니다. 그는 끝내 30유로를 요구했고 나는 이 사내를 조르바, 라고 바꿔 생각했습니다. 그래, 조르바에게 주는 거야. 그랬더니 잠시 격했던 마음이 편해졌습니다. 30유로를 받은 조르바는 놀랍게도 내게 5유로 동전 하나를 건네주더군요. 나는 그 동전을 그에게 선물로 주었습니다.

8월의 지중해 햇살 속을 끝없이 걸었습니다.

투명하게 달궈진 햇살 꼬챙이들이 마구마구 쏟아지는 느낌이었지요. 크레타 문명의 발상지와 역사박물관, 카잔차키스의 기념관과 옛집을 터벅터벅 걸어 답사했습니다. 당신 뜨거운 햇볕 속을 하루 종일 걸어본 적이 있는지요. 자신의 추억과 관련된 아주 사랑스러운 길을 말이지요. 내 나이 스무 살, 절망 외에는 아무런 느낌이 없던 그 시절 나는 카잔차키스를 읽으며 희미한 생의 빛과 전율을 느꼈지요.

사흘을 걸었고 나는 몹시 행복했습니다. 나흘째 되던 날 나는 이라클리온 시내가 내려다보이는 한 언덕 위에 이르렀습니다. 그곳에 카잔차키스의 무덤이 있었지요. 대리석도 아닌, 시멘트로 만들어진 것 같은 허름한 비석에는 세 줄의 비문이 새겨져 있었지요. 내 기억에 그 비문은, 아무것도 기다리지 않고 아무것도 두려워하지도 않고 자유, 라고 적혀 있었습니다. 내게 그 비문은 반대로 읽혔지요.

　나는 평생 기다림 속에 살았고
　나는 평생 두려움에 떨었으며
　평생 자유롭지 못했던 사람!

　그 비문을 바라보는 순간 눈물이 나왔습니다.
　그가 평생 기다려왔던 것은 무엇인가? 평생 두려움에 떨었던 실체는 무엇인가? 하는 느낌들이 가슴에 다가왔기 때문입니다. 평생을 기다림과 두려움 속에서 살았던 한 인간의 나지막한 숨소리가 지금 내 눈앞에 누워 있는 것입니다. 세상에서 제일 참기 힘든 순간을 얘기하라 말한다면 기다림이라 말할 수 있을지 모르겠습니다. 당신, 한 시간을 기다리기가 얼마나 힘든지 경험한 적 있나요? 있겠지요. 그는 평생을 기다려온 것입니다. 두려움 또한 얼마나 혹독한 것인지요? 인간으로서 가장 기억하기 싫은 단어를 말하라면 나는 두려움이라 할 것입니다. 외경과는 전혀 다른 것이지요. 인샬라, 그가 한평생 안고 산 두려움에게 잠시 고개를 숙입니다. 그는 평생 아주 선하고 부드러운 사람으로 살려고 노력했을 거라는 생각이 들었지요. 어쩌면 이것이야말로 인간으로서 최선의 가치 있는 삶 아니겠는지요? 누구든지 그를 대하면 따뜻해지고 마음이 편해지는 사람. 누구든 그 속에 있으면 가슴이 환해지고 한없이 포근해지는 세상! 그것이 바로 우리 모두의 꿈 아니겠는지요. 당신도 나도 다 그런 인간으로 이 지상에 머물고 싶은 꿈을 지닌 것은 아닌지요?

그 순간 하늘이 땅으로 내려오는군요.

땅은 하늘로 천천히 올라갔습니다.

그 속도가 점점 빨라지는군요. 너무 어지러웠고 나는 카잔차키스의 무덤 곁에 쓰러졌습니다. 일사병이었지요. 어떻게 그 언덕을 다시 내려왔는지 모르겠습니다. 택시를 탔고 호텔로 돌아왔습니다. 이름도 가물가물한 그 호텔은 이라클리온의 랜드마크였지요. 두 개의 샤워기를 틀어놓고 대리석 바닥 위에 쓰러져 찬물을 맞았습니다. 신기하게도 지금 그 이름이 떠오르는군요. 아스토리아 호텔입니다. 이라클리온에서 제일 좋은 호텔이었는지도 모르겠습니다. 여행자에게 순간의 사치는 아스피린과 같은 것입니다. 그 사치가 없다면 여행의 로망도 없는 셈이지요. 이틀간 객실의 차가운 대리석 바닥 위에 누워 끙끙 앓다가, 잠에 빠져들었다가 다시 깨어났지요. 한국에서 가져온 팥 양갱 두 개를 물에 말아 먹고 난 뒤 자리에서 일어났습니다. 어쩌면 카잔차키스의 영혼이 그날 나를 구한 것은 아닌가 하는 생각도 들지요. 자신의 이름을 기억하고 추억의 강물처럼 자신을 찾아온 여행자의 영혼을 자신의 무덤 곁에 누이고 싶은 생각은 없었을 테니 말이지요. 세상은 아름답다고, 세상은 지극히 살 만한 곳이라고 스무 살의 내게 일러준 이의 무덤 곁에 내가 쓰러져 오래 머물러야 할 이유도 없었을 것입니다.

팍!

전기가 들어왔습니다.

산티니케탄에 다시 전기가 돌아올 때면 불꽃놀이의 폭약이 하늘에서 터질 때와 같은 소리가 납니다. 축제의 신호인 셈이지요. 아, 그러나 이번 축제를 기다리는 시간은 너무 길었습니다. 나는 자리에서 일어날 엄두를 못 하고 창밖에 켜진 가로등 하나를 바라봅니다. 오늘 하루 그도 무척 더웠을 것 같습니다.

2009년 9월 17일

미나와 소루밀라가 내일과 모레 시우리에 갈 일이 있다는군요. 둘
모두 간다는 것이 조금 이상하지만 나는 고개를 끄덕였습니다. 시우
리는 여기서 30킬로미터쯤 떨어진, 면소재지 같은 곳입니다. 경찰서
가 있어서 유학생들은 이곳에 가서 외국인 등록을 해야 하지요. 나도
외국인 등록을 하기 위해 두 달 전 시우리의 경찰서에 갔었습니다. 등
록처의 담당관은 나이 든 디디였지요. 그때 내 눈에 프리클리히트 파
우더, 땀띠분을 잔뜩 끼얹은 디디의 목이 보이는군요. 나는 내 서류
를 보고 있는 디디에게 말했습니다.

노모스카, 디디. 당신과 나는 공통점이 있군요.
뭔데?
땀띠분.

디디는 웃었습니다. 나는 땀띠로 고생 중이었고 얼굴도 부어오른
상태였지요. 몸에는 땀띠분을 가득 바른 상태였습니다. 그 공통점이
디디의 마음을 움직였군요. 그는 서류의 항목들마다 내가 적을 수 있

239

는 영문들을 친절히 가르쳐주었지요. 넉 장의 서류를 꼬박 적어야 했습니다. 이 등록증이 지금부터 당신의 여권이다. 여행을 할 때는 꼭 휴대해야 한다. 특히 한국이나 외국에 나갈 때면 사전에 시우리에 와서 신고해야 한다. 전혀 예상치 못한 족쇄가 하나 생겼군요. 그 족쇄의 번호가 마음에 들었습니다. 1777번.

오후에 샘바위의 집에서 수제비를 먹었습니다. 멸치국물을 우려낸 맛있는 수제비는 샘바위의 동생 소리가 만든 것입니다. 샘바위는 자신이 심혈을 기울여 만든 오이냉채가 이상하게 나왔다고 투덜거립니다. 소리는 깔라바반, 미술대학에 올해 입학했습니다. 오누이가 함께 인도에서 생활하는 모습이 안쓰럽기도 하고 대견스럽기도 합니다. 샘바위가 자기 집 마시 자랑을 하는군요
우리 집 마시는 데커레이션을 해요.
청소를 해도 그냥 하는 게 아니라 어떻게 하면 제일 좋은지 생각한다는 것입니다. 모든 물건들을 가장 예쁘게 보이는 장소에 배치한다는군요. 식은 밥이 남아 있으면 그걸 집으로 가져가 구근이를 만들어 오는데 너무 맛있다고 했습니다. 빨래도 아주 꼼꼼히 한다는군요. 이런 마시는 인도에 없을 거라 자랑했습니다. 혼자 식구들의 뒤치다꺼리를 훌륭히 해낸다니 정말 대단한 일이군요. 우리 집 마시들에 대해 자랑할 거리가 별로 없었던 나는 조금 풀이 죽었습니다. 그래서 목에 조금 힘을 주어 말했지요. 우리 집 마시들은 내일과 모레 함께 시우리에 가지!

2009년 9월 19일, 미나의 점심 초대

오전 10시, 미나가 왔습니다.

시우리에 간다며 오늘까지 나오지 못한다 했는데 웬일이지? 나는 고개를 갸웃했습니다. 미나 손에 물병이 하나 들려 있군요. 나는 미나가 물을 받으러 온 걸로 생각했지요. 우리 집 부엌에는 정수기가 있습니다. 집으로 돌아갈 때면 미나와 소루밀라는 정수기의 물을 한 병씩 받아갔습니다. 나는 미나에게 5리터짜리 빈 생수병을 하나 주었습니다. 큰 용기에 물을 받아가라는 뜻이었지요. 물을 다 받은 미나가 내게 와서 말을 하는군요.

다다 아즈께 아마르 바리떼 런치?

아즈께, 아마르, 바리떼, 들은 내가 알 수 있는 말입니다. 오늘, 나의, 집에, 라는 뜻이지요. 오늘 점심에 자기 집에 오라는 것 같습니다. 미나는 런치lunch라는 영어 단어를 분명히 썼습니다. 오늘 미나네 집에서 점심 먹자고? 메시!

미나가 메시!라고 했을 적 내 머릿속이 하얗게 지워졌습니다. 점심 초대라니요? 언젠가 나는 이들이 챔파꽃 한 묶음을 들고 집으로 오는 상상을 했더랬지요. 그런데 오늘 일은 그 상상보다 한 단계 더 높은 수준의 상상입니다. 나는 사라에게 곧장 전화를 걸었습니다. 지금 미나가 나를 점심에 초대한다고 말하는 것 같아요. 내가 정확히 들었는지 알 수 없어요. 나는 미나를 바꿔주었습니다. 미나가 사라에게 다시 얘기하는군요. 사라가 내게 전해줍니다. 맞아요. 미나가 오늘 점심식사에 다다를 초대했어요. 12시에 다시 다다를 데리러 오겠대요.

어떻게 이런 일이 일어났는지 모르겠군요.

나는 갑자기 바빠졌습니다. 미나네 집에 가기 위해서 선물을 사야 했고 동행도 필요했습니다. 사라와 스프링디디가 함께 가기로 했지요. 스프링디디는 인도의 전통 세라믹과 한국의 회화를 접목하려는 의지를 지닌 아티스트입니다. 현지인 집의 식사 초대는 다들 처음인지라 약간의 설렘과 호기심이 있었지요. 나는 2킬로그램의 감자와 라면, 비누, 비스킷 들을 선물로 준비했습니다. 스프링디디는 사라의 오토바이 뒷자리에 타고 나는 릭샤를 한 대 부르기로 했지요. 12시 30분이 지나 사라가 미나가 왔다고 해 창밖을 보았지만 미나는 보이지 않았지요. 대문 앞에는 선홍색의 붉은 사리에 흰 스카프를 멋지게 두른 오토바이를 탄 인도 아가씨가 있었습니다.

세상에! 그이가 바로 미나였군요!

미나가 오토바이를 타고 나를 데리러 온 것입니다!

미나에게 오토바이가 있었다니요! 이 오토바이는 죠나키디가 자신이 타던 것을 선물한 것임을 뒤에 알았지요. 대문 앞 골목길은 차 한 대가 겨우 지나갈 넓이입니다. 하수도 공사를 하느라 길들이 꽤 파헤쳐져 있고 인부들이 네댓 일을 하느라 바쁩니다. 그 앞에 사라와 미나가 타고 온 오토바이 두 대가 서 있습니다. 미나가 말합니다.

다다, 뒤에 타세요. 안전하게 갈 수 있어요!
미나는 환히 웃고 인부들은 다 일손을 멈추고 우리를 바라봅니다. 인도에서도 시골인 산티니케탄에서 오토바이를 탄 아가씨를 보는 것은 쉽지 않은 일입니다. 그런데 두 명의 아가씨가, 한 명은 또 외국인이군요. 오토바이와 함께 멈춰 서 있고 인도 아가씨는 자신의 오토바이 뒤에 한 외국인 다다를 타라고 하는 것입니다. 인부들은 모두 나를 보며 웃습니다. 인도인의 관행상 여자가 모는 오토바이 뒤에 남자가 탄다는 것은 생각할 수 없는 일입니다. 남자가 모는 오토바위 뒤에 여자가 타는 경우는 확실한 연인 관계라는 뜻이지요. 그들은 모두 내가 그 문제의 오토바이 뒤에 타는가, 타지 않는가, 눈이 빠지도록 바라보는군요.

그 순간 오토바이 한 대가 또 집 앞에 이르렀습니다. 동네에 사는 인도인 다다가 탄 오토바이였지요. 그는 순간 모든 상황을 다 이해했습니다. 그가 웃으며 내게 묻는군요. 어디로 가는가? 부반단가. 친절하게도 그는 내게 자신의 오토바이 뒤에 타라고 얘기했습니다. 돈노 바트. 내가 인도인 다다의 오토바이 뒤에 타려는 순간 이번에는 사라가 제동을 거는군요. 스프링디디가 미나의 오토바이에 타고 나더러 자신의 오토바이에 타라는 것입니다. 뭘 복잡하게 인도인 다다까지 등장시키느냐는 것이지요. 내가 미나의 뒤에 탈 수는 없는 노릇이니 스프링디디가 타라는 것이지요. 그렇게 정리가 되었습니다. 구경하는 모든 인도인들이 내가 사라의 오토바이 뒤에 타는 순간 환하게 웃었습니다. 그들에게 이 풍경은 그 어떤 영화의 멋진 장면보다 더 즐거운 일이 아닐 수 없을 것입니다. 그들 중 몇은 박수도 쳤습니다. 나는 그들에게 손을 흔들었고 두 대의 오토바이는 출발했지요.

구루빨리에서 부반단가로 가는 길은 두 가지가 있습니다.
한 길은 호숫가를 돌아나가는 한적한 길이고 다른 한 길은 산티니케탄 중심 도로를 뚫고 가는 길입니다. 오, 미나! 미나는 붐비는 산티니케탄 메인 도로를 선택하는군요. 그날 도로가의 사람들은 아가씨가 모는 오토바이 뒷자리에 타고 가는 나를 보고 많이들 웃었지요. 나는 일찍이 모든 것을 포기했고 웃는 그들에게 열심히 손을 흔들어주었습니다.

미나의 집은 작고 평화로웠습니다.
미나의 집으로 가는 동안 나는 미나의 집이 너무 허름하고 초라하지 않기를 바랐지요. 골목 안 미나의 집 벽과 대문에는 노란색의 페인트가 칠해져 있었습니다. 미나의 식구들과 가까이 사는 친척들이 다 모였군요. 엄마 아빠 고모 이모 삼촌 사촌들 모두 말입니다. 나는 그들과 반갑게 노모스카, 하고 인사를 나눴습니다. 방이 두 칸 딸린 자그마한 집의 왼쪽 방이 미나의 방이었습니다. 침대 하나가 놓이면 그 옆으로 사람 하나가 겨우 빠져나갈 공간이 있습니다. 옆방에는 나무로 만든 침대 하나가 있고 머리맡에 작은 컬러 TV가 한 대 놓여 있군요. 미나가 죠나키디의 집에서 마시 일을 해 모은 돈으로 산 TV입니다. 미나의 형제는 모두 1남 5녀라 하는군요. 미나가 맏이인 것 같군요. 미나의 어머니는 얼굴이 둥그렇고 선한 기운으로 가득 찬 이입니다. 사라와 스프링디디 모두 미나의 집이 몹시 평화로운 집이라 말했지요. 사람들 모두 웃는 모습이었고 악한 기운이라고는 전혀 느껴지지 않았지요.

두 방의 앞 통로에 의자를 놓고 식사를 하였습니다.

이날의 요리는 치킨 탈리였습니다. 접시 위에 흰 밥을 놓고 그 곁에 우리 식으로 말하면 닭도리탕 같은 음식을 소스로 끼얹어 먹는 것입니다. 이 집에서 닭요리를 준비했다는 것은 굉장한 일이라고 사라가 말하는군요. 우리 모두 스푼을 쓰지 않고 인도식으로 식사를 하였지요. 손으로 밥과 소스를 비벼 먹는 것이지요. 손에 닿는 밥알들의 감촉이 따뜻하고 부드러웠습니다. 나는 한 접시의 탈리를 다 비웠고 더불어 나온 달도 다 먹었습니다. 우리의 식사가 끝나자 가족들의 식사가 이어지는군요. 손님이 먼저 먹고 다음에 식구들이 먹는 것이 이곳의 풍속이라고 미나의 어머니가 일러주었습니다.

릭샤를 타고 돌아오는 길에 나는 많이 행복했습니다.

어쩌면 오늘 일은 내가 인도에서 머물다 떠날 무렵 맨 마지막으로 있었으면 싶은 일이지요. 시우리에 간다며 이틀을 쉬겠다 말했을 때 내가 조금은 실망한 것도 사실입니다. 그것이 거짓말일 거라 생각했기 때문이지요. 그러나 지금 내 마음속에는 그들이 거짓말을 했을 거라는 생각은 없습니다. 미나네 식구들의 평화로운 얼굴 모습을 보았기 때문이지요. 거짓말이라고는 해본 적이 없는 순수하고 맑은 얼굴들 말이지요. 샘바위에게 전화를 걸었습니다. 바위, 우리 집 마시, 미나가 오늘 점심식사에 초대했어. 식사 끝내고 가는 중이야.

2009년 9월 21일

다다, 우리 집에 와서 점심 먹어요.
오늘 아침 소루밀라가 현관문을 밀고 들어오며 한 말입니다.

부반단가는 작은 마을이어서 미나네 집에 내가 들른 사실은 금세
퍼졌을 것입니다. 더구나 다다인 내가 아가씨가 모는 오토바이 뒤에
타고 왔으니 그 소문이 오죽했겠는지요. 좋아서 입이 귀에 걸쳐진 나
는 여기저기 전화를 합니다. 오늘 날이 좋지 않군요. 다들 일이 있어
서 동행을 구하기 쉽지 않습니다. 결혼을 한 소루밀라의 집에 다다인
내가 혼자 갈 수는 없었습니다. 결국 약속을 두르가 푸자 뒤로 미뤘
지요. 소루밀라의 얼굴이 어두워진 것 같아 동네의 세박 가게에 가서
비스킷과 인도 라면을 샀습니다. 소루밀라의 딸 은졸리에게 줄 선물
이었지요. 나는 미나와 소루밀라에게 푸자 용돈을 균등하게 주었습
니다. 처음엔 차등해서 줄 생각이었지요. 딸의 선물을 받아들고 집
으로 가는 소루밀라의 얼굴이 환했습니다.

오후에 산탈 마을을 찾아갔습니다.

산탈 마을은 이곳 산티니케탄에서 카스트가 가장 낮은 이들이 모여 사는 원주민 마을입니다. 로우 카스트 중에서도 로우 카스트에 해당되는 이들의 마을이지요. 이 마을의 한 여학생이 이번 가을 비슈와바라티 대학교 벵골어 석사과정에 입학했습니다. 밀라니라는 친구지요. 산탈 마을 출신 여학생이 대학을 다닌다는 것은 상상하기 힘든 일이지요. 그런데 이 친구가 대학을 마치고 비슈와바라티 대학원에 입학한 것입니다. 지난 1월 나는 밀라니네 집을 방문한 적이 있습니다. 밀라니의 한국인 양엄마이자 가수인 나무 일행과 함께였지요. 초저녁별이 깜박이는 마당에서 반딧불이들의 비행을 보며 코코넛 열매로 만든 막걸리를 마신 기억이 좋았지요.

밀라니는 내 얼굴을 기억하지 못했습니다. 사실 내가 릭샤왈라와 함께 꼴라뿌꾸르단가, 라는 어려운 이름의 산탈 마을을 기억하고 다시 찾아온 것만 해도 기적이지요. 꼴라뿌꾸르단가는 바나나무가 서 있는 연못가의 마을, 이라는 뜻입니다. 산탈 마을의 영웅인 밀라니는 인도인의 결혼 적령기를 훌쩍 넘겼지만 결혼은 불가능할 거라 하는군요. 카스트가 너무 낮은 관계로 동등 학력의 타 카스트 남자들이 꺼려하고 같은 카스트의 남자들에게서는 이런 학력을 기대할수 없기 때문입니다. 나는 밀라니에게 벵골어와 타고르의 시를 공부할 생각이 있습니다. 내 이야기를 들은 밀라니는 기꺼이 수락했습니다. 마지막 말이 귀에 남는군요. 그런데 다다, 타고르의 시가 얼마나 어려운지 아세요?

2009년 9월 23일

아침 산책을 나서는데 숲길에서 미나를 만났습니다.

노모스카, 미나! 두 건따 뻐래 다다 바리떼 아체.
두 시간 뒤에 집에 오겠다는 얘기입니다.
미나가 활짝 웃으며 말하는군요.
아체. 다다. 벵갈리 발로.
나의 벵골어가 좋아졌다는군요.
이 한마디에 나의 기분이 아주 좋아졌습니다.
쿱 발로? 아주 좋아졌니?
나! 엑뚜 발로. 아니! 조금.

　나는 멋쩍어서 웃습니다. 세박 도깐 앞을 지나는데 도깐의 주인장
이 말하는군요. 물이 오늘 밤 도착한다고 말이지요. 나는 이 가게에
서 물을 배달해 먹습니다. 한 번에 20리터짜리 두 통을 배달하는데
물값은 통당 95루피입니다. 이십 일 전에 물값을 치렀는데 이제야 도
착한다니 어이가 좀 없긴 하지만 이것도 분명 기쁜 일입니다.

다다, 아가미깔 뚜미 엑 딘 빠래 어빼까 발로 나이!

이 괴상한 말들의 조합은 순전히 내가 만든 콩갈리입니다코리안+벵골리. 내일, 또 하루만 기다려, 이렇게 말하면 안 좋아!의 뜻이지요. 나의 말에 그도 하하 웃습니다. 반드시 배달하겠다는군요.

푸자 방학을 맞아 캠퍼스 안은 조용합니다. 송기뜨바반의 예쁜 초가집 매점도 문을 열지 않습니다. 분홍빛의 작은 꽃 이파리들이 깔려 있는 길을 걷습니다. 고개를 들어 나무 이파리들을 바라보지요. 나무 이파리에는 꽃이 하나도 보이지 않습니다. 길 위에 꽃은 수북이 쌓였는데 나무에 꽃은 피어 있지 않은 것이지요. 도대체 이 꽃 이파리들은 어디서 왔을까요.

타고르 박물관 앞을 걸어가는데 이번에는 노란색의 꽃들이 길 위에 수북합니다. 낡은 릭샤들의 바퀴가 꽃잎 위에 올려져 있습니다. 한낮에 릭샤왈라와 함께 힘든 길을 달리겠지만 꽃 위에 머무는 이 순간만큼은 릭샤들도 몹시 행복하겠지요. 나는 고개를 들어 길 위의 나무를 바라봅니다. 아카시아 꽃나무군요. 아카시아가 노란색의 꽃을 뿌리는 것입니다. 이집트를 여행할 적 분홍색의 아카시아 꽃을 보고 몹시 흥분했는데 오늘은 노란색이군요.

산티니케탄 우체국 앞의 릭샤왈라들이 손을 흔드는군요. 다보스 바울도 있고 가띡도 로또떨이도 있습니다. 오늘 아침 이른 시간에 집을 나선 것은 이들을 만나기 위함이었지요. 나는 이들에게 푸자 따까, 세뱃돈을 나누어줍니다. 이름을 아는 릭샤왈라들은 100루피씩, 이름을 모르는 친구들은 50루피씩, 이 오늘의 공식입니다. 아난다 멜라 앞에서 사둔과 우산또를, 이름을 알지 못하는 몇몇 릭샤왈라들도 만났습니다. 많이 좋아하는 이들을 보며 어쩌면 내가 전생에 인도에서 릭샤왈라를 하지 않았을까 생각해봅니다. 그들은 내가 끄는 수레를 타고 지금의 내가 한 것처럼 얼마쯤의 사례를 했을 것입니다. 그 돈으로 나는 쌀과 감자와 등잔 기름을 샀는지도 모릅니다. 신상에 바칠 꽃목걸이를 샀는지도 모르지요.

형의 상을 당한 바브에게는 조위금으로 200루피를 주었습니다. 스위티 가게의 꼬마 바본에게 선물과 세뱃돈을 건네줄 때 바본은 내게 푸라남을 했습니다. 푸라남은 무릎을 꿇고 존경하는 이의 발 위에 손을 얹는 행위를 말합니다. 조금 어색했지만 기분이 좋았습니다. 바삐다의 기사 가딱과 반소리의 연꽃과 주방장은 오늘 만나지 못했습니다. 산티니케탄에서 난 이들과 함께 살아가고 있습니다. 이들은 내가 쓰는 글의 단어이며 느낌표이며 물음표입니다. 내가 쓸 시의 영감이며 현실이기도 하지요. 그들에게 건넨 작은 돈이 단순한 돈이 아니라 한 묶음의 소박한 꽃으로 전해졌으면 하는 마음이 내게 있습니다. 그들의 웃는 모습이 담긴 책 한 권씩을 다음 어느 푸자 때 건네줄 수 있겠는지요?

2009년 9월 26일

1.

라딴빨리의 스위티 가게 앞에서 사라를 보았습니다.

사라는 막 울려고 하는 사람처럼 보이는군요. 무슨 일이에요? 문자마자, 루미가 또 돈을 가져갔어요, 울먹이며 말하는군요. 또?! 급히 되물으면서도 나는 하하하! 하고 큰 웃음을 쏟고 말았지요. 아니, 다다는 그게 그렇게 즐거우세요? 어떻게 이 상황에서 웃을 수가 있어요? 나도 모르게 큰 소리로 웃고 말았기 때문에 민망해진 나는 아니, 아니, 즐거운 게 아니라 사라디의 모습이 너무 우스워서…… 하고 얼버무렸지요

이날 사실 나는 너무 재미있었습니다.

인도 생활이 사 년째인 이 한국 아가씨는 내가 처음 산티니케탄에 들어왔을 적부터 내 일을 많이 도와주었지요. 기말고사 시험 기간인데도 내 외국인 등록을 위해서 며칠 동안 내색하지 않고 시간을 내주었습니다. 우리 집 마시들 때문에 약간의 소동이 생겼을 적에는 직접 집에까지 와서 마시들의 군기(?)를 잡아주기도 하였지요. 이 군기

잡기는 그 효력이 만 하루에 불과했지만 그 뒤 나와 미나와 소루밀라 사이에는 새로운 희망의 지평선 같은 게 생긴 것도 사실입니다. 하루하루의 시간들 속에서 문득 내가 이들을 좀더 챙겨주고 보살펴주어야 하는 게 아닌가, 하는 생각이 처음으로 들었지요. 유구한 시간의 큰 틀 위에서 보면 인연의 큰 줄을 잡고 있는 이가 있고 그 줄에 매달려 있는 이가 있기 마련입니다. 이승의 지금 이 시간 나는 운이 좋게도 인연의 줄을 잡고 있는 역할을 맡은 셈이지요. 그들이 이 줄 위에서 한순간 따뜻하고 포근한 기운으로 머물 수 있다면 그 또한 내가 기꺼이 맡아야 할 일이라는 생각이 든 것입니다. 그들이 존재함으로 해서 내가 줄을 잡는 운명의 주인이 되었다면 나는 그들에게 오히려 감사함을 느껴야 할지도 모르지요. 나중에 이 줄잡이의 역할이 바뀌어 내가 줄 위에 대롱대롱 매달려 있을 때 혹 어떤 줄잡이는 수억 겁 전 산티니케탄에 머물렀던 한 미력한 중생의 얼굴을 희미하게 기억할지도 모르지요.

이날 내가 크게 웃었던 이유는 아주 유치한 심리에 바탕을 둔 것입니다.

내가 우리 집 마시들 일로 고민할 때 정의의 사도 역할을 했던 이가 바로 이 친구 아니던가요? 이이에게도 지금 큰 시련의 시간이 닥쳤고, 늘 똑똑하고 자부심 많았던 이이가 당황하는 모습이 크게 우스웠던 것입니다. 무엇보다도 이이가 이 일을 어떻게 수습해나갈지 몹시 궁금했습니다. 저를 얼마나 아끼고 사랑했는데 이렇게 할 수가 있어요? 나는 사라가 겪는 상실감과 허탈감을 충분히 느낄 수 있었습니다. 어쩌면 이 상실감은 사라가 2AC 열차 안에서 배낭과 여권 지갑 일체를 잃어버렸던 때보다 더 큰 것인지도 모르겠습니다.

사라는 산티니케탄에서 내가 만난 이들 중 마시와의 관계가 가장 인간적이며 따뜻한 이였습니다. 나이는 어렸지만 이이가 마시들에 대해 지닌 감정이나 사고방식은 내게 많은 교훈이 되었지요. 사라는 부반단가에 있는 루미네 집을 자주 들른다고 했습니다. 볼푸르에 가다가도 들르고 혹 루미가 집에 소식 없이 오지 않는 날에도 부르릉 바이크를 타고 달려갑니다. 혹 어디가 많이 아픈 것은 아닌지 걱정이 된 거지요. 이런 사라의 정성을 아는 루미는 사라에게 우리 집에 들어와 함께 살자고까지 말을 했다는군요. 사라는 내게 루미가 너무너무 귀엽고 사랑스럽다고 여러 차례 얘기했었지요. 오목조목 뒤뚱뒤뚱 걸어가는 모습도 예쁘고 웃는 모습도 예쁘고 말하는 모습도 예쁘다는 것입니다. 실제로 내가 본 루미의 모습은 사라의 말과 달랐지요. 나는 루미를 보며 사라가 지닌 세계관에 대해 감동했던 적이 있었습니다. 두 번씩이나 돈을 훔쳐간 뒤에도 사라는 그것이 루미의 탓이 아니라 자기 탓이라 말했습니다. 500루피 큰돈을 보면 자기라도 가져가고 싶은 마음이 생겼을 거라는 얘기지요. 그때 사라는 루미에게 말했습니다. 돈이 꼭 필요하면 내게 말해. 내가 줄 테니까. 루미는 고개를 끄덕였지요.

그 루미가 또 500루피를 가져간 것입니다.
그것도 이번에는 지갑 문을 열고 가져갔습니다.

사라는 내게 몇 번씩이나 '지갑 문을 열고'를 반복했습니다. 지갑 문을 열면 바로 돈들이 보이나요? 내가 묻자 보이기는 할 테지만 손을 깊숙이 넣어야 돈이 나온다는 것이었습니다.

최근 몇 달 동안은 집에 돈을 아무리 그냥 놔둬도 가져가는 법이 없었다고 말했지요. 그런데 500루피 지폐만 보면 그만 아무 생각이 없어지는 모양이라고 했습니다. 이제 어떻게 할 거냐고 물었지요. 그이의 대답은 단호했습니다. 함께 살지 않을 거예요. 처음에는 많이 웃었지만 나는 이제 쉬 웃을 수도 없었습니다. 사라가 받은 마음의 상처가 얼마나 컸을지 짐작하기도 힘들었습니다. 마시에게 잘해주면 독으로 돌아온다는 모든 이들의 말이 이 순간만큼은 어쩔 수 없는 사실로 나타나는 것 같았지요.

2.

사흘이 지났습니다.

두르가 푸자도 이미 시작되었습니다. 저녁의 라딴빨리에서 사라를 보자 나는 급히 루미의 일을 물었습니다. 루미는 다음 날 사라의 집에 오지 않았다는군요. 양심의 가책 때문이라는 것이 사라의 생각입니다. 이틀 후 집에 온 루미는 대뜸 왜 디디는 푸자 옷을 사주지 않는가? 물었지요. 사라는 네가 더 잘 알잖아? 하고 쏘아붙였고 그때부터 루미의 반격이 시작되었습니다. 내가 알긴 뭘 알아요? 500루피 가져갔잖아! 사라가 이렇게 직접적으로 말한 것은 이번이 처음이었습니다. 내가 뭘 가져갔다고 그래요? 내가 디디를 얼마나 사랑하는데…… 옷 사주고 돈도 주세요. 루미는 울먹였습니다. 세상에 사랑이라는 말에 한없이 강해질 사람이 어디 있겠는지요? 사라는 급기야 내가 착한 루미를 도둑으로 모는 것은 아닌지? 돈 계산을 내가 잘못했던 것은 아닌지 새삼 생각하게 되었지요. 그리고 사흘이 지난 오늘 사라는 루미에게 푸자 돈과 준비해둔 새 옷을 건네주었습니다. 그리고 오후에는 부반단가의 루미네 집에 다시 찾아갔습니다. 감자와 토마토와 비스킷을 사들고 말이지요. 오, 이 착한 아가씨……! 사라는 내게 다시는 절대 루미 눈에 500루피 지폐를 보이는 일은 없을 거라고 말했습니다. 자신의 악기인 에스라지 박스에 자물쇠가 있는 작은 지갑이 있는데 그곳에만 돈을 넣어둘 거라고 했지요. 조금쯤 힘든 시간들을 통해 인연의 결이 더 빛나는 것 아니겠는지요? 사라와 루미. 둘의 시간들 속에 인간과 인간 사이의 마음의 향수가 있습니다.

2009년 10월 28일, 당신은 아세요?

해 질 무렵 비슈와바라티 숲길을 걷습니다.

선선합니다. 산티니케탄에 가을이 온 것입니다 이젠 정말 살기 좋은 철이 되었다고 모두들 말합니다. 살다 보니 이런 날이 오는군요. 나는 두 팔을 한껏 벌렸다가 다시 가슴 앞으로 오므리는 동작을 반복하며 걷습니다. 아주 느린 춤을 추듯 심호흡을 하며 걷습니다.

사람들은 그런 나를 웃으며 바라봅니다. 이름도 모르고 어디서 왔는지도 모르지만 이 다다가 왜 이렇게 길 위에서 기뻐하고 있는지 그들은 알고 있습니다. 나는 그들에게 노모스카, 하고 인사를 건넵니다. 그들은 고개를 한쪽으로 45도 꺾음으로써 내 인사에 답례를 합니다. 호흡을 할 때마다 꽃향기가 깊숙이 스며드는군요. 이곳 바람의 7할은 아마도 꽃나무들이 빚어낸 향기일 것입니다. 어디서 오는지도 모르는 그 꽃나무들의 살냄새에게도 나는 노모스카, 인사를 하지요.

길에는 노오란 꽃잎들이 수북이 깔려 있습니다. 나는 노오란 꽃잎들이 만든 길 위를 천천히 걸어갑니다. 나는 내가 바람의 동무라도 된

듯 두 팔을 한없이 부풀렸다가 다시 오므렸다 하며 걷습니다. 내 몸 어디에선가 꽃향기가 좀 났으면 좋겠군요. 지난여름 내내 신세 진 이 길들에게 작은 선물이 될 테니까요.

작은 도깐들에서 알전구 불빛이 반짝 빛납니다.

노오란 불빛을 보는 순간 나는 기분이 너무 좋아져서 춤을 추기 시작합니다. 스텝도 모르고, 리듬감도 원래 없는 사람이 나입니다. 두 팔을 벌리고 두 발을 한 번씩 부딪치며 옆걸음으로 달리는 것입니다. 단조롭게 느껴지면 두 팔을 힘껏 머리 위까지 치켜듭니다. 이러다가 필경한 번은 점프를 하겠지요. 1960년대에 초등학교를 다니고 졸업했습니다. 기억에 생생하지요. 지금 내 눈앞에 펼쳐지는 풍경들은 우리의 1960년대와 너무 흡사합니다. 나는 한 생에 두 시대를 경험한 행운아입니다. 인도가 아니면 이런 행운은 내게 오지 않았을 것입니다. 산티니케탄이 아니면 극심한 자연환경이 인간의 내면에 궁극적으로 가져다주는 평화에 대해서 알지 못했을 것입니다.

북유럽의 그 어떤 잘사는 나라들도 인도가 주는 이 평온감을 감당하지는 못할 것입니다. 짜이 도깐에서 사람들은 2루피를 주고 차를 마십니다. 연인들은 짜이 두 잔을 시켜 마시며 시간이 가는 줄 모릅니다. 작은 호숫가의 어둠 속에서는 여덟 살이나 아홉 살쯤 돼 보이는 아이 둘이 호롱불을 켜고 구근이를 팝니다. 나뭇잎으로 만든 한 접시에 3루피입니다. 아이들이 너무 예뻐 구근이를 먹는 둥 마는 둥 그들이 하는 모습을 바라봅니다. 그들이 하는 얘기를 하나도 알아듣지 못하지만 따뜻하고 재미있습니다. 호롱불 아래서는 아이들의 얼굴만 보이고 아이들의 얘기 소리만 들립니다. 적빈寂貧, 지극히 고결한 삶에 대한 인식이 이들의 삶 속에 스며 있는 것입니다.

타고르 박물관 정문 앞에서 나는 한 짜이왈라를 만납니다.

그가 만들어주는 밀크티와 밀크커피를 먹어본 적이 있는지요? 정말 맛있습니다. 산티니케탄 최고이지요. 인도 최고인지도 모르겠습니다. 내가 매일 비슈와바라티 숲길을 걷는 이유도 어쩌면 이 짜이왈라 때문인지도 모르겠습니다. 그의 이름도 가띡입니다. 그는 내가 숲길 먼 곳에 보이면 큰 키의 두 팔을 크게 흔듭니다. 나는 가띡의 밀크티와 커피에 대해 맹목적인 욕심이 있습니다. 먼저 밀크티 한 잔을 마시고 거푸 밀크커피 한잔을 마십니다. 아, 인도에서 내가 이렇게 먹탐을 하다니요. 부끄럽지만 오늘도 나는 두 잔입니다. 비가 많이 오던 어느 날 나는 가띡이 궁금했습니다. 이렇게 비가 오는데도 그가 나왔을까, 나는 그를 보러 비슈와바라티 숲길을 걸었고 그는 망고나무 아래 우산도 없이 우두커니 서 있었습니다. 얼마나 반가웠는지 모르지요. 화덕이 비에 젖지 않게 작은 덮개로 씌워놓았더군요. 천지에 나무숲과 두 사람, 그리고 빗방울뿐이었습니다. 나는 그날 그를 위한 시 한 편을 썼지요.

당신은 아세요?

당신
비 그친 뒤 새소리가
왜 초록빛인 줄 아세요?
망고나무 아래 우두커니 서 있는
짜이왈라의 짜이 맛이
빗방울 속에서 더 깊어지는 이유를 아세요?

비가 내리는 동안
풀밭의 소들이
한 마리도 보이지 않는 이유를 아세요?

폭우 속을 달려가는
릭샤왈라의 흙집에
몇 명의 아이들이 누워 있는지 아세요?

그중의 한 아이가 릭샤왈라가 되기 위해
아버지의 낡은 릭샤 안장 위에 처음 앉았을 때
한참 짧은 아이의 다리를 보며
아버지가 처음 한 말이 무엇인지도요?

당신
빗방울보다 더 많은 사람들이 탄 밤 열차가
보르드만을 지나 어디로 가는지 혹 아세요?

기적 소리
젖을 대로 다 젖은 그 열차가
한밤 내내 우두커니 철교 위에 멈춰 선 이유를 아세요?
비 그친 뒤
나무 이파리들이
우체국 창 앞에서 춤을 추는 이유를 아세요?

당신과
나

나란히 걸으며
바람의 손을 잡아요

저녁의 바람 속에
한 소쿠리의 챔파꽃 향기가
스며 있는 걸
당신, 아세요 모르세요?

당신이 그윽이 바라보고 있는

챔파꽃 나무 아래
어젯밤 내내 내가 서성였음을
당신은 또 아세요?

라딴빨리의 도깐들이 모닥불을 피웁니다. 해 저물 무렵의 나무 타는 냄새라니요. 나는 코를 킁킁거리며 이 가게 저 가게를 기웃거립니다. 나는 전기 가게의 바브에게 333루피의 모바일 충전을 합니다. 이 청년은 언제나 웃는 얼굴로 한국 유학생들의 생활을 시시콜콜 보살펴줍니다. 내가 보기에 남자로서 참 착하고 좋은 친구지요. 죠나키디는 이 바브가 마음에 들어 미나와 어떻게 연결해주려고 한 모양입니다. 그런데 미나가 싫다 했다는군요. 오, 저런! 몸이 너무 말라 간들간들한 것이 마음에 들지 않는다는 것입니다. 바브는 사람은 좋은데 여자 복은 앞으로도 없을 것 같아 마음이 아픕니다.

꽃향기가 한없이 좋은 밤입니다.
당신에게 그 꽃향기를 나눠드립니다.
두 팔을 넓게 벌리고 깊게 숨을 들이켜세요.
아아, 당신에게 다 보내고도 또다시 달려오는 이 꽃향기들은 또 어디서 오는 것인지요?

2009년 11월 15일, 챔파꽃과 된장 샌드위치

브라운관을 환하게 밝히며 한 미녀가 웃습니다.

미녀는 살포시 쥔 자신의 손바닥을 펼쳐 보이는데 놀랍게도 손바닥 위에 놓인 것은 순백색의 한 송이 챔파꽃입니다. 챔파꽃은 다양한 형태의 세련된 꿈의 모습으로 변화되는군요. 모던한 도시의 모습이며 환상적인 일상의 꿈들을 보여주고 맨 나중에 소개되는 제품이 USB입니다. 미녀의 손안에 이 모든 풍경들이 다 자리하고 있는 것이지요. 챔파꽃과 USB의 연결이라니요. 광고 속에 타고르의 시와 영혼이 숨 쉬고 있는 것 같군요. 인도인들이 챔파꽃을 얼마나 사랑하고 신비하게 여기는지 알 수 있었습니다.

11월 들어 미나와 소루밀라의 공식 근무 시간이 바뀌었습니다. 이틀에 한 번 미나와 소루밀라 둘 중 한 명이 와서 집 청소를 하고 돌아가기로 했지요. 밥과 빨래를 내 손으로 하게 된 지 두 달쯤 지난 것 같습니다. 아침으로 뭘 먹지 생각하며 냉장고 문을 열다 된장 그릇에 눈이 갑니다. 그 순간 아침 메뉴가 결정되었습니다. 된장 샌드위치. 된장 샌드위치라니, 하고 놀라는 분들이 있겠지요. 사실 나도 처음엔 그랬으니까요. 내가 된장 샌드위치를 처음 먹게 된 것은 키르기스스탄의 한 고려인 마을에서였지요. 수도인 비슈케크에서 자동차로 한나절 거리의 그 마을 이름은 우즈또베입니다.

우즈또베는 1936년 스탈린이 만주에 있는 조선인들을 중앙아시아로 강제이주 시킨 뒤 형성된 비극적 마을이지요. 조선인들과 일본인들의 얼굴이 닮아 구별하기 힘들고 스파이 활동을 할 가능성이 많다는 이유로 수십만의 조선인들이 화물열차에 태워져 허허벌판의 사막지대에 버려졌습니다. 그 벌판에 토굴을 파고 움집을 짓고 맨손으로 농사를 짓기 시작했다는군요. 이곳에 처음 벼농사를 짓기 시작한 사람들이 그들이었습니다. 그렇게 중앙아시아 일대에 버려진 조선 사람들을 역사는 고려인이라 부릅니다. 물도 없는 척박한 사막지대에 마을을 일구고 벼농사를 지으려고 생각한 고려인들의 삶을 생각하면 고개가 절로 숙여집니다.

회벽을 바른 초가집과 팔작지붕 형태의 기와집, 분꽃과 호박꽃과 옥수수 밭……마을의 외양은 어릴 적 우리의 시골 모습과 거의 방불하였지요. 얼마 전까지 사용했다는 디딜방아도 보았습니다. 자신이 김해 김씨, 라고 밝힌 할아버지는 제사를 지낼 때 절을 한 번 하는 게 맞는가, 두 번 하는 게 맞는가를 내게 물어보았지요. 마을의 할머니들은 두부와 김치를 만들어 먹었고 국수도 만들어 먹었지요. 그곳에서 된장 샌드위치를 먹어보았습니다. 흘랩, 이라고 부르는 빵에 된장을 발라 먹는 것인데 고려인들보다는 로스키, 러시아인들이 더 즐겨 먹는다고 했습니다. 고려인 옆집에 사는 로스키들이 우연히 된장 맛을 보았고 그 된장을 얻어가 빵에 발라 먹기 시작한 것입니다. 고려인 할머니들은 그걸 어떻게 먹남, 하면서도 된장을 잘 먹는 로스키들이 신기해서 자주 된장을 주었다지요. 그리고 자신들도 바쁜 농사철에 새참으로 이 된장 샌드위치를 만들어 먹는다고 했습니다.

거기서 먹어본 된장 샌드위치의 맛은 상상을 초월했습니다. 중앙아시아의 8월 무더위 속에서 기름 범벅인 볶음밥과 양고기 샤시리크, 꼬치구이에 질려 있던 때라 이 된장 샌드위치의 맛은 고향의 향수를 아득하게 불러일으키는 힘이 있었습니다. 나는 한국에 돌아가면 꼭 이 샌드위치를 만들어 먹겠다고 생각했지요. 십사 년 전 여름이었습니다. 그 뒤로 나는 몇몇 친구들에게 이 된장 샌드위치 이야기를 했지만 실행에 옮기지는 못했습니다. 그런데 오늘 아침 갑자기 그때 생각이 나며 된장 샌드위치를 만들어야겠다는 생각이 나는 것입니다.

나는 된장 샌드위치를 만들기 시작했습니다. 샌드위치 빵 한 면에 고루 된장을 바르고 난 뒤 튜브에 들어 있는 고추장도 몇 군데 떨어뜨렸지요. 그러고는 한 입 덥석 베어 물었습니다. 아, 이 깊고 오묘하며 구수하고 따스한 맛이라니요. 눈 내리는 겨울날입니다. 수북하게 눈을 인 초가집과 그곳에 둥지를 튼 사람들의 모습이 떠오르는군요. 쇠죽 쑤는 가마솥의 솔잎불과 땡그랑거리는 쇠방울 소리, 나란히 주저앉은 장독대의 모습이 살아나는군요. 장독의 덮개 하나를 열면 살얼음이 끼어 있던 동치미들, 배추 뿌리를 삶아 먹던 사람들, 눈발 곁에 연분홍의 꽃잎을 하나씩 떨구던 매화나무, 봉숭아와 채송화, 과꽃이 피어나던 앞마당들, 돼지감자의 노란 꽃들, 불땀나게 열리던 앵두나무 가지들…… 밥 소쿠리에 담겨 추녀 끝에 대롱거리던 보리밥들, 찬 샘물에 말아 열무 물김치에 후루룩 먹던 까만 밥의 모습이 다 생각나는군요.

내가 된장 샌드위치를 생각한 것은 당연히 맛있는 된장과 고추장이 있었기 때문입니다. 이 된장과 고추장은 머나먼 한국 땅에서 EMS, 국제특급우편을 통하여 들어왔습니다. 된장은 아우인 민호가 보내줬고 고추장은 돼지엄마가 보내준 것입니다. 이 두 사람은 내게 무작정 잘해주고 무작정 관대한 사람들입니다. 한편으로 나뿐만이 아닌 세상의 모든 이들에게도 그럴 것 같은 생각이 드는군요. 나는 이들에게 잘해준 것이 없습니다.

민호는 월등 촌놈입니다. 복숭아꽃과 매화꽃이 만개한 섬진강변 산골마을에서 가재를 잡으며 어린 시절을 보냈지요. 한번은 민호 어머님이 살아 계실 때 월등으로 점심 나들이를 간 적이 있었습니다. 어머님은 우리에게 씀바귀 잎을 뜯어와 된장쌈을 마련해주었는데 씀바귀 잎사귀를 가리켜 꼭 씀바귀똥이라 하시는 것이었습니다. 나는 쌈을 불땀나게 먹으면서도 왜 씀바귀똥이지? 하고 궁금했지요. 쌈이 끝나고 찬 샘물도 한 대접 벌컥 마시고 난 뒤 나는 비로소 왜 씀바귀에 똥이 붙었는지 알게 되었지요. 식사가 끝나고 오 분이 채 지나지 않아 속이 부글부글 끓어올랐고 나는 재래식 화장실에서 그 아깝게

266

먹었던 것들을 고스란히 자연으로 돌려보냈지요. 아무리 좋은 것도 탐닉하면 탈이 나는 것입니다.

　민호가 마흔 살이 되던 해 여름 나는 민호와 함께 산티니케탄에 온 적이 있습니다. 그때 민호는 이곳 반소리 호텔의 주방장인 수벤두라는 친구와 친해져서 주방에 직접 들어가 라시 만드는 법과 짜이 만드는 법, 커드 만드는 법까지 다 배웠지요. 얼굴에 털이 수북하게 난 민호와 같이 다니면 사람들이 어디서 왔느냐? 뭐 하는 사람이냐? 묻기 마련이고 그럴 때 나는 한 사람은 비즈니스맨이고 한 사람은 시인이라고 말했는데 모두들 민호를 시인으로 알았지요. 나를 시인으로 생각한 사람은 한 사람도 없었습니다. 네팔에 들어가서는 담프스라는 곳으로 짧은 여름 트레킹도 했고 포카라의 페와 호숫가에서는 함께 마을 사람들과 탁구를 쳤지요. 보트도 타고, 히말라야의 설산들이 수면 위에 드리운 그림자들도 보고, 카트만두에서는 빽세게 구걸을 하는 아이들에게 거꾸로 모자를 벗어들고 한 푼 줍쇼, 하고 쫓아다니기도 했지요. 우리를 빙 둘러쌌던 아이들이 거꾸로 깔깔 웃으며 도망을 다녔고 그 광경을 보던 어떤 외국인들은 박수를 치기도 했지요. 밤이면 숙소에서 민호가 인도 여행기를 쓰겠다며 밤 12시까지 뭔가를 끙끙대며 쓰는 것을 보기도 했지요. 하우라 역 앞 철교 아래의 꽃시장에서 연잎에 싼 챔파꽃을 처음 보았을 때 민호는 나보다도 훨씬 긴장하고 기뻐하더군요. 내 가슴에 손을 얹으며, 형 지금 얼마나 떨려, 하고 물었지요. 지금 생각하면 다 그립지 않은 순간이 없군요. 그때 민호랑 함께 다녔던 인도 여행과 네팔 여행, 어쩌면 내가 한 여행 중에서 가장 따뜻하고 아름다웠던 여행이 아니었을까, 하는 생각이 듭니다.

　돼지엄마의 본명은 김봉자 씨입니다. 왜 김봉자 씨라 부르지 않고 돼지엄마라 부르는지는 알지 못합니다. 사실 돼지엄마나 봉자 씨나 사람들이 부르는 느낌은 매한가지일 것입니다. 부르고 나서 다들 한 번씩은 쿡 웃겠지요. 봉자 씨? 돼지엄마?

　돼지엄마는 순천대학교 앞에서 빌보드 팝스, 라는 이름의 카페를 합니다. 순천대 문예창작과 학생들의 얼굴을 거의 다 알며, 누군가 신인상이나 신춘문예에 당선이라도 될라치면 자기 일처럼 기뻐하며 한턱을 내곤 하지요. 문예창작과 학생들이 얼마나 가난한지 잘 알기 때문에 주문한 안주 외에도 듬뿍듬뿍 서비스를 해주기도 하지요.

　내가 돼지엄마를 대단한 사람이라고 여기는 것은 민호 때문입니다. 민호와 돼지엄마는 지금부터 이십 년 훨씬 전부터 함께 사업 파트너로 지냈습니다. 사업하는 사람들의 말을 빌리지 않더라도 동업하기가 얼마나 어려운지는 다 알고 있지요. 그런데 이십오 년 동안 탈나지 않고 지금까지 순항을 한 것입니다. 나이 스무 살 때 민호는 준이라는 음악 카페에서 DJ를 했고 봉자 씨가 사장이었지요. 사람이 살다 보면 아무리 성격이 좋은 사람들이라 해도 서로 어울리지 않는 부분이 있기 마련이고 이십오 년을 어긋장 없이 지낸다는 것은 불가능한 일이라 생각됩니다. 두 사람의 성품이 다 천품天稟이라는 것을 생각하더라도 말이지요.

　나는 이 부분에 있어서 나이 어린 민호보다는 돼지엄마의 역할이 컸을 거라고 짐작합니다. 돼지엄마가 이십대인 민호의 어린 부분을 잘 감싸주지 않았다면, 나이 들며 점점 바빠진 민호의 행동반경을 돼지엄마가 이해하고 밀어주지 않았다면 지금의 관계는 이어지지 않았을 것입니다. 인간과 인간 사이의 관계가 얼마나 아름답고 따뜻하게 유지될 수 있는가의 가능성으로 나는 이 두 사람의 소롯하고 은은한 인연을 소중히 기억하는 것입니다. 오늘 내게 챔파꽃과 된장 샌드위치는 동격입니다 챔파꽃에는 타고르 시인이 들어 있고 된장 샌드위치에는 아우인 민호와 보기 좋은 어른인 봉자 씨가 들어 있습니다.

2010년 1월 12일, 이불 빨기

이불을 빨았습니다.

한국에서 가을 무렵 쓰기에 좋은 얇은 솜이불입니다. 물통에 더운 물과 세제, 이불을 넣고 삼십 분 뒤에 빨기 시작했습니다. 이불의 네 귀퉁이는 손으로 부비고 나머지 부분은 발로 밟았지요. 아주 신나게 밟았습니다. 조깅하는 기분이군요. 앞면 뒷면 고르게 밟은 뒤 물을 부어가며 다시 밟았지요. 이불 한 장 세탁하는 데 한 시간이 걸렸습니다. 한 시간 내내 기분이 좋았습니다. 이불이 잘 마르면 고슬고슬한 냄새가 나고 잠도 포근포근하겠지요. 꿈도 아늑할 것 같습니다.

이불은 지난여름 내가 산티니케탄에 들어올 적 처음 만났습니다.

대리석 바닥 위에서 잘 때 이 친구 도움이 컸지요. 겨울이 되어 처음 이불을 덮게 되었을 적 몹시 행복했습니다. 여름 내내 내 소원이 이불을 덮고 자는 것이었지요. 그런 날이 올까 싶을 만큼 산티니케탄 의 여름은 더웠습니다. 12월이 되어 바람이 꽤 쌀쌀해졌을 때 비로소 그 꿈을 이뤘지요. 이마 위까지 이불을 뒤집어쓰고 솜사탕을 먹다 유 모차 안에서 잠이 든 아이처럼 포근히 잠이 드는 것입니다.

발로 밟아 물기를 다 짜낸 뒤 옥상으로 이불을 옮겼습니다.

옥상에는 두 개의 빨랫줄이 나란히 있는데 그 줄 위에 이불을 펼쳐 놓으면 한낮의 햇살들이 뒷일은 해결해주겠지요. 이불을 빨랫줄 위에 펼치다 옆집 옥상 위에서 빨래를 널던 마시 아줌마와 눈이 맞았습니다. 물이 줄줄 흐르는 이불을 너느라 낑낑대는 모습을 이 친구가 처음부터 지켜보았을 거라 생각하니 좀 쑥스럽군요. 눈이 마주친 김에 노모스카, 하고 인사했더니 환히 웃는군요. 눈빛이 너희 집에 마시가 없니? 하는 것 같습니다. 우리 집에 두 명의 마시가 있어요, 하지만 이불 빨래는 무거우니까 내가 더 잘할 수 있지 않겠어요? 라고 말하고 싶지만 생각뿐입니다. 어쨌든 이 친구는 내가 이불을 다 널고 이불 아랫단의 물기를 훑어 짜는 모습까지 다 보았습니다. 그러다 다시 눈이 맞으면 싱긋 웃었지요. 이불 빨래를 하다 옆집 마시 아줌마의 웃는 눈도 마주쳤으니 오늘은 분명 행복하고 기분 좋은 날입니다.

이불을 넌 뒤 나는 옥상 위에서 한동안 해바라기를 했습니다.

산티니케탄에서 햇살을 기분 좋게 쬘 수 있는 시간은 얼마 남지 않았습니다. 2월 하순이면 이곳 기온은 다시 30도 후반으로 훌쩍 오를 테니까요. 3월 하순이면 폭염이 찾아올 테고 그보다 더 한 달 뒤면…… 아……!

4. 가난한 신과 행복한 사진 찍기

조전건다 꽃이 필 때 1

기다려온 기적이 일어났습니다.

라딴빨리에 조전건다 꽃이 핀 것입니다. 지난해 7월, 산티니케탄에 들어와 처음 크와이 멜라에서 종이배를 샀지요. 그 종이배의 이야기를 들은 암리타 달이 타고르의 시 「황금빛 배」 이야기를 해주었고, 조전건다 이야기를 들려주었지요. 암리타는 조전건다가 산티니케탄에 단 한 그루 있다 했고 꽃이 피면 그 꽃에서 달빛 냄새가 난다고 했습니다. 나에게 꼭 이곳에서 그 꽃을 보고 그 꽃냄새를 맡아보라고 했지요.

지난여름 라다크의 레에 갈 때 라즈다니 익스프레스에서 만났던 임란은 내게 이 꽃이 모든 벵골 연인들을 위한 꽃이라고 얘기했지요. 사랑에 빠진 이가 연인에게 바치는 가장 순결하고 아름다운 꽃이 바로 이 꽃이라 했습니다. 그 꽃이 비로소 꽃망울을 터트린 것입니다.

스위티 가게의 내 자리에서 꽃나무까지는 열 걸음쯤 되는 거리입니다. 10미터가 채 안 되는 거리지요. 지난 시간 나는 이 자리에 앉아 매일매일 꽃이 피기를 기다렸습니다. 달빛에서 나는 냄새를 기다린 것입니다.

4월 25일 해 질 무렵, 붓꽃이 머물듯 꽃망울이 하나둘 눈을 틔우기 시작했지요. 사실 며칠 전부터 나는 조전건다 꽃을 곧 볼 수 있을지도 모른다는 기대감을 가졌습니다. 그날 조전건다 나무에 매달려 있던 잎들이 일제히 졌지요. 다른 나무들이 신록으로 바뀌는 그 시기에 이 나무는 모두 잎을 버린 것입니다. 가지만 남은 나무를 보며 나는 꽃이 피려는 징후인지도 몰라, 생각했습니다.

꽃은 흰색과 노랑 두 색으로 피는군요.
아, 이런, 향기에 대해 먼저 적어야 할 것 같습니다. 꽃망울이 틔우기 시작했다는 것을 처음 알았던 순간 나는 나무 아래 조용히 섰습니다. 온몸의 호흡을 고요히 모았지요. 냄새들이 내게 다가오기 시작했습니다. 이마와 팔, 어깨, 눈 코 손 가슴 발 발바닥 머리카락…… 내 몸의 모든 부위들이 자신이 지닌 지극至極의 문을 열고 이 신비한 꽃 내음을 받아들이는군요.

해 질 무렵이었고, 가게의 알전구 불빛들이 하나씩 켜지기 시작했고, 숲 비둘기들의 울음소리가 동네의 적막함을 흔드는 시간이었습니다. 더위에 지친 가난한 사람들이 맨발로 풀밭 위를 걸어가고 릭샤왈라들이 저녁의 손님을 찾기 위해 나무로 깎은 페달 위에 낡은 샌들을 올려놓는 시간이기도 합니다. 해는 쉬러 가고 초승달이 부끄러운 눈썹 하나를 깜깜해진 산 능선 위에 올려놓는 시간이기도 합니다. 바로 그 시각, 조전건다 꽃나무는 자신의 생애에 몇 번째인지 모를 신비한 꽃향기를 지상의 공기 속에 내보내는 것입니다.

두 팔을 벌리고 깊게 꽃향기를 맡습니다. *Smell of moon light*, 정말 달빛 냄새가 나는군요. 라딴빨리 마을 입구에 뜬 초승달도 두 팔을 벌리고 빙그레 웃습니다. 우리는 두 팔을 벌리고 물빛 머금은 조약돌처럼 반짝이는 까만빛의 시간의 바다에 함께 머뭅니다. 처음 이 꽃의 이름을 알았던 날 이후로 달빛 냄새가 난다는 그 꽃의 향기를 떠올리며 나는 산티니케탄의 길과 숲을 걸었습니다. 내 몸 안에도 내가 기억하지 못하는 나무 한 그루가 살고 있어서 언젠가 달빛 냄새가 나는 생의 시간들을 빚어냈으면 싶습니다. 된장 냄새가 나고 묵은 장아찌 냄새가 나는 눅눅하고 고요한 생의 시간들을 빚어냈으면 싶습니다.

나는 암리타 달 생각을 했습니다. 산티니케탄에 도착한 내가 아무것도 못 하고 더위와 절망에 무너져 있을 때 이이는 자신의 이름 암리타처럼 내게 희망의 물을 주었지요. 오늘 밤 그에게 조전건다 꽃이 피었다는 소식을 보내야겠습니다. 태국 친구 위와 케이디, 부탄 친구 틴

레이가 내게 오는군요. 그들은 환히 웃습니다. 다다, 드디어 꽃이 피었어요! 언젠가 내가 그들에게 조전건다 꽃 이야기를 해주었습니다. 그때부터 그들도 이 꽃이 피기를 기다려왔다는 것을 알게 되었지요. 알지 못하는 사이에 그들과 내가 동일한 시간의 창 하나를 바라보고 있었다는 사실에 놀랍니다. 우리는 발만다 도깐에서 레모네이드 한 잔씩을 시켜 건배를 합니다. 치어스Cheers!

조전건다 꽃은 사흘을 피었다 졌습니다.
화무십일홍이라지만 이 꽃은 불과 사흘이군요.

발만다는 이 꽃이 저녁에는 흰 꽃으로 피고 낮에는 옅은 노랑으로 핀다고 말했습니다. 어둠 속에서 꽃은 분명 흰빛으로 빛났고 낮의 햇살 속에서는 노란빛으로 바뀌었습니다. 이른 아침의 시간에는 두 빛깔의 꽃이 함께 머무는군요. 꽃이 피어 있는 내내 꽃나무와 함께 있고 싶었습니다. 아침과 밤, 낮의 시간들 모두 함께하고 싶었지요.

그중에서도 내가 가장 좋아한 시간은 오후 2시부터 4시까지의 시간이었습니다. 가게의 문들이 다 닫히고 뜨거운 햇살 외에는 아무것도 없는 적막한 시각 라딴빨리의 내 자리에 앉아 나무를 바라봅니다. 아주 가끔씩 들리는 새 울음소리가 내밀한 우리들의 조우를 지켜볼 뿐이지요. 그렇게 나무를 바라보다가 나는 긴 의자에 등을 누이기도 합니다. 하늘에는 몇 가닥의 전깃줄이 지나가고 푸른색과 흰색의 구름들이 떠도는 것이 보입니다. 춤을 추는 라다쪼라의 이파리들도 보입니다.

누워서 보니 세상이 한 척의 배 같군요.
두둥실 두리둥실 어디론가 흘러가는 것입니다.
당신과 우리 모두 기다리며 한세상을 살아왔지요.
기다림이 없는 시간이 바로 절망의 시간 아닌지요.

스위티 가게의 주인 바삐다는 내게 말했습니다. 어느 해는 조전건다 꽃이 엄청 무성하게 피는데 올해는 아주 적게, 아주 짧게 피었다고 말이지요. 그 말에서 나는 또 희망의 빛을 느낍니다. 언젠가 내가 4월 하순에 산티니케탄에 들르면 그때는 정말 지천으로 피어난 조전건다 꽃을 볼 수 있지 않겠는지요. 아쉬움이 남는 것은 나만이 아닌지도 모릅니다. 조전건다 꽃이 피고 새 이파리들이 더불어 나면서 이곳은 색색의 봄꽃들로 다시 천국이 됩니다. 바돌로티, 그롬치 타고르, 크리슈나쪼라, 라다쪼라들이 빚어내는 찬란한 빛의 축제라니요.

당신도
나도
우리 모두 부지런히 살아요.

몸 안의 강변길에 늘어선 꽃나무들이
달빛의 냄새를 흩뿌릴 때까지 살아요.

2010년 5월 4일 15시 15분
라딴빨리 반얀나무 아래 내 자리에서

삶의 노래

삶은 얼마나 따뜻하고 아름다운지요
나는 인간의 마을에 머물며
햇살 눈부시고 꽃들 만개한 신비한 정원과도 같은
인간의 마음을 봅니다
오 지상 위의 찬란한 생의 물결이여
참으로 슬프고 아름다운 만남과 이별의 순간이여
나는 기쁨과 슬픔으로 내 노래의 정원을 채운 뒤
내 노래와 함께 영원한 생의 언덕에 이를 것입니다
내 노래의 친구들이여
내 노래를 지상에서 다시 부를 수 없거든
난 그대들의 고요한 마음의 풀밭 사이 한 송이 들꽃으로 필 거라오
아침 산책길에 내 꽃을 꺾을 적엔 환하게 웃고
꽃이 시들면 내 노래도 함께 버리세요.

— *Life*, 1886년

조전건다 꽃이 필 때 2

이른 아침 바삐다로부터 전화가 왔습니다.

빨리 카메라를 들고 라딴빨리로 오라는군요. 창밖은 비가 한창입니다. 나흘째 내리는 비입니다. 꽃냄새와 함께 섞인 비냄새가 어찌 이리 좋은지요. 그동안 매일 50도 가까운 무더위였습니다. 하늘의 구름을 찢어놓을 것 같은 무더위의 연속이었지요. 그 끝에서 비가 내리기 시작한 것입니다. 바라고 바란 몬순이 찾아온 것이지요.

조전건다 꽃이 새롭게 피었어요. 빨리 와요!

바삐다의 목소리에도 비냄새가 가득 배어 있습니다. 사실 어젯밤이미 나는 조전건다 꽃이 새롭게 피어나고 있음을 알았지요. 하얀 꽃망울들이 곧 터질듯 머물러 있는 꽃나무의 모습이 설국에 온 것만 같았습니다.

릭샤를 타고 급히 라딴빨리로 갑니다. 릭샤의 후드에 듣는 빗소리가 쇼팽의 피아노 왈츠 선율보다 더 좋군요. 나는 후드 밖으로 고개를 내밀고 비와 바람을 맞습니다. 라딴빨리에 들어서자 한눈에 조전건다 꽃나무의 모습이 눈에 들어오는군요.

하룻밤 사이에 꽃들이 지천으로 피었습니다.
나뭇가지에 흰 꽃과 노란 꽃이 가득가득 피어 있습니다.
매달린 꽃들의 몸무게 때문에 가지가 힘들어 보입니다.

세상에 이런 신비가 어디 있는지요. 일주일 전 이 꽃나무는 완전히 꽃이 졌습니다. 연두색의 어린 이파리들이 싹을 내밀고 있었지요. 불과 사흘 동안 피었다 진 꽃잎 때문에 아쉬워하기도 했습니다. 바삐다가 내게 얘기했었지요. 다른 해에는 꽃들이 수북수북 피는데 올해는 유독 꽃이 적고 빨리 진다고. 그런데 새 잎이 나고 잎들과 함께 다시 꽃이 피기 시작한 것입니다. 꽃의 크기도 전보다 서너 배는 더 크고 여름날의 무성한 이파리들처럼 흰 꽃송이들과 노란 꽃송이들이 나무를 가득 채운 것입니다.

나는 원래 이 꽃이 이렇게 두 번씩 피는 것인지 몬순이 시작되면서 비 기운을 흠뻑 머금은 꽃나무가 다시 꽃을 피운 것인지 알지 못합니다. 신비함으로 치자면 두 차례 꽃을 피우는 쪽이 나을 것 같습니다. 묵은 잎들이 다 진 뒤 빈 나뭇가지에 우련 꽃들이 피었다가 사흘 뒤

일제히 사라지는 것입니다. 아쉬움 속에 빈 나뭇가지의 어린 이파리들을 바라보다가 어느 순간 비가 오고 또 한 차례의 눈부신 꽃사태가 찾아오는 것입니다.

오전 내내 비가 오고
오전 내내 꽃나무 아래 머물렀습니다.

꽃들의 사진을 찍고 꽃들에 매달린 빗방울들의 사진을 찍었습니다. 땅 위에 떨어진 꽃들과 웅덩이에 고인 물속의 꽃나무 그림자를 바라보았습니다. 우리가 알지 못하는 사이에 산티니케탄에는 비와 바람과 꽃의 신이 다녀갔음이 분명하다고 나는 생각합니다. 그들이 남긴 체취가 이 작은 거리에 가득합니다.

열흘 사이에 두 차례의 꽃이 피는 꽃나무를 당신은 아세요? 그 꽃나무에서 풍겨 나오는 달빛 냄새 그리운 몬순의 냄새도 말이지요. 조전건다 꽃나무 아래 서서 꽃향기를 맡습니다. 언제부터 나무가 이곳에 홀로 서서 꽃향기를 뿌리게 되었는지 생각하고 또 생각합니다.

인도에서 10루피 쓰기

맥그로드 간즈의 버스 정류장입니다.

적황색 승복을 입은 한 티베트 승려에게 따시델레, 인사를 건넵니다. 뚜제체, 하는 답례가 돌아오는군요. '따시델레'는 당신에게 행운을!이라는 뜻의 티베트어이고 '뚜제체'는 감사합니다, 의 뜻이지요. 이른 아침의 햇살과 적황색의 승복은 그의 하얀 치열과 잘 어울립니다.

다람살라에 가는 버스 여기서 타는가?

그렇다오. 버스 대신 지프를 타도 되오. 나도 다람살라에 가는 중이오.

나는 그와 함께 한 지프를 탔습니다. 어릴 적 한때 나도 승려가 되고 싶었던 적이 있지요. 서른 중반, 눈빛과 미간이 맑은 이 사내. 마음 안에 남들이 알지 못하는 무수한 생의 번뇌를 지니고 있을 생각을 하니 연민이 이는군요. 우리는 운전석이 있는 맨 앞자리에 앉았습니다. 운전수 외에 세 명이 더 탔지요. 가운데 줄에도 네 명, 맨 뒷줄에도 네 명이 탔습니다. 열두 명 중의 한 명은 경찰입니다. 정원은 여덟 명일 터이지만 인도에서 정원 초과는 개념이 없는 말입니다. 사람이 부족하면 부족한 대로 넘치면 넘치는 대로 모두 한 차에 탑니다. 외딴 버스 정류장에서 다음 버스는 언제 올지 모르는데 자리가 없다고 태우지 않는다면 그것은 신의 뜻이 아닙니다.

조이렙의 바울 축제에 갔다가 9인승 지프에 서른 명도 넘는 사람들이 탄 것을 본 적이 있지요. 스물여섯 스물일곱 세다가 그만두었습니다. 셈을 하는 동안에도 사람들이 계속 타고 있었기 때문이지요. 지붕 위까지 빼곡히 들어찬 사람들의 모습이 유쾌한 콩나물시루를 보는 것 같았습니다. 트럭에 가득 찬, 버스의 지붕을 가득 메운 인도인들 중 인상을 찌푸리는 이를 나는 본 적이 없습니다. 길을 가다 손을 흔들면 그들 모두 환히 웃으며 손을 흔들어주지요.

자, 이제 드라이브가 시작됩니다.

맥그로드 간즈에서 다람살라로 가는 삼십 리 산길은 세상에서 자동차가 다니는 가장 아름다운 길 중 하나일 것입니다. 자동차 두 대가 겨우 비낄 길 양쪽은 모두 울창한 숲입니다. 잘생긴 소나무와 히말라야시다들이 늘어서 있군요. 허리 굽은 소나무가 선산을 지킨다는 우리 속담이 있는데 이곳의 소나무들은 히말라야를 지키는군요. 숲길의 공기는 청정하기 이를 데 없어 함께 탄 열두 명의 호흡이 답답하게 느껴지지 않습니다. 차가 커브를 돌 적이면 숲의 이마 위로 설산들의 모습이 번쩍 눈에 들어옵니다. 커브는 쉴 새 없이 반복되고 설산의 파노라마도 쉼이 없습니다. 이렇게 행복한 드라이브의 값이 얼마인 줄 당신 아세요?

10루피입니다.

250원만 내면 삼십 리 히말라야 숲길을 달릴 수 있습니다. 이 어질고 착하기 이를 데 없는 돈값을 생각한다면 맥그로드 간즈에서 다람살라로 가는 숲길은 진정 세상에서 가장 아름다운 자동차 길인 것입니다. 사람들은 지프에서 내려 운전수에게 10루피 지폐를 건넵니다. 나도 기다려 10루피를 건네며 따시델레, 하고 인사를 했습니다. 진정으로 그에게 행운을 빌어주고 싶었지요. 승려가 내게 묻는군요. 어디로 갈 것인가? 그냥 다람살라를 걸어다닐 것이오.

두 시간 동안 바자르 구경을 했습니다. 골목 끝에 자리한 짜이 가게를 발견하고 들어섰지요. 밖에서는 몰랐는데 이층 창밖이 온통 설산 풍경이군요. 멍 때린다는 말 이런 때 하는 것 같습니다. 아무 생각 없이 설산을 보고 또 보고 하였습니다. 짜이 한 잔을 마시고 생강차도 한 잔 마셨습니다. 바자르 안 닥지닥지 붙은 집들의 지붕과 설산의 대

비가 선과 속의 경계처럼 보이는군요.

하르드와르의 바자르 생각이 나는군요.

끝없이 펼쳐진 시장 길을 걷다가 10루피 균일가 판매점을 만났습니다. 가게 안 모든 물품을 10루피에 파는 가게지요. 여행 중에 물컵과 스푼이 필요했던 나는 튼실한 스테인리스 물컵 하나와 스푼 하나를 고르고 주인 사내에게 20루피를 건넸습니다. 그랬더니 곧장 10루피를 돌려주더군요. 왜? 나의 물음에 그의 대답이 걸작이었습니다. 이 물건들은 한 개에 10루피가 아니라 두 개에 10루피다. 그러니 10루피를 돌려준다는 것이었지요. 돌려주지 않아도 좋을 10루피를 돌려준 그 사내에게 감사한 마음이 들었습니다. 돌려준 10루피 지폐를 그에게 보여주며 이 돈이 너의 마음 같아!라고 했더니 인상 좋게 웃는군요. 그날 그와 나는 10루피 때문에 함께 행복해졌습니다.

여행을 떠나오기 전 산티니케탄은 몹시 무더웠습니다. 내가 머무는 집의 옥상에 작은 나무 와상이 하나 있는데 햇볕에 푹 삭았지요. 다행히 다리 네 개와 뼈대는 버틸 만해 널빤지와 못을 사 가지고 와 수리를 하려고 마음먹었습니다. 목공소에서 쓰다 남은 판자 조각들을 구하고 건자재상에 들러 못 100그램을 달라고 하였습니다.

한 줌의 못을 성큼 저울 위에 올린 주인에게 값을 묻자 60루피라고 말하는군요. 100루피 지폐를 건네자 잔돈이 없느냐 묻습니다. 내가 주머니 안의 잔돈이 20루피밖에 없음을 보여주자 그가 10루피 지폐 한 장을 가져가고 100루피 지폐를 돌려주는군요. 왜냐고 묻자 분명한 발음으로 식스 루피, 라고 말하는군요.

6루피라고 말했는데 내가 60루피로 들은 것입니다. 한 봉지의 못이 6루피라니…… 내가 믿을 수 없다고 말하자 그게 분명한 값이야, 친구!라는 답이 돌아옵니다. 그에게 잔돈이 없었기 때문에 나는 4루피 어치의 못을 더 받았습니다. 그는 또 한 줌의 못을 성큼 집어 봉투에 넣어주었지요.

산티니케탄의 중심가인 라딴빨리에서 가장 바쁜 사내는 바브일 것입니다. 스무 살 후반의 바브는 작은 전자제품들을 팔거나 수리하고 휴대전화 충전 일도 봅니다. 해 질 무렵 한 평쯤 되는 그의 가게 앞에 늘어선 사람들은 대부분 휴대전화 충전을 하려는 손님들입니다. 이곳의 휴대전화는 사용량만큼 요금을 징수하는 것이 아니라 일정한 액수를 충전하여 쓰는 방식입니다. 그들 중 다수는 비슈와바라티 대학의 학생들이지요. 국립대학인 비슈와바라티의 일 년 등록금은 1,000루피 내외, 기숙사비는 300루피였습니다2010년 상반기. 학비와 기숙사비를 합하여 3만원이 조금 넘는 액수입니다. 환상적이라 할밖에요.

인도의 현직 수상이 전통적으로 총장을 겸임하는 이 대학에는 가난한 수재들이 많이 모입니다. 이들이 바브 가게의 중요 고객들이지요. 바브는 충전을 원하는 고객들의 전화번호를 깨알 같은 글씨로 노트 위에 적고 충전 액수를 곁에 적습니다. 충전을 위해 줄을 선 내가 앞 학생의 충전 액수를 보았더니 놀랍게도 10루피였습니다. 노트를 빼곡히 채운 다른 이들의 번호도 다수가 10루피였지요. 20루피와 그보다 조금 큰 액수가 보이지 않는 것은 아니었습니다. 액수는 조금 다르지만 그들은 그 돈으로 한 달이 될지 얼마가 될지 모르는 기간 동안 전화 통화를 유지할 수 있을 것입니다.

바브에게 충전 수수료를 물었습니다. 2퍼센트라는군요. 바브가 수수료로 10루피를 벌기 위해서는 500루피의 충전이 필요합니다. 10루피짜리 충전 학생 오십 명을 모아야 할 액수지요. 그가 오십 명의 번호를 적고 일일이 충전하는 과정을 마치려면 이틀은 더 걸릴 것 같습니다. 착하고 사람 좋은 바브! 그날 이후 난 바브가 고장 난 전화나 수도를 고쳐주기로 한 약속을 몇 차례씩 지키지 않더라도 절대 화내지 않겠다고 마음먹었습니다.

찻집에서 일어나 찻값을 묻습니다.

10루피라는군요. 내가 이 찻집에서 설산을 보며 이런저런 생각들에 잠겼던 시간은 얼추 두 시간쯤이었을 것 같군요. 짜이와 함께 생강차도 마셨지요. 그런데 내 마음속에 비싸다는 생각이 드는군요. 산티니케탄이었다면 4루피면 되었을 것입니다. 슈리꽃 향기 짙은 음악대학 구내매점에서 딱따구리가 나무 둥치를 쪼는 소리를 들으며 차 한 잔을 마시는 데도 2루피면 충분합니다. 강의실에서 들리는 여학생들의 타고르 시 낭송은 또 얼마나 우아한지요.

멀리 신들의 음성이 들릴 것 같은 히말라야의 설산 풍경에 푹 잠길 수 있는 이 찻집에서의 찻값이 100루피이거나 1,000루피라고 해도 이상할 것은 없습니다. 세상의 어느 도심의 찻집들은 이보다 훨씬 누추한 풍경 속에서도 이보다 더 비싼 값을 요구하는 곳이 적지 않겠지요. 그런데도 이 찻집의 찻값이 2루피이거나 1루피일 수 있다면 우린 인간이 빚은 꿈과 세계에 감동하며 새롭게 인생과 그 풍요에 대해 생각할 수 있을 것입니다.

맥그로드 간즈로 돌아오는 길에는 열네 명이 한 지프에 탔습니다. 구겨지고 흔들렸지만 불평하지 않았습니다. 세상에 이 아름다운 길을 10루피에 감상할 수 있다는 것이 내게 기적처럼 여겨진 탓입니다.

맥그로드 간즈의 중앙광장에서 나는 한 티베트 아낙으로부터 저녁으로 먹을 빵 하나를 샀습니다. 지름이 20센티미터, 두께가 2센티미터쯤 되는 풍성하고 맛 좋은 수제 빵입니다. 이 빵의 사랑스러운 가격도 10루피이군요.

인도에서 머무는 동안 나는 세상에서 가장 착하고 아름다운 돈이 10루피라는 생각을 하였습니다. 간디의 초상이 새겨진 이 조그만 지폐 한 장이면 인도의 저잣거리에서 할 수 있는 일이 무궁무진입니다.

문득 내가 신이라면 이 세상 저잣거리의 모든 물건 값을 10루피 이내로 정했을 거라는 생각이 드는군요. 10루피 지폐 몇 장만 있으면 밤기차를 타고 먼 도시로 여행을 떠날 수 있고 낯선 거리의 시장에서 부침개를 먹거나 낡은 영화관에서 오래전에 상영이 끝난 영화를 볼 수도 있겠지요.

선물

이른 아침 집 앞에 릭샤가 한 대 기다리고 있습니다.

릭샤의 주인은 수보르입니다. 수보르는 가끔 이 시각에 집 앞에 릭샤를 세우고 나를 기다립니다. 총명하고 다정다감한 이 릭샤왈라는 산티니케탄에서의 나의 일과를 훤히 꿰고 있습니다. 예정에 없이 그가 집 앞에서 기다리고 있는 것을 보면 기분이 좋아집니다.

안녕, 수보르!

안녕, 쫌빠다!

어디로 갈 거야? 나는 모르는데 너는 알아?

나도 몰라. 그런데 문제없어!

내가 묻고 수보르는 대답합니다. 내가 계획 없이 이곳저곳 기웃거리기 좋아하는 것을 수보르는 잘 알고 있습니다.

수보르의 릭샤가 출발하는 순간 자전거 한 대가 지나갑니다. 스케치북을 어깨에 멘 여학생이 자전거의 주인입니다. 미술대학생으로 보이는군요. 그런데 이 친구 맨발입니다. 인도인답지 않은 하얀 맨발이 참 보기 좋군요. 언제부턴가 나는 신발에 전혀 길들여지지 않은 인도 시골 사람들의 까만 발을 좋아하게 되었습니다. 까만 발의 사람들이 풀밭 위나 황톳길을 맨발로 걸어가는 모습을 보면 가슴이 설레는 것입니다. 그들의 까만 눈과 까만 볼, 까만 팔뚝이 다 사랑스러워 보이는 것이지요.

처음엔 이 맨발이 무척 불편했습니다. 아낙들이 뜨거운 아스팔트 길 언저리를 걸어갈 때나 나이 든 이가 감자 자루를 어깨에 걸치고 힘들게 걸어갈 때, 아이들이 물소와 함께 강변길을 맨발로 걸어갈 때 나는 인도의 능력 있는 신들이 저들에게 샌들 하나씩을 나눠준다면 얼마나 좋을까, 하는 생각을 했지요.

인도 생활 일 년이 지난 뒤부터 나는 이 생각에서 벗어나게 되었습니다. 인도인의 까만 발은 인도의 자연과 역사가 빚어낸 자연스러운 삶의 문양이라 여기게 된 것입니다. 굳이 그 발 위에 양말을 신거나 가죽구두를 신을 필요가 없다는 생각이 찾아왔습니다. 나 또한 가능하다면 이들처럼 맨발로 걷고 싶었습니다. 맨발로 비슈와바라티 교정을 산책하고, 맨발로 산티니케탄 거리를 걷고, 맨발로 크와이의 벼룩시장에도 가고 싶었지요. 그런데 이게 참 잘 안 되는군요. 신발만 벗으면 될 터인데 맨발로 사람들 속을 걷기가 쉽지 않은 것입니다.

여학생의 맨발을 보는 순간 마음이 환해지는군요. 옷차림과 외모로 보아 그이는 최상층의 카스트 출신일 것입니다. 맨발로 어딘가를 가기가 외국인인 나보다도 더 쉽지 않겠지요. 그런데도 아주 자유롭게 자전거 페달 위에 맨발을 올려놓았군요. 인생에 좋은 일이 많이 있기를…… 나는 그 친구를 위해 짧은 기도를 하였지요. 아름답다고 믿는 그 시간을 스스로의 삶 속에 새기는 그이의 모습이 보기 좋았습니다.

릭샤가 산티니케탄 큰길에 들어섰습니다.

도로 보수공사가 한창이군요. 인도나 네팔을 여행하다 보면 건축 공사장이나 도로 공사장에 색색의 사리를 입은 아낙네들이 일하는 모습을 자주 볼 수 있습니다. 원색의 사리들에 되쏘이는 강한 햇살들은 연약한 여인네들이 뙤약볕 아래 힘든 일을 한다는 안쓰러움을 잠시 잊어버리게 하는 힘을 지니고 있지요. 그들 중에는 머리에 생화를 꽂은 이들도 더러 있지요. 이 아낙들이 잠시 공사장 일을 멈추고 빙 둘러서서 무엇인가를 보고 있군요.

아낙들이 보고 있는 것은 한 옷장수의 트럭입니다. 트럭의 가판 위에 색색의 셔츠들이 비닐포장에 싸인 채 놓여 있습니다. 아마도 이들 중 한 아낙이 옷장수의 셔츠에 관심을 가졌고, 가격을 물어본 뒤 다른 여인네들이 여기에 가세한 것이겠지요. 모두들 한 장씩 셔츠를 들고 살피느라 공사는 스톱입니다. 물론 공사장의 어떤 누구도 이런 그들의 모습을 탓하는 이는 없습니다.

내가 릭샤를 세우고 이들의 모습을 바라본 것은 옷을 고르는 그들의 모습이 너무도 행복하고 평온해 보인 탓입니다. 셔츠는 모두 남성용입니다. 그들은 지금 자신의 집에 함께 살고 있는 남정네들을 생각하며 옷을 고르는 중이지요. 고개를 갸웃거리기도 하고 혼자 씩 웃기도 하는군요. 그들의 얼굴 표정에는 자신들을 도로 공사장에 내몬 못난 남정네들에 대한 회한이나 한탄 같은 느낌은 전혀 없습니다. 오로지 자신의 남자가, 혹은 큰아들이 이 셔츠를 입고 얼마나 기뻐할까 하는 생각뿐이지요.

세상에서 자신이 제일 좋아하는 단어를 하나 선택하라는 질문에 대한 답변을 해외토픽에서 읽은 적이 있습니다. 2위가 어머니이더군요. 어머니보다 더 좋아하는 단어가 무엇일까 궁금했는데 답은 선물이었습니다. 고개가 끄덕여집니다. 어떻게 생각하면 어머니조차 광대무변한 인생살이의 시난고난함을 이겨낼 수 있는 한 선물일 테니 말입니다. 산티니케탄에 머무는 동안 나는 참 많은 선물을 받았습니다. 꽃들이 가득 피어난 길과 꽃향기로 뒤덮인 숲 그늘. 하얀 달빛들. 초롱한 눈망울의 호수. 어떤 크리스마스트리보다 아름다운 반딧불이들의 비상과 점멸. 바울들의 노래. 모르는 내게 웃으며 인사하던 사람들. 잠시 길 위에 멈춰 서서 시를 쓸 때 노트 위에 떨어지던 키 큰 나무들의 화사한 꽃잎들.

오늘 아침에도 나는 기분 좋은 선물을 두 개나 받았습니다.

하나는 자전거를 탄 인도 여학생의 맨발이고 또 하나는 셔츠를 고르며 기뻐하던 아낙들의 얼굴입니다. 어떤 신이라도 저렇게 행복한 표정의 인간의 얼굴을 만들 수는 없을 거라는 생각을 했지요. 내가 알고 있는 공사장 아낙들의 하루 일당은 100루피입니다. 셔츠 한 장의 값이 얼마인지 나는 묻지 않습니다. 분명한 것은 아무리 옷값이 비싸다 해도 아낙들은 자신이 사랑하는 이들을 위해 기꺼이 오늘 하루치나 그 이상의 품삯을 지불할 것이라는 사실입니다.

어린 엄마

강변의 일꾼들이 벽돌을 구울 흙을 하루 종일 파고 또 팝니다
일꾼의 어린 딸 하나 매일 나루터에 나와 그릇을 닦고 빨래를 합니다
물을 긴고 밥을 하고 오두막 청소를 하느라 아이는 일개미처럼 허리가 휩니다
아이가 달려갈 때면 아이의 팔찌가 쇠그릇에 부딪는 소리가 납니다
아이의 남동생은 알몸의 까까머리, 진흙투성이가 되어 누나를 졸졸 따라다닙니다
그러다가 누나가 시키면 강둑에 앉아 풀시계를 만들며 일이 끝나기를 조용히 기다
립니다
저녁이 오면 누나는 머리에 물단지를 이고 오른손에 동생 손을 잡고
왼쪽 허리춤에 씻은 접시를 받치고 집으로 돌아갑니다
누나도 아직 아이지만 엄마가 없으니 누나가 어린 엄마입니다.

— *Sister*, 1896년 4월

고장 난 노트북과 콜카타로 소풍 가기

이른 아침인데도 볼푸르 역은 사람들로 붐빕니다.

나는 지금 콜카타로 가는 기차를 기다리고 있습니다. 기차의 이름은 인터시티 익스프레스입니다. 이 열차는 콜카타 주변 도시를 왕래하는 순환열차의 성격을 지니고 있습니다. 이른 아침의 승객 중에는 콜카타로 출근하는 사람도 있습니다. 볼푸르에서 콜카타까지는 네 시간이 소요됩니다. 그런데도 인터시티이니 외국인 여행자들에게는 혼란이 있을 수도 있습니다. 인도를 여행하다 보면 기차로 하루쯤 걸리는 거리는 보통입니다. 2박 3일을 달려야 하는 경우도 적지 않습니다. 그러다 보니 대도시에서 네다섯 시간 걸리는 거리는 당연히 인터시티라고 부를 수 있습니다.

어제 전화 한 통을 받았습니다. 콜카타에 있는 삼성전자 AS센터로부터 온 전화였지요. 내 노트북에 장착할 키보드가 한국에서 도착했다는군요.

열흘 전에도 나는 한 차례 콜카타에 다녀왔었습니다. 내 노트북의 키보드가 작동되지 않았습니다. 나는 원래 만년필로 원고를 썼는데 인도에 들어와 PC를 사용하게 되었습니다. 무더위 속에서 한글 자판을 하나하나 천천히 누르며 원고를 쓰는 재미를 알게 되었지요. 한국에서는 전혀 해보지도 못한 생각, 이를테면 한글 자판을 하나하나 눌러가며 단어들과 문장들을 완성해나갈 때 나는 내가 한국인이구나하는 생각을 처음 했습니다. 한글이 없다면 인도에서의 내 삶이 불가능하다는 것도 알게 되었지요. 물과 불, 공기 그리고 한글. 내 인도 생활의 4원소입니다. 며칠째 자판의 한글 자모들을 만나지 못했더니 약간의 금단현상까지 생기는 것이었습니다. 인근 컴퓨터 가게들을 거쳐 한국까지 문의를 하였지요. 키보드의 센서가 문제일 거라며 콜카타에 AS센터가 한 군데 있으니 그곳을 찾아가보라고 담당 직원이 얘기해주더군요.

9월 하순이지만 40도가 훌쩍 넘는 무더위의 콜카타에서, 먼지와 소음, 냄새들의 천국인 넓고 넓은 콜카타에서, 한 군데 있다는 삼성전자 AS센터를 물어물어 찾아갔습니다. 엘긴 로드의 이면도로에 있는 파란색의 AS센터를 찾았을 때 무슨 보석 가게를 발견한 듯한 느낌이 들었지요. 물어물어, 라고 적었지만 사실 소용이 없었습니다. 보편적인 인도인들에게 AS센터라는 말은 개념이 없는 말입니다. 아무도 그 말뜻을 알지 못했고 나는 주변 거리를 소풍 나온 기분으로 뒤졌지요. 땀을 뻘뻘 흘리며 천천히 걸었습니다. 아이스크림 파는 손수레가 있어 반가운 마음으로 하나 사먹었습니다. 그러다가 결국은 찾아낸 것이지요.

내가 AS센터 건물에 들어간 때가 점심시간이어서 접수를 하고 기다렸습니다. 한 시간이 지나 한 직원이 나와 고장 난 내 PC를 점검했습니다. 그가 한글과 영문이 함께 있는 자판을 보더니 씩 웃는군요. 이 자판을 안다는 것이었습니다. 이곳의 캡틴이 한국 사람인데 그가 이 자판을 사용한다는 것이었지요. 한국 사람이 한글 자판을 사용한다는 것은 그가 김치와 된장국에 쌀밥을 먹었다는 말과 같은 의미입니다. 그 한국 사람 만날 수 있나요? 했더니 고개를 흔드는군요. 너무 높은 사람이라 자신은 볼 수 없다고 했습니다.

그는 키보드의 센서에 문제가 생겼다고 교체를 해야 한다고 말했습니다. 열흘이나 보름쯤 뒤에 다시 오라 했지요. 그는 내 전화번호를 적었습니다. 열흘이나 보름쯤 뒤? 나는 웃었습니다. 인도에서 이런 식의 어법은 아무런 구속력이 없는 말입니다. 만나지 말자는 말과 같은 말이지요. 오래전에 코리언 타임이라는 게 있었습니다. 한국인들이 약속 시간에 늦는 것을 지칭한 말인데 지금은 거의 사라진 말이지요. 한국 사람들도 시간을 정확히 지키게 되었습니다. 인도인들에게 시간은 흘러가는 강물의 한 흐름인지도 모릅니다. 그 흐름을 조각내어 정확히 구분한다는 자체가 문제가 있는 것인지도 모르지요. 그 흐

름 어디에선가 만나면 되는 것입니다. 인도에서 머무는 동안 나 역시
이 사고방식을 수용하게 되었습니다.

콜카타의 시알다 역에서 돌아오는 밤기차를 탔습니다. 열흘이나
보름 뒤에 자판의 교체가 가능할지 어쩔지는 사실 아무도 모르는 일
입니다. 그럴 바엔 차라리 한국에 부탁해 자판 하나를 국제특급우편
으로 부치라고 하는 것이 더 나을 것 같기도 합니다. 한글이 찍힌 자
판은 인도인들에게 소용이 없으니 분실 위험도 없을 것입니다. 국제
특급우편도 보통 이 주 정도 걸리니 거의 같은 시간이 소요됩니다. 그
때 마음 안에 한 전령이 왔습니다. 인도식으로 살자. 보름 뒤에 연락
이 없으면 그때 다시 생각하자.

그렇게 돌아왔는데 정확히 열흘 만에 자판이 도착했다고 전화가
온 것입니다. 이렇게 약속이 지켜지고 보니 너무 신기하고 기분이 좋
았지요. 콜카타의 중앙역인 하우라 역에 오전 11시쯤 도착했습니다.
지난번 경험에 의하면 지금부터가 더 문제입니다.

역 앞의 프리페이드 택시 부스에 가서 티켓을 끊습니다. 정찰제 택
시 요금이지요. AS센터가 있는 엘긴 로드까지는 택시로 이삼십 분쯤
걸리는 거리일 것입니다. 문제는 콜카타의 교통입니다. 이곳의 트래
픽잼, 교통정체는 말 그대로 잼입니다. 모든 길이 차로 뒤죽박죽 막힌
채 기다려야 합니다. 언제 소통이 될지는 인도의 신들도 알 수 없을
것입니다.

한 바자르 거리에서 차가 오지도 가지도 못합니다. 날은 찌고 택시 안은 사우나입니다. 택시 운전수는 땀을 뻘뻘 흘립니다. 나는 승객일 뿐이지만 이이는 일상입니다. 나는 가방 안에서 사탕 두 알을 꺼내 그와 한 알씩 나눕니다. 이런, 바로 옆 택시 운전수가 우리를 보고 있군요. 가슴에 털이 많이 난 그도 땀을 뻘뻘 흘립니다. 차 밖으로 손을 내밀어 그에게도 사탕 하나를 건넵니다. 이것도 인연이면 인연인 것이지요.

길은 조금씩 뚫리고 파크 스트리트 쪽에서 정체가 풀립니다. 한 시간 반을 택시 안에서 머물렀군요. 나는 그에게 하루에 이렇게 다니면 얼마쯤 수입이 나는가? 물었습니다. 800루피라는 답이 돌아오는군요. 내가 끊은 티켓은 110루피, 우리 돈 3,000원입니다. 차주에게 돈을 지불하고 그가 가져갈 수 있는 돈은 180루피라고 하는군요. 택시에서 내리며 나는 얼마쯤의 팁을 그에게 줍니다. 두 시간의 열탕을 함께 지내고 혼자 내린 미안함이 내게 있습니다. 그에게 행운이 있기를……

AS센터의 직원은 나를 기억하고 있습니다. 자판이 도착했다고 환하게 웃는군요. 내 노트북을 받아 금세 새 자판으로 바꿔 끼웁니다. 모든 것이 정상으로 작동되는군요. 새벽에 일어나 여기까지 오는데 여덟 시간, 수리하는 데는 십 분이 걸렸습니다. 자판 값 외에 수리비로 500루피가 청구되었지만 나는 이들 모두에게 감사한 마음입니다. 이 시간 이후부터 나는 아주 자유롭게 한글 속으로 산책을 떠날 수 있으니 이는 돈으로 환산할 일이 아닙니다.

서점 한 군데에 들러 인도 전통미술에 관한 책 한 권을 구입하고 택시를 탔습니다. 돌아가는 기차역은 하우라 역이 아닌 시알다 역입니다. 오후 7시 30분, 시알다 역에서 볼푸르로 들어가는 우또르 봉고 익스프레스가 있습니다. 오후 7시에 하우라 역에서 출발하는 가야 익스프레스가 있지만 전 차량에 좌석이 없는 이 열차를 지난해 한 번 탄 뒤에 사흘을 끙끙 앓았습니다. 생명이 얼마나 모질고 위대한가를 보여주는 장엄한 열차였지요. 열차를 탄 기억은 소중했지만 다시 타고 싶은 생각은 없습니다.

나를 태운 택시 운전수는 기분이 몹시 좋았습니다. 한 외국인이 택시 요금 흥정도 없이 시알다 역으로 가자고 말했기 때문입니다. 그가 얼마쯤의 요금을 받을 수 있는지는 지금부터 전적으로 그의 양심과 수완에 달려 있습니다. 사실 기분이 좋을 대로 좋은 데다, 더더욱 콜카타의 교통지옥을 충분히 인식하고 있는 나로서는 그가 요구하는 요금이 특별히 황당하지만 않다면 지불할 생각이 있었기에 그가 조금쯤 행운을 느끼는 것도 괜찮은 일입니다. 그는 계속 웃으며 내게 말을 건넸고 내가 벵골어를 조금 할 수 있다는 것을 알자 아예 본두, 친구로 부르는 것이었습니다.

행운의 시간 속에 얼마쯤의 불길한 기운이 내재해 있다는 것은 생의 이력이 조금 쌓인 이라면 쉬이 느낄 수 있는 일입니다. 기분이 좋아진 이 친구는 내가 보아도 거칠게 운전을 했고 결국은 교차로에서 마주 오는 차와 부딪쳤습니다. 커브를 돌다 부딪친 것이었는데 이 차가 좀더 잘못을 했고 차의 손상도 심했습니다. 보닛의 옆면이 구겨졌고 쇠로 만든 앞 범퍼가 15센티미터쯤 위로 올라갔습니다. 두 차는 한참 동안 언성을 높인 뒤에 각자 제 길로 갔지요. 인도에서는 웬만한 접촉사고는 서로 묻지 않고 그냥 가는 게 통례입니다. 이 친구는 가는 길에 다시 차를 세우고 차의 상태를 보았습니다.

다시 정체가 시작되는군요. 길과 차가 서로 얽혀 구분이 없습니다. 기차 시간에 맞춰 여유 있게 출발했는데 이게 잘못입니다. 여유라고 생각하는 건 순전히 나만의 생각입니다. 여긴 인도이고 이곳에는 이곳만의 방식이 있습니다.

해는 졌지만 차 안은 여전히 찜통입니다. 처음 차를 탔을 적 좋아하던 표정은 지금 이 친구에게는 없습니다. 걱정이 가득한 표정입니다. 사실 기차역에 늦게 도착한다 해도 내게 큰 문제가 될 것은 없습니다. 기차를 놓치면 이곳에서 하룻밤을 자면 그만입니다. 여행의 감흥도 생길 수 있을는지 모릅니다. 차를 망가뜨린 이 친구가 더 걱정이지요. 차주에게 뭐라 얘기할지 모르겠습니다.

좀처럼 움직일 줄 모르는 택시 안에서 나는 오늘 밤 기차 타는 것을 포기했습니다. 마음을 비우니 차가 움직이는군요. 택시가 시알다 역에 도착한 것은 기차 출발 오 분전입니다. 착한 이 친구는 거의 정상에 가까운 요금을 부르는군요. 웃돈을 얹어주었습니다. 이 친구에게도 행운이 있기를…… 그리고 매표구를 향해 달립니다.

당일 예약 창구의 직원이 삼 분 남았다며 표를 주지 않으려 합니다. 달라고 말했습니다. 플랫폼을 물으니 9번 혹은 10번이라는군요. 인도의 기차역은 넓고 넓습니다. 콜카타 같은 대도시는 더욱 그렇지요. 달리면서 사람들에게 묻습니다. 9번 플랫폼이 왼쪽인가 오른쪽인가? 둘 모두 오른쪽이라는군요.

사람들과 거듭거듭 부딪치며 100미터 달리기 선수처럼 달립니다. 한 인도인이 내게 아스떼, 아스떼! 하고 말하는군요. 이 말은 내가 즐겨 쓰는 말인데 오늘은 인도인에게 듣는군요. 한참을 달린 뒤에 9번 플랫폼에서 이제 막 출발하는 기차를 봅니다. 이 기차가 어디로 가는지 알 수 없지만 나는 달려가며 달리는 기차의 맨 뒤칸에 오릅니다. 영화를 찍었습니다. 맞게 탔군요. 이제 내가 앉을 자리를 찾아가야 합니다.

달리는 기차 안에서 또 달렸습니다. 달려야 할 것 같았지요. 아마도 열 칸 이상의 객차를 통과해 달렸을 것입니다. 드디어 내가 앉을 좌석이 있는, AC가 작동되는 객차를 만납니다. 에어컨이 작동되는 열차 칸은 일반 열차 칸과는 구분이 있습니다. 승객 이동이 불가능한 것이지요. 셔터가 반 이상 내려져 있군요. 그 아래를 간신히 꿰어 내가 앉을 자리를 찾아갑니다. 셔터가 그만큼이라도 열려 있었던 것이 내겐 행운입니다.

자리에 앉아 쏟아지는 땀을 닦으며 새삼 내가 왜 이렇게 달린 것이지 생각합니다. 이렇게 달릴 이유가 하나도 없는데 왜 이렇게 급하게 서두르는 것인지 나는 내가 안되어도 참 많이 안되었다는 생각을 합니다. 안쓰럽다는 생각이 드는 것이지요.

밤기차는 들판 길을 달려갑니다. 우또르 봉고는 북쪽의 뱅골 지방을 뜻합니다. 히말라야 산맥의 다르질링이나 시킴 쪽으로 가는 기차지요. 깜깜한 어둠 속에 불빛을 반짝거리고 있는 마을의 집들은 언제 보아도 아름답습니다. 지난 4월 다르질링에 갈 때 볼푸르에서 이 기차를 탔었지요. 하룻밤을 꼬박 달리면 아침녘에 뉴잘파이구리 역에 닿습니다. 히말라야 산기슭을 오르는 동화, 토이 트레인이 출발하는 역이지요. 이런저런 생각을 하다 보면 네 시간은 금세 지나갑니다. 네 시간은 여행이 아니라 마을버스를 타고 이웃 동네에 마실 가는 것인지도 모릅니다.

11시가 넘어 기차는 볼푸르 역에 닿습니다.
역 앞에는 릭샤왈라들이 기다리고 있습니다. 그들 중 한 명이 쫌빠다! 하고 부르는군요. 내가 전혀 얼굴을 알지 못하는 릭샤왈라입니다. 늦은 밤 볼푸르 역에서 산티니케탄으로 들어가는 거리는 깜깜합니다. 반딧불이들이 날아다니는 모습이 아름답습니다. 산티니케탄에서 사는 동안 반딧불이들을 소재로 한 시집 한 권을 내겠다는 생각을 한 적이 있지요. 낮의 더위와는 상관없이 릭샤 위에서 반딧불이들의 윤무를 보며 들이켜는 밤공기는 상쾌하기 이를 데 없습니다.

잠자리에 누워 비로소 긴 하루가 지나간 것을 느낍니다. 정신없는 하루였지만 행복한 소풍이라 생각했습니다. 사고를 친 운전수가 조금 걱정되었지만 이곳은 인도이니 돈을 적게 들이고도 수리할 길이 있을 것입니다. 문득 벽에 걸어둔 옷깃에서 반딧불이 한 마리가 깜빡이는 것을 봅니다. 언제 어디서 따라왔는지 모르지만 깜빡깜빡 불빛을 쏟아내는 모습이 오늘 하루 나의 소풍을 축하해주는 것 같습니다.

론디니네 식구들과
기탄잘리에서 영화 보기

오전 11시 50분 기탄잘리 영화관 앞입니다.

이 영화관의 이름은 1913년 노벨 문학상을 탄 타고르 시인의 시집 제목에서 유래된 것입니다. 인도인들은 타고르 시인의 영혼의 발상지인 이곳 산티니케탄에 자랑할 만한 영화관을 세우고 그 이름을 기탄잘리로 정했습니다. 처음 이 영화관을 보았을 때 그 규모의 웅대함에 놀랐지요. 광각렌즈가 없는 내 카메라에 영화관의 전체 모습이 도무지 잡히지 않았습니다. 먼 건물의 옥상이나 들판에서 찍어야 전경이 나올 것 같군요.

나는 함께 영화를 보기로 한 론디니네 식구들을 기다리고 있습니다. 11시에 시작되는 영화를 보기 위해서 이 가족은 적어도 십 분 전에는 영화관에 나타나야 했지요. 10시 30분부터 기다렸으니 한 시간 하고도 이십 분을 기다린 셈입니다. 이틀 전 이들 가족이 내게 먼저 제안을 했습니다. 내일모레가 브라더의 날이라 가게를 닫으니 함께 영화를 보자는 것이었지요.

9시 20분에 삼바티에 있는 그들의 집으로 수보르의 릭샤를 타고 갔습니다. 아침식사 준비하랴 외출 준비하랴 식구들은 모두 바빴습니다. 몇 시에 출발할 거냐 물었더니 10시에 출발한다 하는군요. 기다리면서 이 가족의 어머니가 힌두의 신들에게 푸자, 제사를 드리는 모습을 볼 수 있었습니다. 2리터 들이 분유통에 소똥을 가득 채워가지고 방으로 들어와 신상을 모신 제단 앞에 발랐습니다. 이들 가족은 모두 두 개의 방에서 지내는데 방바닥은 맨 벽돌로 우둘투둘 마감되어 있습니다. 신상은 아버지가 지내는 안방에 마련돼 있고 어머니는 그 방바닥의 가로세로 2미터 정도 넓이에 정성스레 소똥을 바르는군요. 도중에 소똥이 떨어져 어머니는 이웃집 외양간에서 한 통을 더 가져와야 했습니다. 힌두교에서 소와 소똥을 귀히 여긴다는 이야긴 알고 있었지만 실제 모습은 처음 보았습니다. 방 안으로 들어가 신상의 모습도 보고 어머니가 정성스레 치장한 바닥의 모습도 살펴보았지요. 신기하게도 전혀 분뇨의 냄새가 나지 않는군요. 나도 짧은 목례를 드렸습니다.

10시 출발 시각은 지켜지지 않습니다. 나는 먼저 영화관에 가서 기다리겠다고 얘기했습니다. 가는 도중에 마켓에 들러 영화관 안에서 먹을 음료와 간식을 사야 하기도 했지만 이렇게 하지 않으면 이 가족이 11시에 영화를 볼 확률이 없어 보였지요. 그렇게 해서 영화관 앞에 기다리고 있는데 이 가족은 지금까지 모습을 보이지 않는 것입니다. 하긴 아이 셋 포함 모두 열두 명의 가족이 다 함께 출동한다는 것은 쉬운 일이 아닐 것입니다. 이들 중 몇몇은 최근 십 년 안에 처음 영화를 보는 이도 있습니다.

12시가 되었습니다.
아무리 인도인의 시간관념이 없다 하지만 좀 심하다는 생각이 드는군요. 무엇보다 수보르에게 미안했습니다. 그는 아침 9시부터 지금까지 세 시간을 꼬박 묶여 있는 셈이었습니다. 삼바티에서는 수보르의 동무들인 두 명의 릭샤왈라가 이들 가족을 태우고 오기 위해 기다리고 있습니다. 그들도 세 시간 동안 묶여 있기는 마찬가지입니다. 수보르가 말하는군요. 쫌빠다, 머리 아프지? 괜찮아. 그런데 이렇게 늦는 것은 좋은 일이 아니야. 십 분만 더 기다려보고 그냥 가자. 수보르는 고개를 끄덕였습니다.

12시 10분이 되었지요. 나는 마음을 모질게 먹고 집으로 돌아가기로 했습니다. 이들 가족에게 이게 몇 년 만의 외출인지 모르는 것은 아니지만 이렇게 사람을 기다리게 하는 것이 어떤 일인지를 그들도 알 필요가 있다는 생각을 했습니다.
수보르와 함께 집으로 돌아오는데 자전거를 타고 오는 비렘의 모습이 보이는군요. 비렘은 그의 형 메구와 함께 선발대가 되어 기탄잘리로 오는 중이었습니다. 다시 방향을 돌릴 수밖에요. 기탄잘리 앞에서 나머지 가족을 기다립니다. 모두 몇 명이 오지, 비렘? 수가 두 명 더 늘었군요. 삼촌과 이들 가족의 동무 한 명이 더 온다는 것이었습니다.

이들 가족이 모두 영화관에 도착한 시간은 12시 45분이었지요. 이들을 태우고 온 릭샤왈라들에게 나는 약속의 두 배가 넘는 돈을 지불하였지요. 오후 2시의 2회차 표를 끊었습니다. 다시 한 시간을 더 기다려야 했습니다. 거리의 짜이 가게에 앉아 시간을 기다리는 동안 네 살 먹은 쿠시가 내 주위를 돌며 마무 발로!를 연발하는군요. 삼촌 좋아! 나도 함께 웃으며 쿠시 발로!라고 답했지요.

1시 50분, 드디어 입장입니다.

네 시간을 기다렸군요. 오늘 볼 영화의 제목은 〈조스〉입니다. 식인상어가 나오는 할리우드 영화가 아니라 조스처럼 용맹무쌍한 주인공의 모습을 빗댄 제목이지요. 모두 열네 명의 가족이, 그중 셋은 아이 하나씩을 안고 일렬로 앉았습니다. 놀랍게도 영화관 안은 에어컨이 설치되어 있군요. 인도에서 에어컨은 아주 특별한 존재입니다. 에어컨이 있는 곳은 그 앞에 모두 에어컨의 약칭인 AC가 붙습니다. AC가 붙는 곳은 당연히 값도 올라가지요. 한 레스토랑 안에서도 AC가 설치된 곳과 그렇지 않은 곳은 같은 메뉴에도 가격 차이가 있습니다. 다들 탄다! 탄다! 하며 좋아하는군요. 탄다는 시원하다, 춥다를 나타내는 벵골어입니다.

예고편이 상영되는데 소란이 이는군요. 이 가족의 장남이, 그는 맨 끝인 나의 좌석과 정반대의 맨 끝에 조카를 안고 앉아 있었는데, 알 수 없는 이유로 뒷자리의 승객과 싸움이 붙은 것입니다. 큰 소리로 막말이 오가고 멱살잡이가 붙었습니다. 가족들 모두가 엉겨붙어 떼고 갈라서고 함께 소리치고 야단법석입니다. 좋은 일에 마가 끼어드는 것은 우리나라나 인도나 마찬가지군요. 몇 년 만의 영화 외출에 하필 싸움이라니요? 덕분에 영화관 손님들은 따분한 예고편 대신 리얼한 액션무비 한 편을 더 보게 되었습니다.

본영화가 시작됩니다.
아주 예쁜 여자 주인공이 나오는군요. 자명종이 아침 6시를 알리고, 하품을 하며 일어난 주인공이 자신의 이름을 말합니다. 다음에는 핸들이 왼쪽에 붙은 빨간색 컨버터블을 타고 회사에 출근을 합니다. 집으로 돌아온 그이는 오후 9시가 되자 다시 안녕, 하고 인사를 하며 취침에 들어갑니다. 그 사이에 아주 웅장한 오케스트라의 배경 음악이 깔립니다. 출근하고 퇴근하고 잠드는데 웬 오케스트라? 이건 우리들 생각입니다. 아주 근사하고 좋은 집의 침대에서 잠들고 일어나는 것이야말로 웅장한 오케스트라의 음악이 필요한 것인지도 모릅니다. 컨버터블의 지붕이 차례로 씌워지는 것을 보여주면서 더 웅장한 배경 음악이 깔리는 것은 보편적인 인도인들에게 당연한 장식음입니다. 화려하고 웅장한 꿈이 담겨 있으니 말이지요. 남자 주인공은 이 여자 주인공을 짝사랑합니다. 잘생겼고 정의롭고 싸움에는 천하무적입니다. 이소룡이 살아 돌아온 것 같지만 무술 솜씨는 비교가 되지 않습니다. 그래도 효과는 만점입니다. 스무 명쯤의 조폭들이 낫과 칼을 들고 빙 둘러싸다가 한꺼번에 돌진을 하면 주인공의 손과 발이 동시에 툭툭탁탁 움직이며 단 일 초 만에 이들 모두를 원래의 원형포진으로 쓰러뜨리는 것입니다. 관객들은 휘파람을 불고 박수를 치고 난리입니다.

그런 다음은 춤과 음악의 시간입니다. 멋진 호숫가에서 남녀 주인공이 만나 서로 달려오며 포옹하고 춤을 춥니다. 두 사람이 키스라도 할 모습으로 자세를 취하면 다시 극장 안은 환호가 터집니다. 그새 주인공들의 옷차림은 몇 차례나 바뀌는지 모르겠습니다. 장소도 사막의 모래언덕으로 바뀌지요. 두 주인공이 모래 위를 발자국을 남기며 달려가다가 다시 포옹합니다. 남자 주인공이 적극적으로 키스할 포즈를 취하지만 여자 주인공이 손으로 가볍게 밀어내고야 맙니다. 왜 호숫가가 나오는지 왜 사막으로 바뀌는지, 옷차림은 왜 수시로 바뀌는지 알 수 없지만 보다 보면 아, 하고 고개를 끄덕이는 순간이 있습니다. 이건 두 주인공의 사랑의 판타지인 것입니다. 세상에서 가장 아름다운 절경 속에서 절세미인인 여주인공과 천하미남인 남주인공이 만나 사랑을 속삭이는 것입니다. 그러니 선경의 호숫가도 사막도 다 필요한 것입니다.

남자 주인공은 자신을 죽이려 하는 조폭 두목과 홀몸으로 싸웁니다. 그사이에 자신의 제일 친한 친구와 친구의 여자친구가 조폭들에게 죽지만 남자 주인공은 모두를 이겨내고 결국은 살아 있는 여주인공을 찾아 만나는 해피엔딩입니다. 이런 스토리는 인도 영화에 천만 번도 더 반복되는 스토리입니다. 주인공은 갖은 고생 끝에 악을 물리

치고 결국은 사랑과 평화를 찾아내는 것이지요. 그 과정에서 관객들과 함께 춤추고 노래하는 것입니다. 주인공이 비탄에 빠지면 관객들은 깊은 한숨을 쉬고 어떤 관객은 흐느껴 웁니다. 그러다가 승리의 시간이 오면 다들 탄성을 올리고 휘파람을 불지요. 주인공이 죽으면서 남기는 카타르시스 같은 것은 인도 영화에서 꿈도 꿀 수 없습니다. 그것이 마살라 무비의 전통입니다.

영화가 끝나고 나오며 나는 이 가족의 어머니에게 물었습니다. 디디, 영화 재밌어요? 고개를 젓는군요. 별로라는 뜻입니다. 덧붙이는 말이 결혼식 푸자는 좋았다는군요. 조폭들의 잔인한 싸움 과정이 싫다는 것이었습니다. 영화관 밖에는 수보르와 또다른 두 명의 릭샤왈라가 기다리고 있습니다. 두 대의 릭샤에는 나이 든 어머니와 결혼한 세 딸이 아이 하나씩을 안고 탔지요. 나머지는 자전거를 탔습니다. 나는 수보르에게 말했습니다. 파크 레스토랑으로! 이렇게 해서 나와 론디니네 가족들은 식당으로 향하게 되었지요.

붉은 흙의 호숫가에 자리한 파크 레스토랑은 산티니케탄에서 가장 우아하고 세련된 식당입니다. 음식 맛도 일품이지요. 인도를 여행하며 들른 식당 중에 전반적인 음식 맛이 이곳보다 더 좋은 곳은 아직 만나지 못했습니다. 식당 내부의 고급스러운 실내장식 때문에 이들 가족은 몹시 놀랐지만 이들보다 더 놀란 건 식당 종업원들이었지요. 한눈에 봐도 낮은 신분인 허름한 옷차림의 인도인들이 열 명도 더 넘게 식당 안으로 들어온 데다 그들 중 몇은 성인인데도 맨발이었습니다, 난감한 표정이었지만 평소 그들에 대한 나의 우의 덕으로 이들은 무사히 식당 테이블에 앉았습니다.

종업원이 실내 음악을 집시풍의 인도 명상 음악으로 바꿔주는군요. 판케이 보스Pankay Bose와 앙쿠르 보스Ankur Bose가 마우스 오르간Mouth Organ과 키삭스Keysax를 연주하는 이 곡들을 내가 좋아한다는 것을 안 종업원의 배려이지요. 메뉴는 로스티드 치킨과 칠리 빠니르, 야채 볶음밥과 믹스트 초민, 그리고 짜파티였습니다. 이들이 외식을 한 것은 생애에 이날이 처음입니다. 맨손이 아닌 포크와 나이프를 써가며 식사한 것도 이날이 처음입니다. 처음에 나이프와 포크를 쓰는데 어색해하던 이들이 누군가 맨손으로 치킨과 밥을 먹기 시작하자 다들 손을 사용하기 시작했습니다. 정말 맛있게들 먹는군요.

식당의 뜰에 반딧불이들이 깜박깜박 날아다닙니다. 랄반 뿌꾸르 붉은 흙의 호수 위의 반딧불이들의 유영은 산티니케탄의 가장 사랑스러운 풍경입니다. 그들이 식사하는 모습을 보며 몹시 행복했던 나는 식사 틈틈이 두 편의 시를 썼습니다.

식사를 끝내고 우리는 삼바티로 가는 밤길을 걸었습니다. 반딧불이들이 호숫가의 나무 사이를 날아다닙니다. 어떤 나무에는 한꺼번에 반딧불이들이 모여들어 마치 크리스마스트리 같습니다. 나는 이들에게 죠나키 발로, 반딧불 좋아!라고 얘기했지요. 이들 모두 죠나키 쿱 순돌, 반딧불 아주 멋져! 하고 말했습니다. 그때 안주인 디디가 내게 말하는군요. 우리 집으로 가자! 식구들 모두 우리 집으로 가자! 하고 다시 말하는군요. 오늘은 브라더의 날이니 집에 가서 라키를 해야 한다는 것이었습니다. 나는 그들의 호의를 따르기로 했습니다.

삼바티의 이들 집은 캄캄했습니다. 전기가 없는 탓입니다. 촛불을 켜고 그들은 차례로 내 이마에 붉은 빈디를 하고 왼쪽 팔목에 라키를 채워주었습니다. 라키는 팔목에 매는 장신구입니다. 색색의 쇠붙이와 실들로 화사한 장식을 하고 있지요. 이날 밤 나는 네 번의 푸자를 하고 네 개의 라키를 차례로 맸습니다. 내 이마의 빈디가 아주 멋있게 되었다고 이들 모두 박수를 치며 좋아하는군요. 팔목에 라키가 채워질 적마다 나는 기탄잘리에서 그들을 더 기다리지 않고 돌아가려 했던 나 자신을 많이 반성했습니다. 그들은 1회 영화가 끝나면 2회가 있다는 것을 알고 있었지요. 1회를 보지 못하면 다음 회를 보면 되는 것입니다. 나만 왜 끝까지 1회 영화를 보지 않으면 안 된다고 생각했는지 모르겠군요. 세상이 바뀌는 것도 아니고 가족 간의 우의가 금가는 것도 아닌데 말이지요.

집으로 오는 길에도 이곳저곳 반딧불이들의 천국입니다.
오늘 난 행복한 초대를 했고 감사한 초대를 받았습니다.
생이 이러한 초대의 연속이라면 싶습니다.
따뜻한 반딧불이들의 춤과 함께 하늘로 날아오를 듯한 밤입니다.

소똥 속에 호수가 있고 소똥 속에 마을이 있네
─꼬스바 마을에서

11월 들어 하늘이 파랗고 바람이 선선합니다.

우체국 앞 릭샤 스탠드에서 나는 릭샤왈라 란짓을 찾습니다. 란짓은 산티니케탄에서 가장 건장한 릭샤왈라입니다. 나이는 스물을 갓 넘겼고 키도 6척입니다. 내가 란짓을 찾은 이유는 꼬스바 마을을 찾아가기 위해서입니다.

꼬스바는 산티니케탄에서 15킬로미터쯤 떨어진 한적한 농촌 마을입니다. 이 마을을 내게 처음 알려준 이는 구근이 가게 아줌마의 아들입니다. 스페인에 유학중이던 그는 부친상을 당해 산티니케탄에 돌아왔는데 그가 내게 자신이 가장 좋아하는 시골 마을이라며 꼭한번 들르라고 얘기했지요. 꼬스바에는 콘크리트가 없다고 말했습니다. 란짓에게 릭샤로 꼬스바에 간 적이 있느냐 물었더니 손사래를 칩니다. 란짓과 나는 천천히 길을 달립니다. 구알빨라 마을을 지나 십 분을 더 달리니 이곳 사람들이 꼬빠이라고 부르는 강이 나옵니다.

가을 강변에는 억새들이 하얗게 꽃을 피우고 있습니다. 멱을 감는 아이들이 있고 낚시질하는 사람의 모습도 보입니다.

칸잔푸르 마을을 지나자 길 양쪽으로 벼논들이 지평선 끝까지 펼쳐져 있습니다. 이곳 사람들은 산이라는 단어를 알지 못합니다. 평생 본 적이 없기 때문이지요. 내가 지닌 벵골어 사전에 산이라는 단어가 나와 있지만 시골 사람들에게 이 단어를 아느냐 물어보면 다들 모른다고 대답합니다.

란짓의 릭샤는 한 시간 반을 달려 꼬스바 마을에 이릅니다. 한국으로 치면 한적한 이ᄡ소재지 같은 마을입니다. 작은 바자르가 있고 스위티와 짜이를 파는 가게가 있습니다. 파라솔 아래 낡은 의자 하나가 놓인 이발소가 있군요. 놀라운 것은 이 작은 바자르 안에 두 군데의 금세공 가게가 있다는 것입니다.

인도인들의 금 사랑은 유별납니다. 이들은 목돈이 생기면 은행으로 가지 않고 곧장 금을 사러 갑니다. 이들이 금을 얼마나 귀하게 여기는지 힌두교의 율법을 보면 알 수 있습니다. 힌두교에서 최고의 죄는 살인이 아닙니다. 살인보다 더 큰 죄가 둘 있는데 하나는 스승의 아내를 범한 죄이고 다른 하나가 금을 훔친 죄입니다. 이 두 가지 죄를 지은 자는 카스트의 굴레 밖으로 떨어지고 아무리 선한 업을 쌓더라도 영원히 구제받을 수 없습니다.

마을 안으로 들어가자 두 개의 작은 호수가 보입니다. 인도인들은 마을의 터를 닦을 때 호수를 먼저 만듭니다. 호수에서 밥도 하고 빨래도 하고 멱도 감습니다. 무더위와 함께 살아가기 위해서 호수의 존재는 필연적인 것입니다. 한 할머니가 호수에서 머리를 감고 있습니다. 할머니는 웃통을 훌훌 벗고 시원하게 머리를 감습니다. 부끄러움을 초월해도 좋을 시간의 영역에 할머니는 이른 것입니다. 오리들도 물소도 할머니와 함께 물놀이를 합니다. 풀밭에서 목발을 한 아기 염소를 보았습니다. 부러진 아기 염소의 다리 위에 염소의 주인이 아주 꼼꼼하게 엮은 댓살로 깁스를 해주었군요.

호숫가에는 키 큰 코코넛 나무들이 서 있고 초가집들의 모습이 정겹습니다. 아주 어릴 적 내가 살았던 마을들의 풍경과 꼭 같습니다. 꼬스바의 초가집이 예전 한국의 초가집과 다른 점은 이층 구조로 되어 있는 경우가 많다는 것입니다. 이층 초가집들은 이곳의 자연환경이 빚어낸 필연적인 구조일 것입니다. 흙벽을 두껍게 치고 지붕을 이층 구조로 만들면 아래층은 훨씬 시원하게 됩니다. 이층에는 살림살이나 농기구들을 보관하면 되는 것이지요.

집집의 벽들에는 지금 구떼소똥 말리기가 한창입니다.
잘 반죽한 소똥을 한 주먹 떼어내 벽에 붙이고 손바닥으로 쿡 누르면 하나의 작업이 끝납니다. 손바닥 무늬를 지닌 채 나란히 벽에 붙어 있는 소똥들의 모습은 무슨 추상화 같기도 하고 다정한 연인들의 밀어처럼도 보입니다. 보통의 인도인들은 이 소똥 반죽과 함께 한 생애를 보내기 마련이지요.

말린 소똥은 이곳 사람들의 연료로 쓰이고 난방용으로도 쓰입니다. 인도 서민들의 삶에 소똥이 없다면…… 이것은 생각할 수 없는 가정입니다. 소똥은 불의 존재이고 불 없이 인간은 살 수 없습니다. 맑은 가을 햇살과 호수를 스쳐온 바람 속에서 꼬스바 마을의 소똥들은 고슬고슬 마릅니다. 농사를 지어주고 우유와 불을 주는 소의 존재를 인도인들이 어떻게 여길지 짐작하는 것은 어려운 일이 아닙니다.

소똥들은 집들의 벽에만 붙어 있는 것이 아니라 나무 밑동에도 다 붙어 있습니다. 아이들은 소똥이 붙은 벽 아래서 놀고 할머니들은 호수에서 감고 온 머리를 소똥이 붙은 벽 아래서 말립니다. 마른 머리를 서로 빗질해주는 모습이 보기 좋습니다. 염소들이 소똥 벽 아래에서 새로 뜯어온 풀로 식사를 하고 있습니다.

소똥이 마르는 벽들의 모습을 구경 다니다가 마을의 집 문과 벽 위에 새겨진 작은 문양들을 봅니다. 꽃과 사람을 상징하는 문양들입니다. 한 문양은 두 사람이 서로 머리를 맞대고 인사하는 모습입니다. 몸은 둘이되 머리는 하나고 두 사람의 하체는 하트 모양의 무늬로 추상화되어 있습니다. 우리 집에 오는 손님을 공손하게 맞아들이겠다는 뜻으로도 읽히고 우리 집에 사는 모든 식구들은 서로 머리를 맞대고 사랑하며 지낸다는 의미로도 읽힙니다. 이렇게 간결하며 아름다운 상징성을 지닌 이모티콘도 세상에 없습니다.

또다른 문양은 두 사람이 서로 손을 잡고 입을 맞추고 있는 모습입니다. 사랑스럽기 이를 데 없는 문양입니다. 서로 잡은 두 손은 역시 하트 모양으로 상징화되어 있고 하트 안에 두 사람의 발이 나무뿌리처럼 간략하게 표현되어 있습니다. 이런 두 사람의 모습을 하늘에 뜬 해와 달이 바라보고 있군요. 어떻게 이런 상징이 태어날 수 있는지…… 새로 바른 단정한 흙벽 위에 툭 던져진 꽃잎 하나. 사람으로 생각되는 간결한 부호와 함께 있는 꽃들의 모습. 꼬스바 마을의 작은 이모티콘들은 산티니케탄의 어떤 벽화들 못지않게 아름답습니다.

작은 꽃문양 위에 사람이 서 있는 듯한 모습은 락슈미 여신의 모습입니다. 락슈미는 크리슈나 신의 아내로 가정을 지키는 행운의 여신입니다. 락슈미는 연꽃 위에 서 있거나 앉은 형상으로 묘사되는데 바로 이 조그만 꽃문양이 연꽃의 상징이지요. 시바 신의 상징으로 두루 알려진 옹까르 문양도 보입니다. 자신들의 마음이 늘 시바와 함께함을 보여주고 자신들의 집이 락슈미와 함께 번영하기를 바라는 마음들이 이 작은 그림들 속에 스며 있습니다.

꼬스바 마을 집들의 벽 위에서 소똥들이 마릅니다. 소똥 위에 얼굴을 대고 부비는 가을 햇살들로 마을은 마른풀 냄새가 가득합니다. 소똥 냄새 속에 호수가 있고 마을이 있고 마음을 덥히는 아기자기한 그림들이 있습니다.

연인들의 대화법

꽁까리 따라는 산티니케탄에서 이십 리쯤 떨어진 작은 마을입니다. 내가 이 마을 이름을 처음 들은 것은 지난해 말, 미술대학원생인 쪼미로부터였습니다. 그가 내게 아주 신비한 기운을 지닌 땅이 있는데 가보지 않겠느냐 했지요. 그의 고물 오토바이 뒤에 타고 프란틱 기차역과 몇 개의 마을을 지나 저물녘에 이른 곳은 놀랍게도 작은 화장터였습니다. 화장터에는 방금 시신을 거둔 듯 온기가 남아 있었고 곁으로는 화덕에서 나온 시신들이 흘러갈 강물이 흐르고 있었습니다. 쪼미는 내게 시바 신의 전설에 대한 이야기를 열심히 해주었는데 나는 그 전설보다도 잔광이 남은 작은 강물 쪽에 마음을 뺏겼습니다.

화장터 바로 곁에 만디르, 작은 신전이 있었습니다. 이곳에서 사람들은 꽃과 간소한 음식을 바치고 기도도 합니다. 산티니케탄의 비슈와바라티 대학 경내에도 유리로 만들어진 아담한 만디르가 있습니다. 만디르에서 한 사두힌두교 사제가 나오는군요. 쪼미는 그의 존재를 알고 있는 듯 무릎을 꿇고 경배를 했습니다. 나도 두 손을 모으고 노모스카, 하고 인사를 했지요. 그는 내가 한국에서 왔다는 말을 듣고는 두 팔을 펼치고 아마르 본두! 나의 친구여!로 시작되는 인사말 겸 축도를 해주었습니다. 그는 나를 친구로 맞아들였고 짜이 대접을 해주었지요. 그러고는 휘파람을 휘익 불자 어디선가 네 마리의 고양이가 나타났습니다.

고양이들은 그의 손사래를 따라 이리저리 춤을 추듯 움직였습니다. 나는 그 고양이들에게 가방 안의 비스킷을 내주었는데 그가 먹으라고 손짓하자 고양이들은 비스킷을 달게 먹었습니다. 다시 그가 크게 손사래를 치자 고양이들은 금세 만디르의 그늘 속으로 사라지는군요. 그는 고양이들에게도 아마르 본두, 라는 표현을 썼습니다.

그가 불러주는 알 수 없는 노래 몇 곡을 듣고 캄캄한 시골길을 달려 산티니케탄으로 돌아오는 길이었습니다. 나는 이미 쪼미의 등 뒤에서 그의 밤길 운전이 약간 이상하다는 생각을 했는데 어쩌면 그것은 쪼미와 사두가 나눠 피운 비리 때문인지도 모르겠습니다. 쪼미는 그날 사고를 냈습니다. 맞은편 어둠 속에서 네댓 대의 자전거가 한꺼번에 나타났고 그중의 한 대와 부딪친 것이지요. 비포장의 거친 길이었고 빠른 속도가 아니었기 때문에 사고 순간 나는 오토바이 뒤에서 급히 뛰어내렸습니다. 자전거에서 넘어진 인도 청년이 뭐라고 큰 소리로 외치며 쪼미에게 달려드는군요. 그는 쪼미의 가슴을 몇 대 쳤고 큰 키의 쪼미가 방어태세를 갖추자 곧장 길섶의 큰 돌멩이 하나를 움켜 쥐는 것이었습니다. 그때서야 곁의 친구들이 그를 막아서는군요. 청년의 자전거는 정확하게 기역자로 휘었습니다.

　그날 사고에서 나는 몇 가지 사실을 알았습니다.
　인도에는 수만 수십만 가지의 언어가 있다는 것을 책에서 읽었는데, 이날 밤 쪼미와 부딪친 청년의 말은 벵골어가 아니었습니다. 한마디도 알아들을 수 없었지요. 그 마을에서만 쓰는 방언이었습니다. 뒤에 쪼미에게 그 말들을 알아들었느냐 물었는데 한 마디도 모른다 하더군요. 다른 하나는 쪼미가 매우 신사적인 사내라는 사실이었습니다. 자기보다 덩치가 작은 사내가 불식간에 몇 대 치며 달려드는데도 그는 서부영화에서나 봄직한 폼으로 두 주먹을 양쪽으로 펴고는 허리를 조금 낮춘 자세로 이리저리 몸을 흔들었던 것입니다. 우스꽝스러운 모습이었지만 그의 그런 모습 속에 그가 지금껏 공부하며 그림 그리며 살아온 시간들의 냄새가 없지 않았지요.

　청년들 중의 하나와 영어 소통이 이루어졌습니다. 잘잘못을 가릴 필요가 없이 나는 자전거 수리비가 얼마냐 물었고 그들은 자전거 값의 반을 요구했습니다. 쪼미의 완강한 반대에도 불구하고 나는 그 값을 치렀습니다. 자전거는 그들의 재산 목록 1호이며 반파된 자전거를 고칠 만한 돈이 그들에게 쉽지 않다는 것을 알고 있었지요. 잘잘못에 앞서 그들에게 자전거는 내일 당장 필요한 물건인 것입니다.

돌아오는 길에 쪼미가 그 돈은 곧 돌려주겠다고 말하는군요. 나는 웃으며 괜찮다고 말했습니다. 쪼미는 한 달 생활비가 300루피인지 500루피인지 모르는 전형적인 예술대학의 가난한 학생입니다. 그의 오토바이는 아주 낡은 것이어서 어떻게 굴러가는지 모를 정도의 신기한 물건인데 쪼미는 그것을 자신의 작품이라 불렀지요. 유화 물감으로 범벅된 오토바이는 사실 그의 소중한 작품인지도 모르겠습니다.

며칠 전 나는 쪼미의 여자친구를 길에서 만났습니다. 그이는 내게 쪼미 때문에 마음이 아프다고 했지요. 시험공부 때문에 며칠 보지 못했는데 밥 먹었느냐 물었더니 쪼미의 말이 닷새 동안 아무것도 먹지 못하고 화분의 꽃만 뜯어먹었다는 것이었지요.

닷새 동안 먹지 않고도 사람이 살 수 있느냐, 그이가 묻는군요.

나는 웃으며 살 수 있다고 말했지요.

그 닷새 동안 쪼미는 나와 음악대학의 매점에서 두 차례 식사를 했지요. 그러니 적어도 두 끼는 먹은 셈입니다. 그런데 사랑하는 이 앞에서는 네 생각만 하며 닷새 동안 화분의 꽃만 뜯어먹었다, 했으니 이것이 바로 연인들의 대화법이 아니겠는지요.

비 오는 날에

이런 날엔 그녀에게 말하세요
비바람 불고 해도 없고
천둥이 휘몰아치는
이런 날엔.

다른 사람은 아무도 듣지 못하지요
얼굴을 맞대고 앉아 서로의 눈을 들여다보세요
하늘은 비를 퍼붓고
세상의 모든 것들은 다 사라진 듯합니다.

세상의 모든 목소리들은
쓸쓸하고 눅눅하고 허전합니다
빨아들이는 눈빛
가슴을 후비는 가슴만이
어둠 속에 빛을 던집니다.

그녀에게 말하세요, 무례한 일이 아닙니다
그녀에게 말하세요, 가슴이 곤두박질쳐도 꼭 말하세요
말과 눈물이
바람과 비와 한 몸이 될 것입니다

하나의 빛이 두 마음을 감쌀 것입니다.

비를 가득 실은 이 좋은 날
세상일 잊은 이곳에서
내 무거운 마음을 다 비우고 나면
누구인들 탓하겠습니까?
아무도 신경 쓰지 않습니다.

남은 시간들을
사람들의 비웃음과 손가락질로 채워도 좋습니다
사람들은 오고 또 갈 것이며
슬픔과 고통이 함께할 것이며
삶은 영원히 지속될 것입니다.

바람이 불고
번개가 번쩍 등을 밝힙니다
어둡고 쓸쓸한 비가 퍼붓는 오늘은
마음속 고즈넉한 옛 이야기들을
그녀에게 말하세요.

— *On a Rainy Day*, 1889년 5월

화장터에서 펼쳐지는
찬란한 빛과 생의 축제

릭샤를 타고 꽁까리 따라 마을로 향합니다. 4월 14일, 이 마을에서 큰 축제가 열린다고 말해준 이는 쪼미입니다. 오늘 쪼미와 함께 이 축제를 구경하기로 했는데 쪼미는 약속 시간에 보이지 않습니다. 릭샤를 타고 혼자 다녀오기로 했지요.

릭샤왈라의 이름은 나즐입니다. 릭샤 스탠드에 나즐과 나의 친애하는 릭샤왈라인 수보르가 나란히 있었지요. 나즐이 대기 1번이었고 수보르가 2번이었습니다. 모르는 고객일 경우 순서대로 운행하는 것이 원칙이지만 단골일 경우 순서를 무시할 수 있습니다. 내가 수보르의 릭샤를 타더라도 아무런 문제가 없는 상황이지요. 하지만 나는 나즐을 선택했습니다. 그러자 이 친구, 중얼중얼하며 콧노래를 부르는군요. 쫌빠 다다 쫌빠 다다, 오늘 쫌빠 다다가 내 릭샤에 탔네, 정도로 들렸습니다. 이 친구가 기뻐하니 나 또한 기분이 좋아지는군요. 나는 나즐에게 꽁까리 멜라를 아느냐 물었지요. 하아, 하는 대답이 곧장 들립니다. 자보가자! 그렇게 해서 나즐과 나는 동행이 되었습니다.

꽁까리에 가는 동안 나즐은 몹시 힘들어했습니다. 오전 8시인데도 날이 몹시 더웠기 때문이지요. 릭샤 위에 앉아 있는데도 땀이 쏟아졌습니다. 누군가 소방호스를 들고 쫓아오며 머리 위에서 더운 물을 퍼붓는 것 같군요. 나는 그에게 휴대용 화장지를 몇 장 꺼내주었는데 그는 손으로 물을 쥐어짜며 계속 그 화장지를 썼습니다. 그러나 그에 대한 나의 연민은 오래가지 못했습니다. 사람들 때문이었지요. 꽁까리로 가는 황톳길들은 사람들로 온통 뒤덮였습니다. 자전거를 타고, 오토바이를 타고, 버스나 트럭을 타고, 그보다 더 많이는 걸어서 꽁까리로, 꽁까리로 가는 것입니다.

아, 그들이 걸친 사리의 눈부신 빛이라니요!
빨강과 파랑, 노랑과 초록, 분홍과 보라, 연두와 쪽빛……

색색의 사리들이 들과 길과 이제 싹이 잘 오른 논 위로 펼쳐졌습니다. 지상에 어떻게 저런 색들이 존재할 수 있는지요? 불볕보다 더 강한 햇볕 속에서 그들이 펼쳐낸 사리들의 무대는 환상 그 이상입니다. 자연은 아름답고 강하지만 인도인들이 펼쳐 입은 이 사리들의 찬란한 빛 앞에서는 무망입니다. 자연과 대등한 관계를 유지하기 위해, 삶의 또다른 신성한 이유를 말하기 전 인도인들이 선택한 것이 사리의 빛깔 아닌지요.

이건 현실이 아닙니다. 꿈도 아니라는 생각입니다. 꿈이라면 이렇게 분명하고 확실한 빛깔로 가슴을 설레게 할 수는 없을 테니 말이지요. 살아오면서 눈과 가슴이 이렇게 깊이 함께 뛰고 열락을 느낀 적은 없습니다. 햇살과 바람 속을 펄럭이며 긴 사리의 행렬이 지나갈 때 나는 잠시 하늘의 음악을 듣습니다. 하늘의 이야기와 하늘의 꽃향기를 맡습니다.

당신에게 그 음악과 이야기를 들려주고 싶은데, 당신을 그 정원의 신비한 꽃향기에 한 사흘쯤 푹 젖게 하고 싶은데…… 나는 릭샤 위에서 정신을 잃습니다.

오직 두 손만이 나의 영혼의 존재를 느끼게 해줍니다. 나는 사진을 찍습니다. 끝없이 끝없이 밀려오는 빛들의 행렬 앞에서 찰나도 영원입니다. 그러다가 어느 순간 릭샤에서 내려 걷고 있는 나를 봅니다. 땀 범벅인, 정체성이 결여된 불안한 눈빛과 옷차림의 내가 눈부신 사리의 행렬 속으로 섞입니다. 당신, 무례함을 용서하세요. 땀이 다 빠져나간 뒤의 내 몸의 어느 한 부분은 순결할 수 있을 테니 말이지요.
내가 카메라를 들이대면 그들은 웃습니다.

그 웃음의 맑음이라니요.

그 눈빛의 천진함이라니요.

살아오는 동안 나는 많은 사람들을 만났습니다. 그들은 내게 사랑과 연민과 고통을, 무수한 음악과 이야기들을 주었지만, 그 음악과 이야기의 바다에서 아주 작은 종이배처럼 나는 많이 행복했지만, 단 한 차례도 저 눈빛과 웃음의 맑음을 알지 못했습니다.

살아오는 동안 적지 않은 도시들을 여행했지요. 호수와 산과 사막들을, 해 지는 포구들을 바라보기도 했습니다. 무엇이 그 의미였는지 알 수 없습니다. 한때는 그들 모두를 열렬히 사랑한다고 믿었지요. 해바라기꽃 핀 마을의 집을, 하얀색 페인트의 창을, 펌프 샘가에서 등물을 치는 늙은 아버지와 아들의 모습을 소중하게 기억하는 법을 익혔습니다. 부엌에서 늙은 어머니는 소금을 넣은 맑은 콩나물국을 끓여내겠지요.

그것들이 현실인가요?
아니면 꿈인가요?
끝없이 펼쳐지는 색색의 사리들의 행렬 앞에서
나는 꿈과 현실의 국경을 행복하게 잃어버립니다.

사리들의 행렬은 만디르 앞에서 절정을 이룹니다.
쪼미와 내가 고양이 사두를 만났던 그 만디르입니다. 남자와 여자가 각기 다른 줄로 서 있군요. 나는 그 점이 퍽 다행이라는 생각입니다. 남자들은 평복을 입었고 사리는 여자들만 입었습니다. 빛의 균열이 이렇게 균등할 수 없군요. 나는 남자들의 줄은 무시하고 여자들의 줄에 카메라의 렌즈를 맞춥니다. 오늘 내 카메라는 세상에 태어나 가장 바쁘고 행복한 날입니다.

인도에서 지내는 동안 라다크와 레를 여행했고 다르질링과 시킴을 여행했지만 내 카메라는 한가했습니다. 영혼을 울먹거리게 하는 풍경의 힘이 없었지요. 레에서 누브라 밸리를 여행할 때 세상에서 제일 높다는 고개들과 봉우리에 흰빛만 남은 영험 깊은 마른 산들을 끝없이 만났지요. 장엄했고 또 장엄했습니다. 자연의 힘이 얼마나 위대한지 넋을 놓고 바라보기도 했지요. 그런데 오늘 그 자연의 모습에 찬란하다는 표현은 쓸 수 없다는 것을 알았지요. 눈부신, 이라는 수식어도 쓸 수 없다는 것을 알았습니다. 찬란함과 눈부심은 인간의 삶에 한정된 표현인 것입니다.

인도의 한적한 시골 마을, 화장터가 자리한 작은 마을의 멜라에 처녀들과 아낙네들, 할머니들이 자신이 간직한 가장 고운 빛깔의 사리를 입고 나타나는 것입니다. 그들의 삶에 왜 곡진함이 없겠는지요. 슬픔과 아픔, 증오와 기쁨의 긴 강들이 어찌 없었겠는지요. 사랑과 이별, 고통의 향수들은 얼마나 끈질기게 생을 후볐겠는지요. 그 모든 시간들을 잊고 그들은 색색의 사리와 함께 이 뜨거운 들판에 들어선 것입니다. 아무리 땀을 흘려도 그것은 단순한 열정 이상의 의미가 아닙니다. 생은 더 깊고 무수한 땀방울들로 이어 만든 목걸이처럼 찬란하고 눈부십니다. 눈물 또한 동일하지요. 깊은 애중의 물방울들로 빚어진 생의 시간들 또한 빛나고 찬란할 테니 말이지요.

인도 아낙네들의 삶은 사리와 함께 진행됩니다. 어릴 적 학교에 다닐 때 잠시 서양식 교복을 입긴 하지요. 그렇지만 잠시입니다. 중학교 무렵쯤 펀자비라고 불리는 바지가 곁들여진 전통 복식을 입다가 성년이 되면 사리를 입습니다. 색색의 천으로 몸을 휘감는 양식이지요. 물을 길을 때도 밥불을 땔 때도 사리를 입습니다. 염소에게 먹이를 주거나 야채 가게에 갈 때도 사리를 입지요. 생일이나 특별한 날에는 자신들이 지닌 가장 빛나고 아름다운 사리를 입습니다. 모두 빛나고 찬란하지만 같은 빛과 같은 형식의 사리는 거의 입지 않습니다. 나만의 생의 시간들이 있듯 나만의 고유한 사리를 입는 것입니다. 어떻게 하면 내 사리가 가장 빛나고 아름다울까 연구하는지도 모르겠습니다. 어떻게 하면 내 삶의 시간들이 가장 빛나고 찬란할 수 있을까 생각하는 것과 마찬가지의 이치입니다.

나무꾼과 선녀 이야기에 나오는 날개옷은 꿈결입니다. 현실이지만 환상을 일정 부분 지니고 있지요. 그래서 그 옷은 내게 사리로 느껴집니다. 삶과 하늘의 동화가 함께 있는 것입니다. 오늘날 한복의 아름다움은 강인한, 끈질긴 현실의 연민이 느껴지지 않습니다. 교양과 품위의 패러다임이 존재할 뿐이지요. 삶은 고가의 보석이나 최고층의 스위트룸 너머에서도 광대무변하게 펼쳐지는 것입니다. 그리고 진리는 맨 마지막 순간 화장터의 불빛 안에 들어 있는 것이지요. 평생 아름다운 빛깔의 사리와 함께 살다가 화장터의 불꽃으로 사라지는 인도인들의 삶의 평범한 철학에서 나는 인간이 지닌 따뜻한 연민의 숨결을 느낍니다.

만디르에서 조금 벗어난 공터에서 바울들의 공연이 있습니다. 그렇지요. 웨스트벵골 지방의 축제에서 바울들의 공연이 빠진다는 것은 생각할 수 없습니다. 나이가 아홉 살 혹은 열 살쯤 되어 보이는 어린 소녀가 라론기띠를 부르는군요. 라론기띠는 바울들의 고전입니다. 멜로디가 서정적이고 가슴을 설레게 하는 느낌이 있습니다. 산티니케탄 익스프레스를 타고 콜카타에 드나들 때 바울들이 기차에 오르면 나는 이 라론기띠를 신청하지요. 외국인이 어떻게 바울 노래의 제목을 알지? 신기해하며 그들은 노래를 부릅니다.

오늘 이 소녀는 라론기띠를 아주 멋지게 불렀습니다. 지금 생각하니 내가 왜 이 아이에게 100루피 지폐 한 장을 건네지 못했는지 많이 아쉽군요. 사실 난 이 멜라의 전 과정에서 정신을 잃고 있었습니다. 소녀의 노랫소리는 뜨거운 햇살들의 나락을 청명하게 건너 바로 곁 화장터로 들어섭니다. 여기에 이 멜라의 큰 의미가 있는 것입니다. 삶과 죽음이 함께 찬란히 빛나는 곳, 모든 이들이 종착역에 이르기 전 자신의 꿈의 한 자락을 펼쳐 보이는 곳, 단순한 의상이 아닌 꿈과 현

실이 교차하는 먹먹한 연민의 아름다움을 자신만의 방식으로 이야기
하는 곳. 신들이 아니면서도 자연과 대등하게 인간의 이야기를 펼쳐
보이는 곳. 인간이 신의 영역에 진입할 수 있는 가능성의 순간을 일상
속에서 표출해내는 곳.

생이 지닌 가장 찬란한 빛깔들이
바람과 햇살과 함께 춤추며 환호하는 곳.
인간이 신과 대등하게 빛에 대해서 논할 수 있는 곳.
한 꿈의 바다. 한 찬란하고 눈부신 생의 바다.
그 한가운데 꽁까리 멜라가 펼쳐지는 것입니다.

*꽁까리 멜라는 벵골력으로 한 해의 마지막 날인 4월 14일에 펼쳐지는 축제입니다. 설 전날
에 펼쳐지는 큰 명절과 다름없는 축제라는 걸 글 쓴 뒤에 알게 되었지요. 축제에서 파는 대나
무 부채는 전통에서 비롯된 것입니다. 새해의 시작이 한더위에 시작되니 더위 먹지 말라는 뜻
이 담겨 있는 것이지요. 우리의 정월 보름에 복조리를 파는 풍습과 닮아 있습니다. 참고로 이
날 저녁의 뉴스에서는 50만의 인파가 꽁까리 멜라에 모였으며 기온은 48도였다고 합니다.

다른 길로 가는 법

타고르 박물관 앞 숲길을 걸어오는데 맞은편에서 오던 인도인들이 걸음을 멈추고 내게 길을 물어오는군요. 이 길로 죽 가면 어디가 나오는가? 빠따바반, 이라고 답을 하면서 웃음이 나오는 것을 참았습니다. 이들이 나를 인도인으로 생각한 것입니다. 내가 간단하게 대답을 하자 그들은 다시 마니푸르? 하고 물었는데 마니푸르는 미얀마 국경 가까운 데 사는 인도인들을 지칭합니다. 마니푸르인들은 정말 한국인과 흡사하게 생겼습니다.

여행 중 내게 길을 물어오는 인도인들을 종종 만났는데 그럴 때마다 기분이 좋아집니다. 내가 현지 적응을 그만큼 한 탓으로 여겨지기 때문이지요. 올드 마날리에 하나 있는 티베트 식당은 음식 맛도 좋고 값도 착해 한국인들뿐 아니라 서양 여행자들도 즐겨 찾습니다. 이곳에 머무는 동안 나도 하루 한 차례씩은 들러 뗀뚝이나 뚝바를 먹곤 했습니다.

　아침식사를 마치고 식당 앞에 앉아 있는데 한국 여행자 둘이 내게 영어로 한국 식당이 어디 있는가, 물어왔습니다. 나는 손가락으로 골목 안을 가리키며 저기 안쪽으로 죽 들어가시면 돼요, 라고 한국말로 답했더니 깜짝 놀라며 어머, 한국 사람인 줄 몰랐어요. 죄송해요, 라고 말하는 것이었습니다. 그들은 나를 티베트인으로 생각했다며 거듭 죄송하다고 말했습니다. 나는 오히려 현지인으로 봐줘 감사하다고 말했습니다.

　올드 마날리에 머무는 동안 나는 매일 오전과 오후 두 차례 이곳의 히말라야 숲길을 걸었습니다. 걷는 것만으로도 첩약을 들이키는 것 같은 기분이 절로 들었지요. 그런데 두세 번에 한 번은 꼭 서양 여행자들이 내게 길을 묻는 것이었습니다. 올드 마날리로 가는 길을 제대로 찾아 들었는가? 이리로 나가면 출입구가 나오는가? 하는 것이 주로 묻는 내용이었는데 내가 그들과 같은 여행자의 입장이라는 것을 전혀 눈치 채지 못했지요.

　사실 인도인들에게 뭔가를 물으면 다들 제각각으로 대답을 합니다. 모른다고 말하는 사람이 드문 것입니다. 구소련 지역을 여행할 때 모든 사람들이 니즈나요, 라고 대답하던 것을 기억합니다. 모른다, 라는 대답인데 그들은 기차역 가는 길을 물어도 니즈나요, 박물관 가는 길을 물어도 니즈나요, 라고 했습니다. 짜증이 나서 이름이나 나이를 물어봐도 대답은 언제나 똑같았습니다. 공산당 일당독재 치하에서 모른다고 말해야 신변이 안전했던 탓이지요. 무엇인가 안다고 말하는 순간 불행이 따를 수 있다고 생각하는 것입니다. 그런데 인도인들은 왜 알지도 못하는 사실을 제각각으로 대답할까? 그 답을 믿고 따라나선 사람들이 얼마나 애를 먹고 더러는 고통에 빠질 수도 있다는 것을 알기나 할까? 산티니케탄에서 체류하기 전까지 난 여기에 대한 답을 알지 못했습니다. 인도인들의 천성이, 그들의 세계관과 삶의 습관이 빚어낸 관행일 거라고 어렴풋이 짐작했을 뿐이지요.

마날리에서 델리로 돌아오는 길에 내가 탄 버스의 운전사는 애초의 종착역인 카슈미르 버스 정류장에 가는 대신 시 외곽지대에 승객을 부려놓고 떠나버렸습니다. 일곱 시간의 연착으로 돌아가야 할 시간이 부족하다는 이유였지요. 굳이 카슈미르 정류장에 갈 필요가 없었던 나는 사람들에게 뉴델리 역으로 가는 길이 어느 쪽이냐 물었는데 놀랍게도 처음 물어본 세 사람이 모두 각각 다른 길을 가리켰습니다. 영어가 되는 오토릭샤 기사를 만나 겨우 뉴델리 역을 찾아왔지만 45도가 넘는 폭염 속에서 말이 통하지 않는 사람들을 붙들고 델리 역가는 길을 묻기란 쉬운 일이 아니었습니다.

길을 안다는 오토릭샤 기사가 제대로 길을 아는지도 사실은 의심스러웠습니다. 델리 역으로 가는 내내 정류장 가는 길을 모두 제각각으로 대답하던 인도인들의 목소리가 귓전에 맴돌았습니다. 신기한 것은 모두 제각각인 그들의 답변 속에 혹 진리가 있는 것은 아닐까, 하는 생각이 그때 문득 찾아온 것입니다. 삶이란 원래 이런 거야. 이렇게저렇게 다 헤맨 뒤에야 지혜의 길에 도달할 수 있는 거라구, 라고 말하는 인도인들의 중얼거림이 들려오는 것 같았습니다. 이렇게 생각하자 제각각 다른 길을 일러주던 인도인들의 모습이 전혀 밉거나 당혹스럽지 않았습니다.

인도 여행 중에 내게 길을 물어오는 여행자들이 있었습니다. 그럴 때 나는 잠시 고민을 합니다. 이들에게 틀린 길을 알려주고 싶은 유혹이 생기는 것이지요. 그러나 결국 나는 바른 길을 알려주고 맙니다. 그들은 내게 고맙다고 말하고 또 길을 떠납니다. 산티니케탄 같은 작은 대학촌에서는 바른 길을 일러주는 사람이 적지 않습니다. 셋에게 물어보아 두 사람이 일러주는 쪽으로 방향을 잡으면 거의 틀림이 없습니다. 그럴 때면 나는 중얼거립니다.
이 틀림없는 길은 정말로 옳은 길일까?

밤 열차

밤 열차가 깊은 잠의 나라로 빨려들어갑니다
무한의 어둠 속에서 잠의 신은 모든 존재들을 따뜻이 감싸 안습니다
별똥별들이 반짝 빛나며 사라집니다
밤 열차는 침묵의 순간을 관통해 미지의 땅, 끝없이 먼 생의 종착지
를 향해 달립니다
기관사의 이름은 알지 못합니다 그가 모는 이 맹목의 기계에 포근히
몸을 맡길 뿐이지요
사람들은 잠자리를 준비하며 밤기차가 이르게 될 아침의 신비한 목
적지를 생각합니다
간이역의 불빛들이 차례로 멀어지고 사람들은 의자 위에 앉아 꾸벅
꾸벅 졸며
새로운 생의 시간들을 꿈꿉니다
밤 열차는 계속 달립니다
사람들은 잠의 요정과 꿈속에서 노래하고
밤 열차는 새로운 빛의 숨결 속으로 달려갑니다.

—*The Night Express*, 194 년 3월

가난한 신과 행복한 사진 찍기

두르가 푸자는 인도 최대의 명절입니다.

느낌으로 우리의 추석과 설날을 합한 것 같습니다. 공식적으로는 나흘 연속 휴일이지만 실제는 그 이상입니다. 많은 인도인들이 이 기간에 고향을 찾거나 여행을 떠납니다. 대학을 포함한 학교들은 일제히 푸자 방학에 들어가지요. 방학이 한 달 이상이니 산티니케탄 같은 대학촌은 사람 보기가 힘들어집니다. 기숙사가 문을 여는 때까지 문을 닫는 가게들도 많아 라딴빨리 거리도 한산하기 이를 데 없습니다. 외지에서 명절을 맞는 쓸쓸함이 있는 것입니다.

푸자 첫날에 취사용 LPG가스가 떨어졌습니다. 부반단가에 있는 가스 가게에 가니 셔터가 내려져 있습니다. 나처럼 가스가 떨어진 사람 몇이 서서 문이 열리기를 기다리고 있군요. 나는 이 기다림이 무망할 거라는 생각이 들어 그냥 집으로 돌아왔지요. 저녁이 되니 이번엔

물이 끊겼습니다. 아래층 일가족은 모두 푸자 여행을 갔습니다. 여행을 떠나며 또 펌프 스위치를 잠가버렸군요. 10월 중순이지만 산티니케탄의 낮 온도는 여전히 섭씨 40도를 웃돕니다. 밖에 나갔다 들어오면 온몸이 땀으로 끈적거리지요. 하루에도 수없이 샤워를 하게 됩니다. 화장실 사용도 문제가 됩니다.

식사는 하루 한 끼 게스트하우스에 들러 해결했습니다. 물은 여행 떠나지 않은 옆 인도인 집에 양동이를 들고 찾아가 부탁을 했습니다. 마음 착한 디디가 어떻게 물 스위치를 잠그고 여행을 떠날 수 있느냐며 대신 화를 내는군요. 아침에 두 양동이, 낮에 두 양동이, 밤에 두 양동이를 날라다 썼습니다. 그때마다 대문 앞에서 노모스카, 디디! 물 좀 줘요, 하고 큰 소리로 부르면 디디가 나와 철대문을 열어주고 다시 집 안으로 들어가는 현관문을 열고 거실을 거쳐 부엌에 들어가 물을 받는 것입니다. 나도 불편하지만 이 디디도 불편하기는 마찬가지입니다. 중산층 인도인들은 더운 날씨 때문에 몸 움직이기를 아주 싫어합니다. 식사를 하고 TV를 보는 것이 주된 일과입니다. 한낮부터 해 질 무렵까지는 낮잠을 자는 경우가 대부분입니다. 집안일은 마시들이 하고 정원은 정원사들이 가꾸지요. 그러니 모두들 웬만큼 살집이 있습니다.

사흘째 되던 날 아침에는 물을 받기 위해 디디를 불러도 문을 열어주지 않는군요. 여행을 떠난 것인지 잠을 자는 것인지 알 수 없었습니다. 빈 양동이를 들고 돌아오니 온몸이 가렵고 벌겋게 부어오른 곳도 있습니다. 아예 게스트하우스에 들어가야 할지도 모르겠습니다. 첫날 물과 불이 동시에 떨어지면 어떤 것이 더 불편할까 잠시 생각했었는데 그 답은 물입니다. 아래층의 아미타불에게 전화를 했지만 여전히 연결이 안 됩니다. 물이 없어서 다 죽어간다는 다섯 번째 문자 메시지를 보냈습니다. 힌두교도지만 자신은 아미타 부처님을 좋아해 이런 이름을 붙이게 되었노라 말했는데 지금 이 상황은 아미타불과 거리가 있습니다. 생수로 몸을 조금씩 닦아가며 이날을 버텼습니다.

물과 불 없이 지낸 지 나흘째 되는 날입니다. 이젠 짜증이나 화도 나지 않고 오히려 초연해지는 느낌이 있습니다. 모든 것을 포기한 허허로움 같은 것인지도 모릅니다. 생수로 고양이 세수를 하고 가스 가게로 갔습니다. 부반단가로 가는 길 위에서 모녀인 듯한 세 사람을 만났습니다. 세 사람 모두 명절 옷을 곱게 차려입었습니다. 그런데 얼굴에 붉은 칠들을 하였군요. 시두르입니다. 시두르는 명절이나 결혼식에 서로의 얼굴에 붉은 물감칠을 해주며 축하하는 의식입니다. 나는 이들의 사진을 몇 컷 찍었습니다. 시두르를 한 아름다운 여인네들이 파인더 안에서 웃고 있습니다. 그것으로 됐습니다. 물과 불이 없이 지낸 인도 최고의 명절이지만 지금의 이 풍경이 어떤 물과 불보다도 소중하고 사랑스럽다는 느낌이 드는군요.

가스 가게 앞에는 전보다 훨씬 많은 사람들이 서 있고 가게 문은 여전히 닫혀 있습니다. 집으로 돌아오는 길에 큰길이 아닌 호숫가 길로 들어

섰습니다. 로컬 사람들이 많이 사는 평화로운 마을입니다. 마을 복판에 있는 만디르에서 흥겨운 음악이 쏟아지고 있습니다. 동네 사람들이 모두 색색의 아름다운 명절 옷을 입고 만디르 안에서 서로의 얼굴에 시두르를 해주고 있습니다. 음악은 쏟아지고 붉은 물감은 가족들과 친구들, 이웃집 사람들의 얼굴 위에 푸짐하게 번집니다. 도망가는 이도 있고 쫓아가서 진한 물감들을 발라주는 이도 있습니다. 아이도 노인도 새침데기 처녀 아이들도 구분이 없습니다. 모두들 얼굴 가득 붉은 칠을 하고 환하게 웃고 떠들고 즐겁게 얘기합니다. 하늘의 어떤 천사들이 내려온다 해도 이보다 더 순수하고 환하게 웃을 수는 없습니다.

셔터를 눌러대고 있는 나에게 한 무리의 예쁜 인도 아줌마들이 달려옵니다. 이들이 내 얼굴 위에 붉은 물감을 마구마구 칠하기 시작합니다. 못난 내 얼굴이 세상에 태어나 가장 행복한 날이 오늘입니다. 나는 아무런 저항 의지도 없이 기꺼이 그 물감 세례를 받았습니다. 시두르를 하며 그들 모두 덕담 한마디씩을 남깁니다. 복 많이 받으세요, 건강하세요, 행복하세요, 같은 말들입니다. 부자 되세요 같은 형이하학적인 인사말은 이곳에 없습니다.

물이 떨어져도 좋습니다. 불이 떨어져도 좋습니다. 시두르를 한 붉은 사람들의 기쁜 얼굴 속에서 이들과 어울려 둥실둥실 춤추고 싶은 마음뿐입니다. 지상이 극락인 시간들이 이곳에 있습니다.

우리가 사랑한 1초들

1판 1쇄 | 2011년 7월 25일
1판 5쇄 | 2011년 9월 15일

지은이 | 곽재구
펴낸이 | 강병선
편집인 | 이수은
디자인 | 김은희
마케팅 | 방미연 우영희 정유선 나해진
온라인 마케팅 | 이상혁 한민아 장선아
제작 | 안정숙 서동관 김애진
제작처 | 영신사

펴낸곳 | (주)문학동네
출판등록 | 1993년 10월 22일 제406-2003-00045호
임프린트 | 톨

주소 | 413-756 경기도 파주시 교하읍 문발리 파주출판도시 513-8
문의 | 031-955-2690(편집부) | 031-955-2660(마케팅) | 031-955-8855(팩스)
전자우편 | toll@munhak.com

ISBN 978-89-546-1552-5 (03810)

www.munhak.com